Seit 1993 begeisterte die Kabarettistin **Usch Hollmann** mit ihrer münsterländischen Kunstfigur „Lisbeth" mit Radiokolumnen und Auftritten ein größeres Publikum. In der Folge sind ihre bei Solibro erschienenen „Lisbeth-Büchskes" zu regionalen Bestsellern geworden: „Hallo Änne, hier is Lisbeth ..." (1996), „Wat is uns alles erspart geblieben!" (1998) und „Dat muss aber unter uns bleiben!" (2006). Es folgten „Spekulatius und Springerle" (2002), „Stoffel lernt spuken/ Stoffel lärt spöken" (2004), „Aber das wär' doch nicht nötig gewesen!" (2008), „Stille Nacht light." (2012) Viele Jahre trat die Kulturpreisträgerin des Kreises Steinfurt auch mit ihrer Kabarettgruppe „Fünf freche Frauen" Aktuell liest sie auch aus fremden literarischen Werken.

Markus Böwering arbeitet als Komponist, Texter, Produzent, Manager, IT-Creator und Sänger. Schon im Alter von 13 startete er als Sänger mit einer ersten Band. Später entfaltete er sein musikalisches Talent mit Soul unter dem Künstlernamen Aga Sono. Er landete mehrere Hits (so mit „Take good Care of my heart", Platz 5 der deutschen Dance-Charts). Es folgten TV- und Bühnenauftritte auch im Ausland und weitere Hits (1991 A.G.A „Good Emotions" oder 2016 Sander Kleinenberg ft. Gwen McCrae „Can you feel it" und 2018 Sander Kleinenberg ft. George McCrae „Colours in the sun"). Als Coach förderte er den berühmten Musiker Sander Kleinenberg. „Wasserschloss zu vererben", geschrieben mit Usch Hollman, ist sein erster Roman. Weitere Romane sind in Vorbereitung.

Usch Hollmann
Markus Böwering

Wasser-schloss

zu vererben

solibro

cabrio

1. Jöricke, Frank: Mein liebestoller Onkel, mein kleinkrimineller Vetter und der Rest der Bagage. Solibro Verlag 1. Aufl. 2007 ISBN 978-3-932927-33-1 / *gebundene Ausgabe* ISBN 978-3-932927-36-2 / *Broschur-Ausgabe* eISBN 978-3-932927-53-9 (epub)
2. Barski, Klaus: Prügel für den Hausbesitzer Tatsachenroman eines Immobilienspekulanten Solibro Verlag 1. Aufl. 2012; ISBN 978-3-932927-48-5 eISBN 978-3-932927-52-2 (epub)
3. Barski, Klaus: Sweet Florida Keys. Abenteuerroman Solibro Verlag 1. Aufl. 2014; ISBN 978-3-932927-78-2 eISBN 978-3-932927-89-8 (epub)
4. Barski, Klaus: Lebenslänglich Côte d'Azur. Roman Solibro Verlag 1. Aufl. 2018; ISBN 978-3-96079-049-5 eISBN 978-3-96079-050-1 (epub)
5. Barski, Klaus: Exil Ibiza. Roman Solibro Verlag 1. Aufl. 2018; ISBN 978-3-96079-051-8 eISBN 978-3-96079-052-5 (epub)
6. Usch Hollmann / Markus Böwering: Wasserschloss zu vererben. Ein Münsterlandroman Solibro Verlag 1. Aufl. 2018; ISBN 978-3-96079-055-6 eISBN 978-3-96079-056-3 (epub)

ISBN 978-3-96079-055-6

1. Auflage 2018

Umschlaggestaltung: *Michael Rühle*

Umschlagfotos: © *Elena Schweitzer/Shutterstock.com (Tür);* © *maleevsw// Shutterstock.com (Schloss)*

Autorenfoto (S. 2 links): *Hermann Willers;* Autorenfoto (S. 2 rechts): *Michael Koch / Reggie Femi for Gomuto LLC, Chicago*

Druck & Bindung: *CPI Books GmbH, Leck*

www.solibro.de verlegt. gefunden. gelesen.

Aber hier, wie überhaupt,
kommt es anders, als man glaubt.

Wilhelm Busch

1.

„Ach, ihr mit eurem überholten Standesdünkel." Claudia von Wallburg, zu aufgebracht, um still zu sitzen, stößt ihren Stuhl rückwärts von sich, geht zum großen Gartenfenster und zieht mit energischem Griff den schweren Damastvorhang zur Seite. Nur widerwillig setzt sie sich danach erneut an den Frühstückstisch. Ihre Eltern, Fürst Raimund und Fürstin Henriette, verfolgen den Wutausbruch der Tochter schweigend, aber mit missbilligenden Blicken.

„Das sollte sich eigentlich längst sogar bis in die Abgeschiedenheit dieses alten Gemäuers herumgesprochen haben: Man kann heute auch ohne Adelstitel ein anerkanntes Mitglied der Gesellschaft werden. Ein *von* oder *zu* vor dem Namen? Vergesst es, das macht längst nicht mehr den Eindruck, von dem ihr beide immer noch träumt. Von solchen Märchen lassen sich bestenfalls noch die Leserinnen von Frauenzeitschriften einlullen, um sich beim Friseur und in Zahnarztpraxen die Wartezeit zu verkürzen. Im modernen *Big Business* zählen Qualitäten, nicht Titel. Ein goldenes Krönchen auf der Visitenkarte? Dass ich nicht lache! Aber ihr denkt immer noch, damit würden sich automatisch Tür und Tor zu einer glanzvollen Karriere öffnen."

Claudia köpft mit einem gezielten Hieb ihr Frühstücksei und streut mit mehrfachem Schwung viel zu viel Salz auf den flüssigen Dotter.

Fürstin Henriette ergreift in liebevoller Besorgnis die peinlich exakt gefaltete Serviette des Fürsten und hilft ihm, diese wieder in den silbernen, mit dem fürstlichen Monogramm derer von Wallburg verzierten Serviettenring zu schieben, worum er sich mit fahrigen Gesten vergeblich bemüht hatte. Mit offensichtlicher Anstrengung erhebt er seine altersrostige Stimme.

„Ich verbitte mir diesen Ton, besonders an einem so herrlich sonnigen Herbstmorgen. Du benimmst dich wieder einmal wie eine pubertäre Vorstadtgöre und keinesfalls so, wie es unserem Stande entspricht."

„Wie es unserem Stande entspricht!" Claudia äfft den Tonfall des Vaters nach, stößt das durch zu viel Salz ungenießbar gewordene Ei von ihrem Teller in die Mitte des Tisches und schüttelt verständnislos den Kopf.

„Unserem Stande! Lächerlich! Was ist denn noch so besonders an ‚unserem Stande'? Die meisten Adeligen sind verarmt oder zumindest bis zum Hals verschuldet. Viele müssen ihre Wasserschlösser und alten Herrensitze zu Hotels oder Museen umbauen oder es zulassen, dass neugierige Touristen auf Filzlatschen für Eintrittsgeld bis in die privaten Schlafzimmer schlurfen, damit die Eigentümer ihre Schlossmauern nicht aus lauter Finanznot den Abrissbirnen ausliefern müssen, – das heißt, ohne die gnädige Zustimmung der strengen Scharfrichter des Denkmalamtes dürfen sie ja selbst das nicht einmal."

Die Tochter hämmert, die Hände zu Fäusten geballt, auf den Tisch.

„Vater, ich kann es nicht glauben, dass du immer noch der Überzeugung bist, die ‚von altem Adel' seien etwas Besonderes. *Wir*, die Wallburger, sind nur insofern anders als der Rest derer, die im Gotha verzeichnet sind, weil *wir* noch nicht verarmt sind, da du unseren Besitz umsichtig verwaltet hast, wofür ich dir wirklich dankbar bin. Aber was das Thema ‚Adel kommt von edel‘ betrifft – *die* Zeiten haben sich gründlich geändert. Es gibt genügend Beispiele dafür, ich brauche keine Namen zu nennen. Ihr müsst allmählich lernen, das zu akzeptieren. Adel verpflichtet nicht mehr. Weshalb also muss ich unbedingt einen Adeligen heiraten?“

Ein heftiger Hustenanfall schüttelt den Körper des alten Herrn, sodass die Fürstin sich einschaltet, nachdem sie ihrem Mann ein Glas Wasser gereicht hat.

„Weil Vater es sich wünscht, das weißt du sehr wohl. Und weil Adel nach wie vor und immer noch verpflichtet, auch wenn du anderer Meinung bist. Adel verpflichtet auch zu einem gepflegten Umgangston, darum ersuche ich dich jetzt dringend, dich in deiner Wortwahl zu mäßigen, umso mehr, als es dir wieder einmal gelungen ist, Vater in einer Weise zu provozieren, dass er ...“

Sie legt dem Fürsten in großer Besorgnis den Arm um die Schultern.

„Liebster, Claudia hat sich von ihrem gestrigen Fest noch nicht wieder erholt. Das Treffen mit ihren Freundinnen aus der Abiturklasse hatte sich sehr in die Länge gezogen. Sie ist etwas übermüdet und meint es nicht so, wie es jetzt klingt ... sie ist unsere Tochter, von deinem und meinem Blut, sie wird Wort halten und Michael Graf Lauenstein heiraten. Eine von Wallburg hält, was sie einmal versprochen hat.“

Fürst Raimund greift nach der kostbaren, mit Rosen bemalten Meißner Pillendose und entnimmt ihr eine Anzahl von Tabletten, die er ebenso wie ein Glas Wasser mit zitternden Händen zum Munde führt. Er wirft seiner Frau unter schweren Lidern einen unsicheren Blick zu.

„Ich fühle mich heute nicht in der Verfassung, dieses immer wiederkehrende Thema ein weiteres Mal ergebnislos zu erörtern. Ich habe das Bedürfnis, mich noch einmal hinzulegen.

Würdest du bitte Dr. Mittmann anrufen und fragen, ob er – hoffentlich noch heute Vormittag – hier vorbeikommen kann? Und er möge das neue Herzpräparat mitbringen, von dem er bei seinem letzten Besuch gesprochen hat."

Mühsam, aber um Haltung bemüht, erhebt er sich vom Tisch und geht, den hilfreich angebotenen Arm seiner Frau dankbar ergreifend, durch die Halle zu der geschwungenen Holztreppe, die in die oberen Stockwerke von Schloss Wallburg führt.

Die Fürstin streift ihre Tochter noch einmal mit einem vorwurfsvollen Blick, ehe sie den Gatten nach oben begleitet.

Claudia bleibt allein am Tisch sitzen. Wütend zerbröselt sie ihren Toast und wirft das silberne Frühstücksmesser in den Brotkorb.

Agnes Dahlmann, die Haushälterin, steckt ihren Kopf durch die Türe des angrenzenden Wirtschaftsraumes.

„Kann ich schon abräumen?"

Claudia sieht sie hilfesuchend an. „Komm rein, Dahlmann, hast du das gehört? Ja, ja, ja, es stimmt, ich habe versprochen, Michael zu Lauenstein zu heiraten, aber eigentlich nur, weil Papa es sich sehnlichst wünscht – er hat sich ja immer einen Sohn gewünscht. Ich als das einzige Kind meiner Eltern bin leider nur eine Tochter geworden – so ein Pech aber auch! Aber weil es bei den beiden nicht zu einem Sohn aus eigenem Fleisch und blauem Blut gereicht hat, muss wenigstens ein Schwiegersohn her, und zwar ein standesgemäßer. Ja, ich habe versprochen, ihn zu heiraten, aber sie haben mir auch etwas versprochen. Als ich vor Wochen mit meinem durchaus akzeptablen Abiturzeugnis nach Hause kam, hatte ich mir gewünscht, dass ich zur Belohnung für ein Jahr in die USA darf, um mein Englisch zu verbessern. Und wenn *ich* mein Versprechen halte, kann ich erwarten, dass sie *ihr*es auch halten. Sie müssen mich vor der Hochzeit noch für ein Jahr von der Leine lassen, aber nun kämpfe ich schon seit einer halben Ewigkeit darum, dass ich mich endlich um einen Flug kümmern darf, weil ..."

Den Blick in den sonnigen Garten gerichtet, atmet sie tief durch.

„Dahlmann, du hast es eben sicher gehört, was Mama gesagt hat: ‚Eine von Wallburg hält, was sie verspricht'. Aber bei *ihnen* ist seit Monaten von *ihrem* Versprechen überhaupt nicht mehr die Rede. Jetzt sind sie wieder beleidigt abgezogen und nach oben gegangen. Ja, ja, ja, ich weiß, dass Mama sei Jahren schwer depressiv ist, ich nehme so gut ich kann auch Rücksicht darauf, auch wenn ich manchmal Zweifel habe, ob sie sich nicht – aus mir natürlich unbekannten Gründen – in diese Krankheit flüchtet. Und auch daran habe ich mich gewöhnen müssen, dass Papa immer mal wieder kurz vor dem Herzstillstand steht und keine noch so geringe Belastung überleben würde."

Agnes Dahlmann will etwas einwenden, aber Claudia ist nicht zu bremsen.

„Und deshalb darf ich gar keinen Gedanken mehr äußern, der seiner Denkweise auch nur im Mindesten widerspricht. Wann immer es ihnen geboten scheint, ziehen sie sich kurz vor dem „Ende" zurück, nehmen übel und lassen mich mit schlechten Gewissen sitzen. Dahma, wenn du wüsstest, wie sehr ich mich danach sehne, diesen Zwängen wenigstens für ein Jahr zu entkommen – bevor ich in den nächsten goldenen Käfig gesperrt werde. Am liebsten würde ich gleich morgen in den Flieger in die USA steigen." Sie ergreift einen Zipfel des Tischtuches und wischt sich mit ungeduldiger Geste ein paar Tränen aus dem Gesicht.

„Und sie bringen mich immer wieder zum Heulen, auch wenn ich gar nicht heulen will. Das muss auch mal aufhören."

.Die Haushälterin hat begonnen, das benutzte Geschirr aufeinanderzustapeln. Doch ehe sie damit in die Küche geht, stellt sie es noch einmal ab und nimmt Claudia in den Arm.

„Laudi, mein kleines Mädchen.“ Unversehens sind beide in die Anrede aus Claudias Kindertagen verfallen: Dahma und Laudi. Sie streicht der weinenden Prinzessin liebevoll übers Haar.

„Vielleicht solltest du versuchen, einen etwas weniger rebellischen Tonfall anzuschlagen, wenn du mit deinen Eltern sprichst. Dein Vater ist in der Tat schwer herzkrank und deine Mutter hat es nicht gerade einfach mit ihm. Was ihre zeitweiligen Anfälle von Depressionen betrifft, so finde ich, dass sie sich dennoch sehr tapfer hält.“

Das „kleine Mädchen“ schlägt die Hände vors Gesicht.

„Jajaja, und deshalb brauchen sie unentwegt Schonung und Nachsicht und müssen wie rohe Eier behandelt werden ... Dahma, ich brauche auch manchmal Schonung und Rücksichtnahme, aber daran denkt niemand, und ich ...“

Claudia beginnt hemmungslos zu schluchzen.

„Ich kann hier doch nicht ein ganzes Jahr untätig herumsitzen oder womöglich Monogramme in die Aussteuerwäsche sticken, bis Michael sein zweites Staatsexamen gemacht hat. Denn ehe er das nicht in der Tasche hat, denkt er nicht ans Heiraten. Und überhaupt – ich versteh ihn manchmal nicht – er ist so ehrgeizig, hat nur sein Studium und seinen zukünftigen Beruf im Kopf, träumt von einer glanzvollen Anwaltskarriere, von interessanten Fällen und ...“

Agnes Dahlmann unterbricht sie.

„Kind, sei nicht ungerecht. In der heutigen Zeit ehrgeizig zu sein, ist kein Fehler, sondern ein Muss. Auch ihm als Adeligem fällt nichts in den Schoß, das weißt du selbst. Und – ich dachte immer, du liebst ihn?“

„Ach, Dahma – Liebe, das ist ein großes Wort. Ja, er ist nett, er ist anständig, er sieht gut aus, die Lauensteins sind reich, er ist ganz bestimmt das, was man eine gute Partie nennt. Alle Mütter mit Töchtern im heiratsfähigen Alter wünschen sich einen solchen Schwiegersohn – und ich mag ihn ja auch, aber ..." Sie stockt.

„Was, aber?"

„Ich verzehre mich nicht nach ihm, ich bekomme keine ‚Schmetterlinge im Bauch' in seiner Nähe – Mama sagt, das käme erst in der Ehe, aber ob Mama das jemals erlebt hat, das mit den Schmetterlingen im Bauch? Ob die Verbindung mit Papa nicht womöglich auch eine Ehe aus Standesgründen war? Dahma, warst du eigentlich mal verliebt?"

Die so Angesprochene streicht nachdenklich die Tischdecke glatt.

„Ja, war ich – und wie!"

„Oh, erzähl mal – wer war das, wie hieß er? Und warum hast du ihn nicht geheiratet?"

Claudia wischt mit dem Handrücken die letzten Tränen ab und sieht ihre „Dahma" erwartungsvoll an.

„Er hieß Richard und war der Sohn eines Professors – und ich war die Tochter eines Tischlermeisters. Solche Standesunterschiede waren in meiner Jugend nicht zu überbrücken. Das hat sich bis zum heutigen Tage doch etwas gelockert, aber ..."

„Das denkst du", unterbricht Claudia. „Schön wär's. In *normalen*, also in bürgerlichen Gesellschaftsschichten, hat es sich vielleicht etwas gelockert, aber in ‚unseren Kreisen', wie meine Mutter zu sagen beliebt, gibt es noch haufenweise Ewiggestrige, die der Ansicht sind, kostbares blaues und ordinäres rotes Blut dürfe man nicht mischen. ‚Lila Blut tut niemand gut', das ist doch einer ihrer Standardsätze."

Nach einer Pause fährt sie resigniert fort:

„Deswegen sind meine Eltern auch so versessen darauf, dass ihre einzige Tochter einen Blaublütigen heiratet. Und Papa will endlich einen Sohn haben. Er hat es mich oft genug deutlich spüren lassen, wie sehr er es bedauert, dass ich *nur* ein Mädchen geworden bin. Ach, Dahma, du durftest nicht nach deinem Herzen heiraten, aber ich darf auch nicht frei entscheiden. Standesunterschiede und Standesdünkel gibt es auch heute noch, sonst müsste ich doch nicht diesen guten, lieben, ehrgeizigen und langweiligen Michael zu Lauenstein heiraten. Vater fiele tot vom Stuhl, wenn ich ihm eines Tages einen Bürgerlichen als künftigen Schwiegersohn präsentieren würde. Und Mutter würde mich enterben – sie hat ja bei uns das ganze Geld und die Ländereien, auf die Onkel Edwin, Mutters blöder Bruder, so erpicht ist. Das ist ja auch einer der Gründe, weswegen ich Michael heiraten soll: Dass unser Geld mit dem der Lauensteins verschmilzt, dass Michael und ich viele Kinder bekommen und dass Onkel Edwin, dieser Nichtsnutz mit seinen riskanten Finanzgeschäften, in die Röhre kuckt. Aber erzähl mir weiter von deinem Richard, in den du verliebt warst – war auch er in dich verliebt?“

„Nein, nein, und er war auch nie *mein* Richard, denn er hat ja gar nicht wissen können, wie es in mir aussah. Wir haben nur ein einziges Mal eher zufällig zusammen getanzt und danach hat er mich geküsst, aber mehr so bussibussi-mäßig. Und seitdem habe ich mich nach ihm ‚verzehrt‘, wie du es nennst, monatelang, und ich hatte die von dir erwähnten ‚Schmetterlinge im Bauch‘, wenn ich ihn nur von Weitem gesehen habe.“

„Arme Dahma, aber hättest du keinen anderen heiraten können? Du warst doch sicher hübsch früher. Bist es ja heute noch ... du könntest noch heute einen Mann finden.“

„Ach, Kind, mit 45 Jahren denkt man nicht mehr unbedingt ans Heiraten. Nein, ‚verzehrt' habe ich mich nur nach Richard, dem Unerreichbaren. Und dann stand ja eines Tages diese Anzeige in der Zeitung, dass auf Schloss Wallburg die junge Fürstin Henriette eine zuverlässige Kinderfrau für die Betreuung der neugeborenen Prinzessin Claudia braucht – und weil ich ohne ‚Schmetterlinge im Bauch' niemanden heiraten wollte, bin ich ledig geblieben und eure Dahlmann und deine Dahma geworden – und das habe ich nie bereut. Besonders nicht deinetwegen, denn dadurch, dass deine Mutter andere Aufgaben übernehmen musste, bist du *meine* Laudi geworden. Du konntest lange keinen K-Laut sprechen. ‚Dahma, Dahma, Laudi Arm!' Das war immer so süß, wenn du nach mir gerufen hast."

„Das möchte ich noch heute manchmal rufen", murmelt Claudia und drängt sich in die Arme der Haushälterin.

„Du hast diesen Richard also nicht einmal geküsst ... willst du damit sagen, dass du nie ... also du hast nie ... Dahma, bist du womöglich noch – Jungfrau?"

„Aber Claudia, so etwas fragt man doch nicht ... so etwas würde ich dich bei all unserer Vertrautheit nie fragen."

Agnes Dahlmann ist rot geworden. Sie schiebt Claudias von sich und streicht wieder mit fahrigen Händen über die längst tadellos geglättete Tischdecke.

„Aber du dürftest mich so etwas ruhig fragen", wendet Claudia lebhaft ein, „Denn du kennst mich, seitdem ich lebe, also immerhin seit fast 19 Jahren. Du kennst mich besser, als meine eigene Mutter mich kennt – ich habe ‚Dahma' gebrabbelt, noch bevor ich „Mama" sagen konnte, und deshalb verrate ich es dir ungefragt: *Ich* bin keine Jungfrau mehr. Setz dich hin, bevor du vor Schreck umfällst."

Dahlmann lässt sich sichtlich erschüttert auf den nächsten Stuhl fallen. „Aber Claudia, ich ..."

„Dahma, ich war die letzte Jungfrau in unserer Abiturklasse, alle konnten irgendwann von ihren erotischen Ersterfahrungen berichten, nur ich nicht – das war ja schon fast peinlich.“

„So etwas erzählt ihr euch gegenseitig? In meiner Jugend ... Laudi, du machst mich sprachlos.“

„Ach, Dahma.“ Claudia verfällt immer wieder in den Kosenamen aus längst vergangenen Kindertagen.

„Diesbezüglich stand ich nicht wirklich unter dem Druck meiner Klassenkameradinnen – ich hätte mir jederzeit einen Liebhaber ausdenken können, um mich damit zu brüsten. Wer weiß, ob die anderen nicht auch dann und wann geflunkert haben. Notfalls hätte ich auch fröhlich gelogen. Nein, den eigentlichen Druck hat Vater ausgeübt.

‚Ist mit dir und Michael in jeder Beziehung alles in Ordnung?‘, fragte er manchmal. Anfangs wusste ich gar nicht, was genau er meinte, dann hakte Vater nach. ‚Ich meine – ist Michael ein richtiger Mann?‘ Wenn er sich getraut hätte, würde er wohl gefragt haben: ‚Ist dein Zukünftiger gut im Bett? Ist er imstande, der Vater meiner Enkel zu werden?‘ Dann hätte ich ihm wahrscheinlich ins Gesicht gesagt: ‚Ja, Vater, deine Sorgen sind unbegründet – er ist *imstande*, aber er bringt mein Blut nicht zum Kochen und er benutzt Kondome, weil wir erst nach seinem Examen heiraten und Kinder haben wollen – wir tun alles, damit ihr nicht wegen einer vorzeitigen Schwangerschaft eurer Tochter in den Schlagzeilen der bunten Blätter auftaucht und euer tadelloser Ruf einen Knacks bekommt – zufrieden?‘ Natürlich habe ich nie so reagiert, wohlerzogen und artig wie ich im Grunde bin, aber dass Michael mein Blut nicht zum Kochen bringt, dass ich mich nicht nach ihm ‚verzehre‘, das stimmt leider.“

„Oh, mein Schätzchen, mein Herzenskind.“ Agnes Dahlmann wiegt ihre „Laudi“ in den Armen wie in längst verflossenen Kindertagen.

„Aber wenn wir schon beim Thema sind, dann verrate ich dir noch etwas: Seit vorgestern weiß ich, wie es sein kann, wenn ein Mann nicht wie Michael pflichtgemäß, aber unbeholfen ‚den Druck aus dem Kessel lässt‘, sondern wenn jemand es schafft, echte Leidenschaft in einem zu wecken. Welches Gefühl dich überkommt, dass du nahe daran bist, den Verstand zu verlieren. Wenn du nicht nur Schmetterlinge im Bauch hast, sondern ... ach, ich will dir nicht verspätet den Mund wässerig machen, arme Dahma, die du so etwas nie erlebt hast. Ich habe es erlebt – ob es aber ein Glück oder ein Segen ist, wird sich zeigen. Nur – wer der ‚Bösewicht‘ war, der mir den Pulsschlag lustvoll erhöht und die Blutzufuhr zum Herzen so beschleunigt hat, dass ich befürchtete, ohnmächtig zu werden – das werde ich niemandem erzählen, nicht meinen besten Schulfreundinnen und auch nicht meiner lieben treuen Dahma.“

Die Haushälterin schweigt zunächst, fast peinlich berührt und zögert, ehe sie ihre Scheu überwindet und eine Frage stellte, die ihr auf der Zunge brennt:

„War der ‚Bösewicht‘ wenigstens standesgemäß?“

Claudia lächelt. „Keine Auskunft!“

„Aber – wirst du Michael zu Lauenstein trotzdem heiraten?“

„Ja, ich bin eine brave, folgsame Tochter, eine von Wallburg, die ihr einmal gegebenes Versprechen halten wird, aber vorher will ich noch ein wenig von der Welt sehen, auch wenn ...“

Die rufende Stimme der Fürstin unterbricht das Gespräch der beiden.

„Dahlmann, könntest du bitte kommen?. Ich muss Dr. Mittmann anrufen und möchte nicht, dass mein Mann in der Zwischenzeit alleine ist.“

Dahlmann windet sich aus Claudias Armen.

„Ich komme, Fürstin, bin sofort bei Ihnen."

„Mutter, ich könnte auch ..."

Die Fürstin reagiert abweisend.

„Meine liebe Claudia, deine Gesellschaft ist Vater in seiner momentanen gesundheitlichen Verfassung nicht anzuraten, wie du dir unschwer denken kannst, besonders nicht nach der Standpauke, die du uns eben überflüssigerweise gehalten hast. Nein, nein, Dahlmanns Obhut ist ihm auf jeden Fall zuträglicher."

Claudia liegt eine bissige Antwort auf der Zunge, aber Dahlmann bedeutet ihr zu schweigen.

„Lass es gut sein, Laudi," murmelt sie halblaut. „Und was unser voriges Gespräch betrifft ..." Sie legt den rechten Zeigefinger auf ihre geschlossenen Lippen und flüstert im Vorbeihuschen: „Ich werde schweigen wie ein Grab."

„Ich weiß es zu schätzen, liebe, liebe Dahma."

Unwillig wendet Claudia sich an ihre Mutter.

„Wenn ich hier also unerwünscht und überflüssig bin, dann gehe ich in den Stall zu Avra und ihrem Fohlen. Die Pferde freuen sich über meine Anwesenheit und sind dankbar für ein paar Streicheleinheiten – im Gegensatz zu manchen Menschen."

Die Miene der Fürstin verfinstert sich.

„Du kannst dir deinen schnippischen Unterton sparen. Im Übrigen würde auch Vater sich über ein paar Streicheleinheiten seiner einzigen Tochter freuen, aber diese ..." Sie vollendet den Satz nicht, sondern bedeutet Dahlmann, ihr ins Schlafzimmer des Fürsten zu folgen.

Claudia beherrscht sich nur mühsam. Sie schließt die Augen für einen kurzen Moment und atmet tief durch.

„Dann muss ich mir wohl schon wieder reumütig an die Brust schlagen: Mea culpa, mea culpa, mea maxima culpa ...“, murmelt sie halblaut, schluckt aber eine bissige Antwort herunter, um weiteren Unfrieden zu vermeiden. Dann geht sie entschlossenen Schrittes durch den Garten zu den Hofgebäuden, in denen auch der Reitstall untergebracht ist. Ihr Pferd Avra begrüßt seine Herrin schon von Weitem mit einem sanften, aber hörbaren Schnobern.

2

„Na, wem gilt denn diese freudige Begrüßung?"

Der alte Gärtner des Fürsten schaut interessiert um die Ecke.

„Claudia, welch nette Überraschung am frühen Morgen. Ich habe dich lange nicht gesehen." Er wischt seine schwieligen Hände an der Schürze ab und streckt Claudia seine Rechte entgegen.

„Herzlichen Glückwunsch nachträglich zum bestandenen Abitur. Deine Eltern werden stolz und erleichtert sein, dass es so gut gelaufen ist. Meine Frau und ich waren es jedenfalls, als unser Harald damals diese erste von vielen Hürden genommen hatte."

Claudia nimmt die Gratulation lächelnd entgegen.

„Danke, Onkel Weggi. Ja, das Abi habe ich geschafft, aber das ist ja schon fast eine Ewigkeit her."

Seit Kindertagen, als der Name Wegener für sie noch zu schwierig auszusprechen war, benutzt Claudia diesen Namen, und Onkel Weggi nennen ihn seitdem auch einige der anderen Angestellten des Fürsten. Dieser seinerseits, ebenso wie Fürstin Henriette, spricht ihn weiterhin förmlich mit „Herr Wegener" an. Auch dass der Gärtner Claudia gegenüber das vertrauliche *Du* benutzt, hatte der Fürst zu unterbinden versucht, aber Claudia hatte darauf bestanden, von ihrem „Onkel Weggi" geduzt zu werden. „Onkel Edwin sagt ja auch du zu mir und Onkel Weggi ist viel netter als Onkel Edwin." Damit war für Claudia der Fall erledigt, und Fürst Raimund hatte sich widerwillig damit abfinden müssen.

Claudia schüttelt ihm kräftig die Hand.

„Wie geht es Harald übrigens? Studiert er nicht Jura in Marburg? Ich habe ihn lange nicht mehr gesehen. Wenn ich richtig rechne, muss er schon bald sein erstes Examen machen?"

Der Gärtner grinst. „Das erste Examen? Prinzessin, der hat sein Zweites schon mit Bravour abgelegt und arbeitet seit einem halben Jahr als Rechtsanwalt in einer Anwaltskanzlei in Münster. Wenn du mal einen tüchtigen Spezialisten für Erbschaftsangelegenheiten brauchen solltest, dann kannst du auf ihn zählen,"

„Ach, das ist gut zu wissen", unterbricht Claudia ihn lachend, „Mein Vater ist im Moment so wütend auf mich, dass er womöglich durchaus in Erwägung zieht, mich zu enterben."

Sie hält inne und fährt dann fort:

„Nein, das würde er schon deshalb nicht tun, weil unser ganzer Besitz nach seinem und Mutters Tod an Mutters Bruder ginge, an Onkel Edwin, das schwarze Schaf der Familie. Und der würde Haus und Hof in kürzester Zeit herunterwirtschaften oder verzocken – nein, da setzt er doch lieber mich als Alleinerbin ein. Aber auch wenn ich Haralds Rat als Anwalt hoffentlich nie in Anspruch werde nehmen müssen, würde ich ihn gerne einmal wiedersehen. Ist er schon verheiratet?"

Voll Stolz berichtet der alte Wegener umständlich und fast ein bisschen ausufernd von den Erfolgen seines Sohnes. Nein, verheiratet sei er nicht, aber er habe eine Freundin und ...

Einen Hustenanfall vortäuschend, verabschiedet Claudia sich abrupt von ihm, weil Peter von Gliesen, der junge Veterinär, den Fürst Raimund vor einiger Zeit eingestellt hatte, im Eingang des Stalls erscheint. Gerade *ihm* will sie jetzt lieber nicht begegnen. Sie versucht in Richtung Ausgang zu flüchten, als Baron von Gliesen sich ihr in den Weg stellt und sie nach kurzer, korrekter Begrüßung bittet, für einen Augenblick mit in sein Büro zu kommen. Es sei da in Bezug auf irgendwelche fragwürdigen Abrechnungen des Heu liefernden Bauern etwas zu klären.

Beklommen und mit beschleunigtem Herzschlag entspricht Claudia seiner Aufforderung.

In von Gliesens Büro angekommen, fehlen beiden zunächst die Worte, bis Claudia, Interesse an der angeblich fragwürdigen Rechnung vortäuschend, zu sprechen beginnt.

„Was ist mit ..."

Der Baron unterbricht sie.

„Claudia, was uns da vorgestern passiert ist – das darf sich nicht wiederholen."

Er senkte die Stimme zu kaum mehr als einem Flüstern. „Nein, es darf sich nicht wiederholen. Bitte versteh mich recht: Ich liebe meine Frau – es würde ihr wehtun, wenn sie es erfahren würde, aber ich möchte ihr nicht wehtun. Claudia, dich habe ich an jenem Abend auch geliebt, du warst so ... ich konnte mich nicht beherrschen."

Er nimmt Claudias Hände.

„Ich hätte den Rotwein im Schrank lassen sollen. Er hat uns wegen der Geburt von Avras Fohlen in eine so euphorische Stimmung versetzt, dass wir ..."

Er lässt ihre Hände los und beginnt, mit gehetztem Schritt das kleine Büro hin und her zu durchqueren.

„Du bist so jung und schön und begehrenswert und heiter und unbekümmert und ... die Gefühle haben mich einfach überwältigt. Meine Frau ist seit Monaten so verändert, so melancholisch, so wenig heiter und schon gar nicht unbekümmert. Aber ich habe ihr Treue versprochen und meine es ernst damit."

Er schließt die Augen und spricht leise weiter, wie zu sich selbst.

„Sonja und ich schlafen nur noch miteinander in der Hoffnung, ein Kind zu zeugen. Unser Beischlaf ist zu einer Pflichtübung geworden. Wir leiden beide darunter ... ihr verzweifelter Wunsch nach einem Kind ist übermächtig, aber es klappt nicht bei uns."

Er schweigt und schlägt die Hände vors Gesicht.

Claudia geht auf ihn zu und nimmt ihn vorsichtig und scheu in den Arm.

„Du hast recht, Peter, es darf und es wird sich nicht wiederholen, auch wenn es atemberaubend schön war. Ich verdanke dir ein Erlebnis, das ich so nicht erwartet hatte. Auch mich haben die Gefühle überwältigt – Gefühle, die ich bis dahin nicht kannte. Wir werden den Abend als unser beider Geheimnis hüten, denn auch ich habe Michael Treue versprochen, wenn auch noch nicht – wie du – vor dem Traualtar."

Sie streicht ihm übers Haar, zieht mit schüchterner Hand den glatten blonden Scheitel nach und versucht ein unsicheres Lächeln.

„Vielleicht solltet ihr beide bei einer nächsten Gelegenheit denselben Wein trinken, der uns dermaßen in Stimmung versetzt hat, dass wir ..."

Sie lässt ihn los, schüttelt ‚nie wieder' flüsternd den Kopf und wendet sich einem Stapel Papier auf seinem Schreibtisch zu. „Was also ist mit dieser ominösen Rechnung?"

Peter Gliesen geht zu seinem Bürostuhl, nachdem er Claudia einen freundschaftlichen Kuss auf die Stirn gedrückt hat.

„Du wirst also künftig nicht mehr mit schlechtem Gewissen versuchen, mir auszuweichen so wie eben?"

„Wir werden uns ohnehin nur noch selten sehen, ich fliege nämlich für ein Jahr nach Amerika, auch wenn ich dafür bei meinen Eltern noch Überzeugungsarbeit leisten muss. Ich habe eine Stelle als Au-pair in Aussicht und hoffe, bei einer amerikanischen Familie mit Kindern mein Englisch noch verbessern zu können. Wer weiß – vielleicht kann ich damit Michael in seiner zukünftigen Anwaltspraxis eines Tages dienlich sein, denn er will sich auf Europarecht spezialisieren, und sein Englisch ist nicht halb so gut wie meines. Also – her mit der Rechnung!"

„Ach, das war doch nur ein Vorwand, dich vom alten Wegener weg und in mein Büro zu locken. Ich musste mit dir sprechen, weil ich ein schlechtes Gewissen habe wegen des vorgestrigen ..."

Er sucht nach einem passenden Wort.

„Man nennt das wohl einen Seitensprung, oder? Ich wollte, ich könnte ihn ungeschehen machen, das musst du mir glauben."

Claudia sieht nachdenklich hinaus in den noch immer herbstlich blühenden Garten. Ihr Blick schweift zu der alten steinernen Brücke, die die Gräfte überspannt. Jenseits, vor der dunklen Taxushecke, leuchten unzählige Dahlien und Gladiolen in der Morgensonne, und an der Backsteinmauer der Remise stehen üppige Reihen mit weiß- und blaublühendem Rittersporn Spalier.

„Bring deiner Sonja einen Strauß Rittersporn mit – blau ist die Farbe der Treue, denn im Grunde bist du deiner Frau trotz allem treu. Ich möchte diesen Abend nicht vergessen, Peter, denn er hat in mir eine neue Saite zum Klingen gebracht. Aber ich werde in deiner Gegenwart nicht mehr darüber sprechen. Und nun möchte ich Avra nicht länger warten lassen."

Sie klopft mit dem Fingerknöchel Abschied nehmend dreimal auf die Tischplatte und verlässt das Büro in Richtung Reitstall.

„Avra, meine Schöne, lass uns ein bisschen ausreiten und den goldenen Oktober genießen – jaja, dein Fohlen darf mit."

Sechs Wochen später.

Eine SMS:

„Lieber Peter, könntest du bitte morgen gegen 18 Uhr MEZ diese auf dem Display angegebene Nummer anrufen? Ich muss dich dringend sprechen. C."

3
– Zwanzig Jahre später –

„Ist das nicht ein wundervoller Frühlingstag, Dahlmann? ‚Nun will der Lenz uns grüßen' – haben wir früher in der Schule gesungen ... Man wird ein anderer Mensch, wenn endlich die Sonne scheint – und sie wärmt sogar schon. Fühlst du es auch?"

Fürstin Henriette steht in der offenen Gartentür des Frühstückszimmers von Schloss Wallburg und legt den Kopf in den Nacken, der milden Sonne entgegen. Unter der Rotbuche blühen wie jedes Jahr die blauen Zwerghyazinthen in üppiger Fülle.

„Der Blumenteppich wird jedes Jahr etwas breiter, hast du das auch beobachtet? Als mein Mann noch lebte, war er längst nicht so ausladend. Schade, dass er diese Pracht nicht mehr erleben kann."

Agnes Dahlmann räumt weiter den Tisch ab und trägt das Geschirr in die Küche, ehe sie sich neben die Fürstin stellt und ebenfalls in den Park schaut.

„Ja, Fürstin, die Sonne hat schon richtig Kraft ... ich werde den Sonnenhut vom Dachboden holen. Sie sollten ihn aufsetzen, wenn Sie nach draußen gehen. Man holt sich um diese Jahreszeit schnell einen Sonnenbrand. Sie haben übrigens vor lauter Frühling Ihre Tabletten vergessen, hier, nehmen Sie sie jetzt, ehe ihre Stimmung wieder umschlägt."

Die Haushälterin reicht der Fürstin ein Glas Wasser und die alte Meißner Pillendose mit den Medikamenten.

„Ach, Dahlmann, wenn ich dich nicht hätte ... nein, meine Tabletten darf ich nicht vergessen. Manchmal bin ich schon stark versucht, sie abzusetzen, aber wenn ich damit riskiere, wieder so eine Psychose zu bekommen wie vor zwei Jahren – nein, ich werde brav sein und sie weiterhin schlucken ... sieh mal da drüben, auf der anderen Seite der Gräfte, ist das nicht der alte Wegener? Was macht er denn da? Ach, er kümmert sich um den abgeblühten Rhododendron, dabei fällt ihm das Strecken und Bücken auch schon schwer. Aber er will ja um nichts in der Welt in Rente gehen. Der Park ist ihm nach wie vor Lebensinhalt. Welch ein Glück für mich. Ohne euch beide wäre ich in dem großen Haus einsam und alleine."

„Das dürfen Sie nicht sagen, Fürstin. Sie haben doch auch Claudia und Michael und vor allem Ihre Enkelin, Esther. Übrigens, hat die nicht in der nächsten Woche Geburtstag? Wird sie nicht sogar 18 Jahre alt und damit volljährig?"

„Gut, dass du mich daran erinnerst, Dahlmann, ich möchte ihr so gerne irgendetwas Ausgefallenes schenken, denn der 18. Geburtstag ist in der Tat etwas Besonderes, nicht wahr? In unserer Jugend wurde man erst mit einundzwanzig Jahren volljährig, erinnerst du dich? Ich weiß noch, dass ich an dem Tag von meiner Mutter eine wunderschöne Perlenkette bekommen habe. Warum habe ich die eigentlich so lange nicht mehr getragen? Echte Perlen müssen getragen werden, sonst verlieren sie ihren Schimmer, aber seit Fürst Raimund vor vier Jahren starb ..."

Wehmütig betrachtet sie ihre Hand mit den beiden Eheringen. Plötzlich kommt ihr ein Gedanke.

„Ob ich die Kette an Esther weiterverschenke? Sie könnte sie an ihrem Geburtstag tragen, Dahlmann, was meinst du?"

Dahlmann äußert vorsichtige Bedenken.

„Wenn Sie mich so fragen – Esther ist ja doch eher etwas ...

etwas flippig, möchte ich es nennen, und zu ihren bunten Schlabberkleidern passen die niedlichen bunten Glasperlenketten vom Flohmarkt eigentlich besser als wertvolle echte Tiefseeperlen, oder?“

„Ja, du hast wieder mal Recht. Vielleicht sollte ich sie ihr erst zum Abitur in drei Wochen schenken ... Was haben wir eigentlich Claudia damals geschenkt, als sie ihr Abi bestanden hatte? Kannst du dich daran erinnern?“

Agnes Dahlmann spielt mit den Bändern ihrer Schürze.

„Oh ja, das weiß ich noch. Sie haben ihr nach langen erbitterten Diskussionen erlaubt, die heiß ersehnte Au-pair-Stelle in Amerika anzutreten. Fürst Raimund war dagegen und Sie hatten es seinerzeit auch bereut, ihr diese Auszeit als Belohnung für ihr glänzend bestandenes Abitur versprochen zu haben. Aber Claudia hat nicht lockergelassen. Die Reise in die Staaten, das war Ihr Abiturgeschenk an sie. Das Kind war so glücklich, als sie in den Flieger stieg ...“

„Und sie war völlig verändert, als sie nach knapp einem Jahr schon wieder zurückkam. Nicht nur, dass sie zugenommen hatte, was wohl an der für uns Europäer eher ungewohnten amerikanischen Küche gelegen haben mag. Und die überzähligen Pfunde waren ja auch schnell wieder verschwunden. Bei der Hochzeit mit Michael war sie jedenfalls gertenschlank und hübsch wie eh und je, aber irgendwie verändert. Das fiel sogar meinem Mann auf. Sie war eigenartig mild und fügsam geworden, längst nicht mehr so aufmüpfig wie vorher. Wir haben uns oft gefragt, was sie wohl so verändert haben mag. Hat sie sich dir gegenüber auch nicht geäußert?“

Agnes Dahlmann schüttelte den Kopf.

„Nein, sie hat auch mir nie viel von ihrem Amerikaaufenthalt erzählt, obwohl ich sie mehrfach gebeten hatte, mir zum Beispiel von dem so häufig zitierten ‚way of life‘ der Amerikaner zu berichten. Aber es kam nicht viel dabei heraus. Es habe häufig ‚Fast Food' gegeben und dazu Cola, das Lieblingsgetränk der Amerikaner, deshalb habe sie auch so zugenommen. Und sie hat ihr Fahrrad vermisst, in Boston würden auch die kleinsten Entfernungen mit dem Auto erledigt. Stattdessen würde in der Freizeit gejoggt, was das Zeug hält ... nein, viel Neues war da nicht zu erfahren."

„Aber die Familie, deren Kinder sie als Au-pair-Girl zu betreuen hatte, soll doch eigentlich nett gewesen sein, oder nicht?"

„Ja, das habe ich auch so verstanden, besonders das Baby sei so süß gewesen ... an dem hat sie wohl gehangen, aber ansonsten waren keine Details aus ihr herauszubekommen. Sie muss sehr unter Heimweh gelitten und viel geweint haben."

„Wir waren enttäuscht, dass sie so selten angerufen hat – vielleicht deshalb, weil sie nicht zugeben wollte, dass sich dieser Trip doch nicht als das ideale Abiturgeschenk erwiesen hat – obwohl sie es sich so sehr gewünscht hatte. Arme Claudia ... Wie gut, dass sie sich sofort nach ihrer Rückkehr ihrem Michael in die Arme gestürzt hat. Ich denke gern an diese Hochzeit zurück. Was für ein schönes Paar sie waren, das sagten alle. Und mein Mann war so glücklich, endlich einen ‚Sohn' zu haben, wenn auch nur einen Schwiegersohn."

„Ja, sie waren ein schönes Paar, ich erinnere mich auch gern an den Tag. So hat sich dann doch alles zum Guten gewendet. Fürst Raimund war später so begeistert von Esther, seiner kleinen Enkelin, auch wenn er sich womöglich auch da wieder insgeheim einen männlichen Erben erhofft hatte – und er hat das Kind trotz seiner immer auffälliger werdenden gesundheitlichen Probleme viele Jahre genießen können. Nicht traurig sein an so einem herrlichen Frühlingstag ... Wir sollten lieber darüber nachdenken, was ich heute kochen könnte. Wie wär's mit frischem Spinat aus dem Treibhaus? Weggi hat schon vor ein paar Tagen voll Stolz berichtet, man könne eine erste Mahlzeit ernten. Also?“

Die Fürstin schenkt ihrer Haushälterin ein dankbares Lächeln.

„Eine gute Idee, Dahlmann, junger Spinat mit Stampfkartoffeln, gerösteten Zwiebelringen und Spiegeleiern. Ich werde im Hühnerstall nachsehen, ob die Hennen schon in Legestimmung sind.“

Sie öffnet die Flügeltür und will gerade die Terrasse betreten, als das Telefon klingelt.

„Soll ich ...?“ Dahlmann sieht die Fürstin fragend an.

„Nein, ich gehe schon ... Hallo Claudia, guten Morgen ... Dahlmann und ich haben gerade von dir gesprochen, und davon, dass Esther nächste Woche Geburtstag hat und dass ich ihr gerne etwas besonders Hübsches schenken möchte ... ich weiß nur noch nicht was. Hast du eine Idee? – Ach so, dann kann ich mir ja noch Zeit lassen ...“

Sie bedeckt die Sprechmuschel mit der freien Hand und wendet sich zu Dahlmann. „Sie werden nach Juist fliegen und an dem Tag gar nicht zu Hause sein“, informiert sie diese mit flüsternder Stimme.

„Nun, wenn ihr dem Kind damit eine Freude macht, dann ist das sicher eine gute Idee? – Wie sind denn die Wetteraussichten? – Aber baden wird man noch nicht können, oder? – Ach so, das Hotel hat einen Wellnessbereich – Michael nimmt sich extra das Wochenende frei, gut so – nun ja, wenn die einzige Tochter volljährig wird ...“

Sie bedeutet Dahlmann mit einer Handbewegung, dass es ein längeres Gespräch werden wird und geht, den Hörer am Ohr, über die Terrasse in den Park. Mutter und Tochter unterhalten sich angeregt und ausführlich.

„Gestern hatte Michael einen neuen Klienten, einen Amerikaner, dem Michaels Kanzlei empfohlen worden war, weil seine Frau – also ich – ein ausgezeichnetes Englisch bzw. Amerikanisch spräche und es deshalb keine Verständigungsprobleme geben werde. Da war ich richtig stolz, dass ich Michael auch dieses Mal helfen kann – es wird ein schwieriger und langwieriger Prozess werden, aber ..."

Die Fürstin unterbricht.

„Dann war dein damaliges Jahr in Amerika doch keine verplemperte Zeit, oder? Wenigstens konntest du dich sprachlich so sehr verbessern, dass du auch in schwierigen juristischen Fällen dolmetschen kannst. Ansonsten hatten wir immer eher den Eindruck, dass du damals keine glückliche Zeit hattest – du hast jedenfalls nie viel erzählt. Sogar Dahlmann erinnert sich, dass du ein Gespräch über deine Zeit in Amerika nach Möglichkeit vermieden hast. Warum eigentlich?"

„Ach, Mama, klammern wir dieses Thema endgültig aus, es liegt so weit zurück, lassen wir die Vergangenheit ruhen. Ich habe sofort nach meiner Rückkehr Vaters Wunsch entsprochen und Michael geheiratet, damit er endlich einen ‚Sohn' hatte, und ..."

Wieder unterbricht die Fürstin.

„Soll das heißen, dass du Michael nur Vater zuliebe geheiratet hast? Das kann und will ich nicht glauben, dass diese Ehe für dich ein Opfer war. Nein, Claudia, du warst mit Michael verlobt und hast ihn auch geliebt und, soweit ich das als Mutter erkennen kann, führt ihr eine gute Ehe, seid gesellschaftlich anerkannt, habt keinerlei finanzielle Sorgen, und ein zusätzlicher Beweis von Liebe ist eure Tochter Esther. Mach mir nicht das Herz schwer, indem du das abstreitest."

„Mutter, bitte, noch einmal – lassen wir das Thema Amerika endgültig in der Versenkung verschwinden, zumal Esther gerade kommt und noch ein paar Worte mit dir wechseln möchte. Aber bitte nicht mehr zu lange, ich erwarte noch einige Anrufe ... Bussi."

„Hallo Großmutter."

Esthers junge fröhliche Stimme erreicht das Ohr der Fürstin. „Hast du gehört, dass Papa sich zu meinem Geburtstag frei nimmt und wir mit einem Privatflieger nach Juist fliegen? Ist das nicht toll? Nur wir drei? Papa hat sogar versprochen, dass er das ganze Wochenende sein Smartphone abschalten und nicht anrühren wird. Da bin ich ja gespannt, ob er das durchhält ... das wäre ein wirklich echtes Geschenk. Was sagst du dazu?"

„Ich freue mich mit dir, Kleines. Apropos Geschenk: Womit könnte denn *ich* meiner einzigen Enkelin eine Geburtstagsfreude machen? Gibt es da nicht einen vielleicht geheimen Wunsch, den deine Großmutter dir erfüllen könnte? Na? Überleg doch mal ..."

„Omilein, also wenn ich mir wirklich etwas wünschen darf ... ich habe vor ein paar Wochen bei euch auf dem Dachboden in dem großen Schrank, bei dem die Türe so klemmt, eines von deinen alten Kleidern gesehen, so ein buntes mit ganz großen Blumen darauf und mit einem weiten Rock – das ziehst du bestimmt nie mehr an, aber ich würde es schrecklich gern zu unserer Abiturfeier tragen – wir wollen alle in Kleidern von ‚anno dunnemals' erscheinen – und dieses Kleid finde ich so was von süß ... bittebitte, Omi, ich passe auch ganz bestimmt auf, dass es nicht kaputtgeht, und ..."

Esthers Stimme ist ganz klein und kindlich geworden und endet mit einem großen akustischen Fragezeichen. Die Fürstin kann sich eines Lächelns nicht erwehren.

„Wenn wir dasselbe Kleid meinen, dann sprechen wir von meinem Tanzstundenkleid ... das hat mir unsere damalige

Hausschneiderin genäht. Es ist aus sogenanntem Georgette, ein Stoff, den es heute fast gar nicht mehr gibt. Meine Mutter fand damals, der Ausschnitt sei für ein junges Mädchen viel zu tief – ich hatte schon zu meiner Tanzstundenzeit einen deutlich erkennbaren Busen – doch die Schneiderin hat meiner Mutter alle Bedenken ausgeredet. Aber sie musste aus einem Rest des Stoffs ein Tüchlein nähen, das man, zu einer Rose gefältelt, mit einer Schmucknadel am Ausschnitt befestigen konnte, um damit das Dekolleté zu verkleinern."

„Genau, und diese Rose und sogar die altmodische Schmucknadel stecken immer noch an dem Ausschnitt", fuhr Esthers fröhliche Stimme dazwischen. „Omi, schenkst du mir das Kleid zum Geburtstag? Dann brauchst du dir auch gar nicht mehr weiter den Kopf zu zerbrechen. Und das gilt dann gleich als Abiturgeschenk – wenn ich es denn bestehe und nicht mit Pauken und Trompeten durchrassle, aber es sieht nicht schlecht aus, was meine Vorzensuren betrifft – ach Omilein, bitte."

„Okay, versprochen, es soll dir gehören und es macht mir Freude, dass du dir etwas wünschst, was mit mir zu tun hat. Ich wollte es übrigens schon lange zusammen mit anderen Kleidern aus dem alten Schrank in einen Theaterfundus geben, denn manchmal werden gerade die Kleider aus jenen Jahren gesucht, aber wenn meine Enkelin sich damit auf ihr Abiturfest traut ... umso besser. Übrigens hat Großvater mich damals in dem Kleid kennengelernt."

„War Großvater etwa mir dir zusammen in der Tanzstunde?"

„Nein, er war ja viel älter als ich – wo er mich in dem Kleid gesehen hat? Bei einem Besuch bei meinen Eltern, er war damals in verschiedenen Adelsfamilien auf Brautschau – seine Zukünftige sollte unbedingt ebenfalls adelig sein. Aus heutiger Sicht würde ich sagen: Ja, er war ein bisschen sehr standesbewusst. Deswegen hat er ja auch so großen Wert darauf gelegt, dass seine Tochter Claudia, also deine Mama, deinen Vater, Michael zu Lauenstein heiratet. Vielleicht würde er heute das mit der adeligen Herkunft nicht mehr ganz so eng sehen, aber ich bin froh, dass es so gekommen ist, denn sonst hätte ich dich ja nicht, meine einzige Enkelin – und das wäre nun wirklich sehr bedauerlich."

„Und ich hätte nicht die beiden besten Großmütter der Welt, nämlich dich und Oma Charlotte. Nun siehst du, welch eine wichtige Rolle dein geblümtes Tanzstundenkleid in deinem und meinem Leben spielt – wie lieb von dir, dass du es mir schenken willst. Ach, Großmutter, ich freue mich so auf meinen Geburtstag, endlich einmal zwei ganze Tage mit Papa und Mama, und ganz ohne Smartphone und Laptop!"

Das Gespräch zwischen Großmutter und Enkelin geht noch eine Weile hin und her. Erst als Wegener aus dem hinteren Teil des Parks mit entsprechenden Handzeichen signalisiert, dass er die am offenen Fenster stehende Fürstin um ein Gespräch bittet, beendet diese das Telefonat.

„Hallo, Herr Wegener, welch herrlicher Frühlingstag. Bei dem Wetter sieht man dem ganzen Park deutlich an, dass Sie nicht nur einen, sondern zwei grüne Daumen haben. Sie wollten mich sprechen?"

Der alte Gärtner nimmt die Mütze vom Kopf und versucht, mit der linken Hand seine grauen Haare zu einer Frisur zu glätten. Gleichzeitig zieht er die bislang hinter seinem Rücken versteckte rechte Hand nach vorn und reicht seiner Chefin einen kleinen Strauß aus Zwerghyazinthen, Schlüsselblumen und Leberblümchen.

„Wenn Sie die vielleicht Fürst Raimund aufs Grab bringen würden? Er hat sich über die ersten Frühlingsblüher immer so sehr gefreut."

Die Fürstin ist gerührt.

„Ach, Sie treue Seele ... Nun ist mein Mann schon seit vier Jahren tot, aber die Natur kümmert sich nicht um unsere Trauer und erwacht jedes Jahr zu neuem Leben. Die Zeit vergeht unaufhörlich und ..."

Der alte Gärtner unterbricht. „Fürstin, bei allem Respekt, ich denke nicht, dass die Zeit vergeht, sondern *wir* vergehen. Die Zeit ..." Er sucht nach den passenden Worten. „... also die Zeit ist doch irgendwie ein abstrakter Begriff, den wir benutzen, um Struktur in unser Dasein zu bringen ..."

Er setzt seine Mütze wieder auf und rückt sie zurecht.

„Nein, nicht die Zeit vergeht, sondern wir vergehen", wiederholt er nachdenklich. „Nichts für ungut, Fürstin, aber man macht sich als alter Mensch so seine Gedanken. Genießen wir den Tag, so lange wir genussfähig sind, besonders wenn der Tag so sonnig und verheißungsvoll ist wie dieser. Da macht die Arbeit noch mehr Spaß ..."

Mit einer angedeuteten Verbeugung wendet er sich zum Gehen und tippt mit dem Zeigefinger Abschied nehmend an den Rand seiner Mütze.

Die Fürstin sieht ihm erstaunt lächelnd nach.

„Sieh an, mein alter Gärtner ist ein Philosoph, wer hätte das gedacht."

Sie hebt den Frühlingsstrauß an ihr Gesicht und atmet den feinen Duft der Schlüsselblumen ein. „Ich werde euch ins Wasser stellen, bevor auch ihr vergeht", flüstert sie, ehe sie ins Haus zurückkehrt. „Und heute Nachmittag bringe ich sie dir, Raimund", sagt sie zu dessen Foto, das in silbernem Rahmen auf einem Sidebord steht.

4

„Dahlmann, du hast das Päckchen für Esther doch früh genug zur Post gebracht, nicht wahr?“ Fürstin Henriette geht unruhig in der Eingangshalle von Schloss Wallburg auf und ab. „Esther müsste es heute, pünktlich zu ihrem Geburtstag, bekommen haben. Wie spät ist es? Schon vierzehn Uhr? Die Post streikt doch wohl nicht schon wieder?“

Agnes Dahlmann tritt mit einem Glas Wasser und der für die Mittagszeit vorgesehenen Tabletten an die Seite ihrer Chefin.

„Seien Sie beruhigt, Fürstin, die Post ist rechtzeitig abgegangen und Esther hat ihr Geschenk ganz sicher bekommen, aber Graf Michael hat den Flieger für dreizehn Uhr bestellt und sie sind vermutlich gerade auf dem Flug nach Juist. Und da weder er noch Claudia zur Feier des Tages das Handy oder Smartphone in Betrieb nehmen wollten, hat sicher auch das Geburtstagskind keines dabei und kann Sie deshalb gar nicht anrufen. Nehmen Sie also ruhig ihre Medikamente und dann legen Sie sich ein Weilchen hin. Ich mache Ihnen später wie gewohnt einen Tee. Und falls das Telefon klingelt ... ich bin ja im Hause.“

Gehorsam nimmt die Fürstin die Tabletten und das angebotene Glas Wasser an.

„Ich habe vorhin den Wetterbericht gehört – es bleibt sonnig, wenn auch etwas windig. Sie werden einen schönen Tag zusammen erleben, ich gönne es ihnen.“

Dahlmann nicht zustimmend.

„Ja, die Nordsee soll um diese Jahreszeit besonders reizvoll sein. Nicht umsonst ist Juist Esthers Lieblingsinsel, weshalb sie schon einige Male dort waren. Und dass der Pilot ein Freund der Familie ist und nach mehr als fünfhundert Flügen genug Erfahrung gesammelt haben dürfte, ist ebenfalls gut zu wissen. Esther wird morgen eine Menge zu erzählen haben."

Sie schiebt die Fürstin mit sanftem Druck in Richtung Treppe. Auf der dritten Treppenstufe bleibt sie kurz stehen.

„Ich habe es Claudia nie wissen lassen, dass ich seit Fürst Raimunds Tod meine Tablettendosis fast verdoppeln musste ... du weißt, dass ich immer öfter am Rande einer neuen Psychose herumkrauche – ich fühle mich manchmal so alleingelassen und nutzlos – das ist keine simple Altersdepression, was mich oft fast lebensmüde macht."

Sie sieht sich in der Halle um, nimmt die Ahnenporträts derer von Wallburg in den Blick, die ihrerseits mit ernstem Gesichtsausdruck aus den kostbaren Goldrahmen schauen, und streicht mit müder Handbewegung eine ergrauende Haarsträhne aus der Stirn.

„Mit knapp sechzig Jahren ist man doch eigentlich noch zu jung für Altersdepressionen. Die Leute denken immer, wenn man in einem so schönen Schloss lebt und keine Existenzangst haben muss, dann hätte man für immer und ewig das Glück an seiner Seite. Sie lesen in den bunten Blättern von unseren schönen Kleidern, von unentwegten prunkvollen gesellschaftlichen Ereignissen, von Glanz und Gloria, sie beneiden uns womöglich, dabei ..."

Dahlmann unterbricht energisch.

„Schluss jetzt, Fürstin, darüber reden wir notfalls nach Ihrem Schönheitsschläfchen – jetzt ruhen Sie sich erst einmal aus."

„Jaja, Dahlmann, ich gehorche!"

Die Fürstin greift nach dem Geländer und geht mit müden, kurzen Schritten endgültig nach oben.

Agnes Dahlmann bleibt in der Halle stehen, lauscht und wartet. Erst als sie hört, dass die Tür des Schlafzimmers geschlossen, noch ein Stuhl gerückt wird und dann Ruhe einkehrt, setzt sie sich in einen der Sessel vor dem Kamin und gibt sich ihren Gedanken hin:

Die Fürstin ist trotz ihres Standes nicht zu beneiden, auch wenn Außenstehende das vielleicht anders sehen, geht es ihr durch den Kopf. Wenn Weggi und ich nicht täglich um sie herum wären, liefe sie die meiste Zeit alleine durch dieses altehrwürdige Gemäuer. Die Verwaltung des Schlosses liegt bei Bovermann in guten Händen – sie ist die Fürstin und ich bin ihre Dahlmann, die Haushälterin – wir sind fast gleich alt, aber ich glaube, dass ich im Vergleich zu ihr den besseren Teil erwählt habe. Ich habe keine Depressionen und für mich gibt es handfeste Aufgaben. Ich bin manchmal sogar unentbehrlich, besonders, wenn es der Fürstin so schlecht geht wie jetzt. Claudia und Esther hängen an mir, als gehörte ich zur Familie – ich werde gebraucht und geliebt – Ob ich mit meinem Traumprinzen Richard glücklicher geworden wäre? Ist Claudia mit ihrem Michael eigentlich glücklich? Oder hat sie sich mit ihm nur arrangiert? Wer mag das gewesen sein, dem sie das erste Mal „Schmetterlinge im Bauch" zu verdanken hatte?

Motorengeräusch reißt sie aus ihren Gedanken. Durch ein schmales Fenster neben der breiten Eingangstür sieht sie, wie ein unauffälliger Wagen vor der Gräfte anhält. Wagentüren öffnen und schließen sich mit dumpfem Geräusch, zwei Männer steigen aus. Mit eiligen Schritten überqueren sie die Brücke, laufen über den Kiesweg und steigen die alte Steintreppe empor.

Dahlmann stutzt. Sie kennt die Männer nicht. Ein Gefühl von Unbehagen steigt in ihr auf, dann hört sie, wie der Klingelzug betätigt wird. Widerwillig öffnet sie die Haustür einen Spalt weit. Einer der Männer trägt eine dunkle Sportjacke, bei dem anderen, einem sehr jungen Mann, fällt ihr der weiße steife Kragen eines Geistlichen auf.

Dahlmann hat plötzlich ein Gefühl, als presse ihr jemand mit harten Händen die Kehle zu. Mit rauer Stimme zwingt sie sich zu sprechen.

„Ja bitte?“

Der ältere der beiden hält ihr in Augenhöhe einen Dienstausweis hin, Dahlmann kommen Schriftzeichen und Stempel irgendwie bekannt vor, kann sie aber nicht einordnen.

„Verkehrspolizei“, hört sie eine unaufgeregte Stimme sagen. „Wir müssen die Fürstin von Wallburg sprechen.“ Eine zweite, sehr sanfte Männerstimme räuspert sich. „Mein Name ist Hilgert, ich bin Pastor – und wir kommen leider mit traurigen Nachrichten. Ist die Fürstin zu Hause?“

Dahlmann fühlt den Boden unter sich schwanken, als zöge jemand im Zeitlupentempo an der dicken Kokosmatte unter ihren Füßen. Mechanisch ziehen ihre Hände einen eisernen Schieber zur Seite – die Männer betreten die Halle.

„Die Fürstin hat sich gerade erst hingelegt, ich wecke sie ungern, es geht ihr momentan nicht gut“ flüstert sie halblaut.

Die beiden Männer sehen sich an, scheinen ratlos.

„Es ist leider unumgänglich, dass ...“ Der mit dem weißen Stehkragen zieht seine Schultern hoch und wirft seinem Begleiter einen fragenden Blick zu.

Auch dessen Stimme scheint belegt, er räuspert sich.

„Wir müssen sogar um äußerste Eile bitten, es geht möglicherweise um Leben und Tod.“

„Ist etwas mit ... Claudia?“ Dahlmann tastet nach einer Stuhllehne.

Die Männer nicken mit besorgtem Gesichtsausdruck.

„Aber die Fürstin ...“

„Es ist in Ordnung, Dahlmann, ich möchte hören, was die Herren mir sagen müssen.“

Die Fürstin steht auf der untersten Treppenstufe, ihre rechte Hand umklammert den kunstvoll gedrechselten obersten Knauf des Geländers. Ihre Stimme klingt beherrscht und fordernd.

Die Männer treten näher.

„Fürstin, es fällt uns unendlich schwer, aber wir haben eine schmerzliche Nachricht zu überbringen. Offenbar waren Ihre Tochter Prinzessin Claudia, ihr Schwiegersohn Graf zu Lauenstein und deren beider Tochter Esther auf dem Flug nach Juist. Aus noch ungeklärten Gründen konnte das Flugzeug sein Ziel nicht erreichen – die Kriminalpolizei ermittelt momentan die Ursache des Absturzes, aber ...“

Der mit der dunklen Sportjacke räuspert sich in äußerster Verlegenheit.

„Sind sie – tot?“

Die Frage der Fürstin kommt zögernd und beinahe tonlos.

„Nein, Ihre Tochter lebt, aber sie ist schwer verletzt – wir haben den Auftrag, Sie so schnell wie möglich zu ihr ins Krankenhaus zu bringen. Die Ärzte kümmern sich um sie, sie liegt auf der Intensivstation. Wir können nachempfinden, wie Ihnen zumute ist, aber es ist wohl Eile geboten ... Fühlen Sie sich imstande, uns zu begleiten?“

Die Fürstin ist blass geworden, sie schwankt kaum sichtbar. Dennoch wendet sie sich mit fester Stimme an ihre Haushälterin.

„Dahlmann, bring mir eine Jacke oder ...“

Sie steht noch immer auf der untersten Treppenstufe, die Knöchel ihrer rechten Hand, mit der sie sich am Geländer festhält, treten weiß hervor.

„Schnell, mein Kind, meine Claudia ...“

Dahlmann fasst sich, sie atmet tief durch. „Ich komme mit.“

Ohne eine weitere Frage an die abwartenden Männer geht die Fürstin durch die Halle und schließt die noch immer geöffnete Terrassentür, durch die die schräg stehende Frühlingssonne die alten Steinfliesen zum Leuchten bringt. Dann lässt sie sich von der herbeieilenden Dahlmann in eine Jacke helfen, nimmt einen Schlüsselbund von einem dafür vorgesehenen Schlüsselbrett und geht zur Eingangstür.

„Gehen wir.“

Während der knapp halbstündigen Fahrt sitzen die beiden Frauen mit versteinertem Gesicht im Fond des Wagens. Die Fürstin sieht aus dem Fenster, ohne die Frühlingslandschaft wahrzunehmen. Unaufhaltsam und ohne hörbares Schluchzen rinnen Tränen über ihre Wangen und versickern im Jackenkragen. Agnes Dahlmann greift zuerst zögernd, dann beherzt zupackend die zitternden Hände der Fürstin und hält sie mit warmem Druck sanft fest, ihre eigenen Tränen zurückdrängend.

Auch die zwei Männer sprechen kaum. Der Fahrer mit der Sportjacke sieht nur ab und an besorgt in den Rückspiegel, die Fürstin beobachtend. Schließlich hantiert er an der Freisprechanlage seines Autotelefons und kündigt mit halblauter, sachlich klingender Stimme die Ankunft des Wagens in etwa drei Minuten an.

Am Krankenhauseingang werden sie von zwei Pflegerinnen erwartet. Die eine bietet der Fürstin ein rollstuhlähnliches Gefährt an, wird von dieser aber zur Seite gedrängt.

„Wo liegt meine Tochter?“

„Bitte folgen Sie uns auf die Intensivstation.“

Minuten später beugt die Fürstin sich über einen mit Bandagen und Tüchern verhüllten Körper. Claudia ist nur an der

Flut blonder, zum Teil blutverklebter Locken zu erkennen. Ihr Gesicht ist durch Schwellungen und kleine Wunden entstellt. Als sie die Stimme ihrer Mutter hört, bemüht sie sich, die Augen zu öffnen.

Sie sucht den Blick der Mutter und will sprechen.

Die Fürstin tastet nach der Hand der Tochter, die schmal und mit seltsam verrenkten Fingern auf der silberfarbigen Folie liegt, mit der der Körper zugedeckt ist.

„Claudia, Schätzchen ..."

„Mutter, du musst ..." Mühsam formuliert kommen einige Worte aus Claudias verzerrtem Mund. Die Fürstin wirft einen hilflosen Blick auf den betreuenden Arzt.

„Ihre Tochter scheint Ihnen etwas Wichtiges sagen zu wollen, sie ist aber kaum bei Bewusstsein – versuchen Sie, sie zu verstehen, der Puls ist sehr schwach."

„Frag Harald – Mutter – Harald – der Brief – Christopher und Alessandro – mein Brief – Amerika ..." Sie versucht den Kopf zu heben, lässt ihn kraftlos wieder sinken. „Meine Söhne – meine Söhne – frag Harald – mein Brief – Chris ... und Alessandro ..."

Die Stimme bricht ab, der suchende Blick, eben noch auf die Mutter gerichtet, gleitet zur Seite, ins Leere. Das leise Geräusch eines tickenden Monitors verstummt. Der Arzt tastet an der Halsschlagader nach dem Puls, beugt sich über Claudias Körper und horcht, richtet sich wieder auf und schließt ihr mit sanft über das Gesicht gleitender Hand die Augen. Eine der anwesenden Pflegerinnen bekreuzigt sich. Es ist sehr still im Raum.

Mit ernstem Gesichtsausdruck greift der Arzt nach der Hand der Fürstin und versucht, deren Finger aus der krampfhaften Verflechtung mit der Hand der Tochter zu lösen.

Dahlmann kann den zur Seite schwankenden Körper ihrer

Herrin gerade noch auffangen und halten.

„Was ist mit den anderen? Mit Esther und ihrem Vater?“ Die Frage der Fürstin ist kaum vernehmbar.

Dem Arzt fällt die Antwort sichtlich schwer.

„Die Verletzungen waren irreparabel ... unsere ärztlichen Bemühungen waren vergeblich. Aber sie haben nicht gelitten, es ging alles zu schnell.“

Die Fürstin befreit sich mit sanftem Ruck aus Dahlmanns Armen und beugt sich über Claudias leblosen Körper. Mit behutsamer Geste versucht sie, ihr das verklebte Haar aus der Stirn zu streichen, berührt mit zitternden Fingern den Mund, die Wangen und die geschlossenen Augenlider und legt schließlich ihren Kopf an Claudias Gesicht. Für die Umstehenden unverständlich flüstert sie ihr zärtliche Worte zu. Dann fasst sie den Rand des locker über dem Körper liegenden weißen Tuches und zieht es sanft über das blasse Gesicht der Toten. Sie wendet sich an den Arzt.

„Ich möchte nach Hause ... ich muss nachdenken ... kann uns jemand fahren? Herr Doktor, ich bitte Sie, sich vorläufig um alles Nötige zu kümmern.“

Sie greift nach dem Arm ihrer Haushälterin und lässt sich aus dem Raum führen. Ehe die sich automatisch öffnende weiße Tür wieder schließt, wendet Dahlmann sich noch einmal um.

„Leb wohl, meine Laudi, wo immer du jetzt bist“, flüstert sie schluchzend.

Der junge Geistliche, der sich bislang respektvoll im Hintergrund gehalten hatte, stellt sich den beiden Frauen schüchtern in den Weg.

„Frau von Wallburg, darf ich Sie begleiten? Es ist bestimmt in Gottes Rat, dass man vom Liebsten was man hat, muss scheiden. In schweren Stunden kann das Wort Gottes ...“

Die Fürstin unterbricht ihn.

„Vielleicht später einmal, wenn ich in der Lage sein werde, mich mit Gott und seinem Rat auseinanderzusetzen. Ein Gespräch über ihn und seine nicht nachvollziehbaren Entscheidungen überfordert mich jetzt.“

„Ich werde für Sie beten.“ Der junge Pastor, bemüht, Zuversicht zu verbreiten, tritt verlegen zur Seite.

„Ja, tun Sie, was Ihr Beruf Ihnen vorschreibt.“

Sie gehen, von einer der Pflegerinnen geführt, schweigend durch ein Labyrinth von langen weißen Fluren bis zum Hauptportal und treten ins Freie. Die strahlende Frühlingssonne blendet fast. Zwei Gärtner tragen eine Schale mit bunten Primeln in den Eingangsbereich.

Die Fürstin zieht fröstelnd ihre Jacke enger um die Schultern und schlägt den Kragen hoch. Tränen laufen ihr übers Gesicht.

„Dahlmann, heute Morgen schien die Welt noch so hoffnungsvoll – wir waren eine Familie – und jetzt sind wir beide plötzlich allein.“

5

„Schwesterherz, das Leben geht weiter – du musst tapfer sein, schon deiner Tochter zuliebe. Sie war ein wundervoller Mensch und so stolz auf ihre Mutter. Sie würde es nicht gewollt haben, dass du dich der Welt bis ans Ende deiner Tage in Trauer und Teilnahmslosigkeit verschließt."

Prinz Edwin von Ehrenfels tätschelt seiner Schwester Henriette aufmunternd den Arm. Sie schiebt seine Hand unwillig zur Seite.

„Bis ans Ende meiner Tage? Ich trauere um meine einzige Tochter, meinen Schwiegersohn und meine Enkelin, deren Tod erst sechs Wochen her ist."

Seit der Beerdigung verlebt Fürstin Henriette die Tage und Wochen wie in Trance. Starke Beruhigungsmittel, von Doktor Mittmann zusätzlich zu den gewohnten Antidepressiva verabreicht, reduzieren ihr Wahrnehmungsvermögen.

Während der Beerdigung waren ihr die Anwesenheit der zahlreichen Trauergäste, die endlosen Beileidsbekundungen sowie die liturgischen Worte des Priesters kaum bewusst geworden. Charlotte zu Lauenstein, Michaels Mutter, und sie hatten sich gegenseitig gestützt, als die drei Särge in die Gruft der Lauensteins getragen wurden. Mit keinem Wort waren die letzten Augenblicke an Claudias Sterbebett erwähnt worden.

Wie versteinert und mit den eckigen Bewegungen einer Marionette bewegt sie sich seither im Haus, reagiert auf Fragen oder behutsame Ansprache wie abwesend und verwirrt.

Dahlmann, rührend um sie besorgt, ermuntert ihre Herrin von Zeit zu Zeit zur Kontaktaufnahme mit Charlotte zu Lauenstein, um ihr bewusst zu machen, dass diese unter dem Verlust von Sohn, Schwiegertochter und einziger Enkelin ebenfalls betroffen ist und leidet. Aber die Fürstin verschließt sich diesem Mitgefühl in ihrer eigenen Trauer völlig.

Die Haushälterin ist zutiefst bekümmert über die offensichtliche Teilnahmslosigkeit der Fürstin an den Geschehnissen des Alltags.

Einzig auf die wochenlange Anwesenheit ihres Bruders Edwin, der sich unsensibel und nahezu aufdringlich bemüht, auf Schloss Wallburg so etwas wie Normalität wiederherzustellen, reagiert die Fürstin zeitweilig aggressiv.

Seine unentwegt gute Laune und demonstrative Unbekümmertheit ist ihr auch jetzt zuwider, als er sie zu einem Rundgang durch den Park überreden will.

„Komm, lass uns schauen, was die Pferde machen, man muss sich um sie kümmern. Wer kümmert sich übrigens um den Park und die Gewächshäuser? Etwa immer noch dieser uralte Mann, der kaum noch den Rücken hochkriegt? Henriette, du solltest ihn endlich entlassen, ich werde dir einen jungen, modernen Gärtner besorgen, der dieses ganze Anwesen endlich mal ein bisschen zeitgemäßer anlegt. Auch was Gärten und Parks in alten Schlossanlagen betrifft, muss man sich um neue Erkenntnisse bemühen. Zum Beispiel die Taxushecken – es wird Zeit, die mal wieder gründlich zu kappen, notfalls stellenweise zu roden, man sieht ja nur noch Taxus und sonst nichts."

Fürstin Henriette, ganz in schwarz gekleidet, schüttelt den Kopf. Sie weist den ihr dargebotenen Arm des Bruders zurück.

„Es gibt keine Pferde mehr, um die man sich kümmern muss. Ich habe nach Claudias und Esthers Tod veranlasst, dass mein Verwalter sie verkauft. Es tut Pferden nicht gut, wenn sie zu lange unberitten im Stall stehen. Es ist mir nicht leichtgefallen, aber ..."

Prinz Edwin gibt sich entsetzt.

„Bist du von allen guten Geistern verlassen? Henriette, du hast Claudias Pferd verkauft? Eine so wertvolle Stute, mit der du noch lange hättest züchten und viel Geld verdienen können? Was hat dein Herr Verwalter denn dafür erlöst? Egal, welche Summe du jetzt nennst – er hat bestimmt darauf geachtet, bei dem Handel selber nicht zu kurz zu kommen – ich hätte jedenfalls mehr herausgeholt. Dieser einfältige Bauer hat doch nie und nimmer die Kontakte, mit denen ich hätte dienen können. Also wie viel?"

Der Fürstin ist diese Unterhaltung sichtlich unangenehm.

„Da müsste ich erst in die Bücher schauen – ich habe es vergessen. Aber ich konnte mich bislang immer auf Kurt Bovermann verlassen. Er ist keineswegs ein ‚einfältiger Bauer', sondern im Gegenteil ein umsichtiger, zuverlässiger Mitarbeiter, der mein vollstes Vertrauen genießt. Er würde mich nie und nimmer betrügen oder seinen eigenen Profit im Auge haben."

Agnes Dahlmann kommt mit einem Tablett und zwei Teegedecken in den Raum und will eben den kleinen Teetisch decken, als Prinz Edwin sie anherrscht.

„Frau Dahlmann, meine Schwester und ich sind eben in einer wichtigen Besprechung, die keinen Aufschub duldet. Ich rufe Sie, wenn uns der Sinn nach Tee steht, also bitte ..." Er zeigt mit bestimmender Geste auf die Küchentür.

Ruckartig erhebt sich die Fürstin aus ihrem Sessel und stellt sich kerzengerade vor ihren Bruder.

„Was fällt dir ein, so mit meiner Haushälterin zu reden? Du bist Gast in diesem Hause und genießt keinesfalls die Rechte eines Hausherrn. Mir missfällt auch, wie du vom alten Wegener und von meinem Verwalter sprichst. Außerdem hatte ich dich als einziges noch lebendes Mitglied meiner Familie zwar zur Beerdigung eingeladen, dich aber nie aufgefordert, mehrere Wochen hier zu verbringen. Du hast mir deine Hilfe in Erbschaftsangelegenheiten angeboten und wenn ich deren je bedarf, werde ich mich an dich wenden, aber nun denke ich, dass es Zeit ist, dass du dich wieder deinen persönlichen geschäftlichen Dingen zuwendest, die mit meinen wenig gemein haben. Und mein von Herrn Wegener gepflegter Park gefällt mir so wie er ist, ich verspüre keinerlei Wunsch nach Modernisierung."

Prinz Edwin legt beschwichtigend seine Arme auf die Schultern der Schwester und versucht sie auf die Wange zu küssen.

„Schwesterherz, jetzt hast du etwas in den falschen Hals bekommen."

Er senkt seine Stimme und gibt ihr einen beruhigenden Ton.

„Ich will dich doch nur vor unüberlegten Schritten und Entscheidungen beschützen, das ist doch meine Pflicht als dein einziger Bruder. Und wenn ich dir rate, dich vom alten Wegener zu trennen, der bei jedem noch so kurzen Treffen das Gespräch unnötigerweise auf seinen vielversprechenden Sohn Harald als einen begnadeten Anwalt bringt, um von seinen gärtnerischen Unterlassungssünden abzulenken – Henriette, das kann doch nur in deinem Sinne sein. Aber bitte, wenn du meinst, auf meine guten Ratschläge verzichten zu können ... ich reise morgen früh ab."

Er wendet sich zum Gehen, dreht sich aber gleich wieder um. „Allerdings nur, wenn ich mir deinen Wagen ausleihen darf, weil mein Auto immer noch in der Reparatur ist ... dem Halunken in der Werkstatt muss ich auch mal die Leviten lesen, was der sich einbildet ..."

Fürstin Henriette unterbricht den Redeschwall des Bruders.

„Du kannst den Wagen nehmen und ihn behalten, ich wollte mir ohnehin einen etwas kleineren kaufen. Und betrachte deinen „Hinauswurf“ nicht als Unhöflichkeit meinerseits – ich bin es nur nicht gewohnt, immer einen Gast im Hause zu haben, auch wenn der mein einziger Bruder ist. Dahlmann, ich würde jetzt gern meinen Tee trinken, Prinz Edwin wird packen wollen, er verlässt uns morgen.“

Dahlmann erscheint neuerlich mit dem Tablett und der Teekanne, während Prinz Edwin noch zögert, den Raum zu verlassen. Nur widerwillig geht er durch die Halle, nachdem seine Schwester ihm mit entsprechenden Handzeichen bedeutet hat, dass er entlassen sei.

„Schwesterherz, wenn ich tatsächlich deinen Wagen haben kann, dann fahre ich lieber noch heute – mein Schreibtisch biegt sich vermutlich unter der eingegangenen Post – in einer halben Stunde bin ich weg.“

Er nimmt zwei Treppenstufen auf einmal und verschwindet in einem der oberen Räume.

Dahlmann beginnt den Teetisch zu decken, wobei sie das zweite Gedeck auf dem Tablett belässt.

„Oder wird Prinz Edwin noch mit Ihnen Tee trinken?“

„Nein, er hat es jetzt eilig, aber stell die zweite Tasse für dich auf den Tisch und leiste mir Gesellschaft. Warten wir eben noch ab, bis er weg ist – ich kann es kaum erwarten, ihn los zu sein.“

Sie senkt die Stimme.

„Er ist mein Bruder, aber ich konnte ihn schon als Kind nicht leiden. Er war der Liebling unserer Mutter. Sie hat ihn nach Strich und Faden verwöhnt und ich war eifersüchtig und bestimmt nicht die liebe große Schwester, die er eigentlich gebraucht hätte. Aber heute ist meine Abneigung gegen ihn noch größer. Er ist arrogant und hinterhältig und manövriert sich von einem finanziellen Desaster ins nächste. Auf diese Weise hat er sein gesamtes Erbe durchgebracht – und wir haben beide gleichviel von unseren Eltern erhalten. Ich fürchte, mit seiner angeblichen Hilfsbereitschaft, was meine nun anstehenden Geldsachen betrifft, versucht er nur, sich bei mir einzuschmeicheln, und hofft in irgendeiner Form auf eine Erbschaft, nun, da Claudia ebenso wie Esther ..."

Sie vollendet den Satz nicht, greift gedankenverloren nach der Zuckerdose und löffelt etwas braunen Kandis in ihrer Teetasse.

Prinz Edwin kommt, mit einigen Gepäckstücken beladen, geräuschvoll die Treppe hinunter.

„Gibst du mir den Autoschlüssel und die Papiere, Schwesterherz? Und darf ich ein paar Erinnerungen an Claudia mitnehmen? Zum Beispiel das silberne Besteck, in das ich damals zu ihrer Taufe extra ihre Initialen habe eingravieren lassen?"

„Du meinst das Besteck, das eigentlich unseren Eltern gehörte? Du warst damals schon ständig in finanziellen Schwierigkeiten und konntest dir als Taufgeschenk nur die Gravur leisten, und sogar die hat Mutter später bezahlt, nachdem der Goldschmied die Rechnung und im Anschluss daran noch zwei Mahnungen schicken musste."

„Das hat Mutter dir erzählt? Eine Frechheit! Aber wahrscheinlich war sie da schon ziemlich gaga – ich meine ... durcheinander – da hat sie ja allerlei dummes Zeug gefaselt – wie alte Leute eben sind, schwatzhaft und geizig und paranoid. Henriette, pass auf, dass du nicht auch so wirst, das entsprechende Alter hast du ja fast ..."

„Auf Wiedersehen, Edwin, du darfst gehen, das Besteck jedoch bleibt hier. Und was mein Auto betrifft: Ich werde dir den Fahrzeugbrief per Post zukommen lassen, fahr als vorsichtig, dass du nicht schon in einen Unfall verwickelt wirst, ehe der Wagen dir wirklich gehört. Ich wünsche dir allzeit ‚Gute Fahrt', aber betrachte mein Heim auch in Zukunft nicht als das deine. Dahlmann, du darfst jetzt für dich und mich den Tee einschenken."

Mit gespielter Gelassenheit, aber innerlich zitternd, setzt sie sich in ihren gewohnten Sessel und dreht dem Bruder, der seinerseits die in ihm kochende Wut zu verbergen sucht, den Rücken zu. Die Haustür fällt mit schwerem, dumpfem Schlag ins Schloss.

Dahlmann nimmt zögernd in dem zweiten Sessel Platz. Die beiden Frauen sehen sich wortlos an, gespannt nach draußen horchend, bis der aufheulende Motor des abfahrenden Wagens nicht mehr zu hören ist.

„Kotzbrocken!", entfährt es der Fürstin. Dahlmann versucht ein Lächeln zu verbergen.

„Wir könnten uns zur Feier des Tages einen Schluck Rum zum Tee gönnen, was meinst du, Dahlmann?"

„Ja, den haben Sie sich auf jeden Fall mehr als verdient, Fürstin, und ich trinke zur Gesellschaft gern einen mit. Und, wenn Sie erlauben: Das mit dem Kotzbrocken ist durchaus zutreffend, den Begriff habe ich für Prinz Edwin schon seit Jahren."

Nahezu gleichzeitig brechen beide in ein erleichtertes, unbändiges Lachen aus. Die Fürstin sucht in ihrer Jackentasche nach einem Taschentuch, um sich die Lachtränen zu trocknen, Dahlmann greift nach einer Papierserviette.

„Wir haben lange nicht gelacht, Dahlmann. Aber mein Bruder und alle die anderen Leute haben recht, wenn sie einen mit dem überstrapazierten Spruch, ‚Das Leben geht weiter', zu trösten versuchen. Wir müssen mit der schrecklichen, brutal veränderten Situation fertig werden. Dazu gehört dann und wann ein befreiendes Lachen."

Dahlmann nickt und wischt sich verschämt ihre eigenen Lachtränen ab.

Es ist ein regnerischer, kühler Frühsommertag. Die beiden Frauen, am Teetisch sitzend, schauen eine Weile schweigend in den Park, wo eben der alte Wegener mit einem Eimer in der Hand an den Rhododendronbüschen vorbeischlurft.

„Der hat bei der Beerdigung furchtbar geweint, hast du das gesehen, Dahlmann? Er hat Claudia so geliebt, und für Esther war er fast wie ein Großvater ... und sein Sohn war auch unter den Trauergästen. Wie heißt er noch? Helmut? Hartmut? Harald? Ja, ich glaube so heißt er, Harald."

Dahlmann überlegt.

„Ja, ich meine auch, dass Harald der richtige Name ist. Jedenfalls war er bei der Beerdigung. Claudia und er haben schon als Kinder oft zusammen gespielt und sich auch später gut verstanden, fast wie Geschwister. Ja, er war da, und Baron von Gliesen ebenfalls, erinnern Sie sich an ihn? Fürst Raimund hatte ihn als jungen Veterinär eingestellt, er soll später mit Frau und Tochter nach Australien gegangen sein. Nach der Trauerfeier hat er mich in ein langes Gespräch verwickelt und ganz seltsame Fragen gestellt. Ich sei doch bei Claudias Tod ... also, ich sei mit Ihnen doch bis zum Schluss bei Claudia gewesen. Ob sie noch habe sprechen können und ob man sie hätte verstehen können und es täte ihm alles so leid. Er klang ziemlich gestresst und ich wurde aus seinen Worten irgendwie nicht klug, aber jetzt fällt es mir ein – er hat vom Sohn des alten Wegener gesprochen, von Harald, dem Rechtsanwalt, auf den Weggi so stolz sei. Aber auf was er mit seinen wirren Fragen eigentlich hinauswollte, das wurde mir nicht klar. Es kamen dann ja auch andere Leute dazwischen ..."

Fürstin Henriette setzte sich mit einem plötzlichen Ruck wie elektrisiert auf. „Dahlmann, hat Claudia nicht etwas von einem Harald und einem Brief gesprochen? Und von Söhnen? Und hat sie nicht sogar Namen genannt? Mein armes Kind ... sie war ja kaum zu verstehen und ich dachte sowieso, sie spräche in einer Art Wahn, aber jetzt fällt mir urplötzlich alles wieder ein."

Erregt steht sie auf und beginnt nervös hin und her zu laufen.

„Doch, sie hat von einem Brief gesprochen und von einem Harald, den ich fragen soll. Dahlmann, hilf mir denken, du musst das doch alles auch gehört haben ... sie wollte uns noch etwas Wichtiges sagen, das hat auch der Arzt angedeutet ... Sie hat von Söhnen gesprochen und Namen genannt ... Dahlmann, wir müssen aufwachen. Wir müssen versuchen ... Dahlmann – Claudia hat uns etwas mitteilen wollen."

Sie geht zur Terrassentür, öffnet die Verriegelung und ruft den Namen des alten Gärtners: „Herr Wegener, Herr Wegener ..."

Es klingt wie ein Hilferuf.

Der Gärtner bleibt erschrocken stehen und dreht sich um. Die Fürstin bedeutet ihm mit winkenden Armen, zu ihr zu kommen. Sie läuft ihm entgegen.

„Herr Wegener, ich muss Sie sprechen. Ihr Sohn ist doch Anwalt geworden, vielleicht brauche ich seine Hilfe. Und er heißt Harald, nicht wahr? Er war mit Claudia lange Jahre befreundet, Claudia hat seinen Namen genannt, kurz bevor ..." Sie presst die Lippen schmerzlich zusammen und hält die geballten Fäuste vor den Mund.

„Ich muss Ihren Sohn in einer dringenden Angelegenheit so bald wie möglich sprechen, wo wohnt er? Kann ich ihn telefonisch erreichen?"

Der alte Mann nickt eifrig, wischt die erdigen Hände an der Hose ab, kramt in der Brusttasche seines Arbeitskittels und zieht eine Visitenkarte hervor. „Ich habe seine Karte immer bei mir ..."

Er reicht sie der Fürstin. Sie liest:

„Harald Wegener, Rechtsanwalt für Zivilrecht, Münster ... Rennweg ... Telefon/fax ..."

Die Fürstin sucht mit fahrigen Händen die Hände des überraschten Gärtners zu fassen, umarmt ihn jedoch plötzlich, wobei seine Mütze verrutscht und zu Boden fällt, dreht sich um und eilt über die Terrasse zurück ins Haus. „Ich rufe Ihren Sohn auf der Stelle an. Danke, danke ... Weggi."

Der alte Mann streicht nachdenklich seine grauen Haare zurück, ehe er die Mütze wieder zurechtrückt. Kopfschüttelnd, aber lächelnd geht er zurück zu seinen Rhododendren.

6

„Dr. Wegener – oder darf ich Sie Harald nennen? Ich kenne Sie schon, seit Sie mit meiner Tochter durch den Garten getobt sind ... danke, dass Sie so schnell gekommen sind. Ich bin sehr besorgt."

Mit diesen Worten begrüßt Fürstin Henriette ihren Gast und bittet ihn einzutreten.

„Ich warte seit Claudias Tod auf Ihren Anruf", entgegnet Harald Wegener und folgt der Fürstin in die Eingangshalle des Hauses, wo Agnes Dahlmann dem Besucher mit einem Lächeln des Wiedererkennens den leichten Sommermantel abnimmt.

„Gehen wir ins Arbeitszimmer meines Mannes, dort sind wir ungestört. Darf ich Ihnen einen Tee anbieten? Aber dann lassen sie uns schnell zur Sache kommen. Ich bin in Hochspannung, seit mir nach wochenlangem Dämmerzustand unter einer Wolke von Trauer, Angst und Ausweglosigkeit gestern im Gespräch mit Frau Dahlmann – Sie kennen sich ja noch von früher – plötzlich Ihr Name einfiel, weil meine Tochter ihn kurz vor ihrem Tod erwähnt hatte. Sie hat von einem Brief gesprochen ... und von angeblichen Söhnen und sogar Namen genannt, die allerdings kaum zu verstehen waren. Sie war ja schon fast bewusstlos und ihrer Sinne vermutlich nicht mehr mächtig. Nun sind Sie meine ganze Hoffnung, dass mit Ihrer Hilfe vielleicht so etwas wie ein Geheimnis gelüftet werden wird."

Dem Gast ist eine gewisse Scheu anzumerken. Als Kind war Harald Wegener selten bis ins Innere des Schlosses vorgedrungen. Er hatte dann und wann seinem Vater bei dessen Arbeit im Garten geholfen, manchmal einen Korb mit frischem Gemüse oder Obst oder einen Blumenstrauß an der Küchentür abgeliefert, für die er von Agnes Dahlmann manchmal mit einem Bonbon oder einem kleinen Geldstück belohnt worden war. Aber meistens hatte Claudia ihn mit Beschlag belegt. Als Einzelkind freute sie sich immer, wenn Spielgefährten aus dem Dorf oder aus der Schule nach Wallburg kamen. Sie rannten zusammen durch den Park, spielten Verstecken oder Fangen, durften manchmal mithelfen, die Pferde zu versorgen oder im Hühnerstall die noch legewarmen Eier einzusammeln. Gemeinsam hatten sie den Pfau bewundert und gekichert, wenn dieser im Frühsommer mit eindrucksvoll gespreiztem Rad vor einer der unscheinbaren braunen Pfauenhennen einherstolzierte und diese ihm keinerlei Beachtung schenkte.

Erinnerungen steigen in ihm auf – seine stille Freude, wenn Claudia ihm eine der langen Schwanzfedern des Pfaus mit dem blauglänzenden, goldumrandeten Pfauenauge schenkte, die sie auf einem der kiesbestreuten Wege gefunden haben mochte und die er bei sich zu Hause in seinem Zimmer an die Tapete heftete. Harald, selbst ein Einzelkind, war im Laufe der Jahre fast so etwas wie ein großer Bruder für Claudia geworden, zumindest aber ein guter Freund.

Nach der Schulzeit hatten sie sich mehr oder weniger aus den Augen verloren, aber die Erinnerung an unbeschwerte Kindertage bewirkte in ihm eine unauslöschliche Verbundenheit mit diesem Haus.

Und nun sitzt er, der Sohn des Gärtners, in seiner Funktion als beratender Anwalt und Notar im Arbeitszimmer des Fürsten vor dessen Schreibtisch. Und auf der anderen Seite des Tisches, im Sessel ihres verstorbenen Mannes, sitzt die Fürstin, der er in früheren Jahren nach Möglichkeit immer aus dem Wege gegangen war. Henriette von Wallburg sei schwermütig, hatte man sich im Dorf erzählt. Sie könne nur mit Beruhigungstabletten leben, und der Fürst, fast zwanzig Jahre älter als seine Frau, sei ebenfalls kränklich. Deswegen sähe man die beiden nur selten. Und wenn sie manchmal bei schönem Wetter Arm in Arm, sich gegenseitig stützend, einen kurzen Gang durch den Park machten, sei der alte Wegener der einzige gewesen, mit dem sie dann und wann ein paar Worte wechselten.

Aus den Augenwinkeln beobachtet er die Fürstin. Eine immer noch schöne Frau sitzt ihm gegenüber, auch wenn sie in den Wochen der Trauer ihr Aussehen etwas vernachlässigt haben mochte.

Sie sieht ihn beunruhigt und erwartungsvoll an.

„Harald, was hat das alles zu bedeuten?"

„Ich habe Ihnen in der Tat einen Brief zu überreichen, Fürstin. Claudia hat ihn mir vor ein paar Monaten mit der Bemerkung übergeben, ich dürfe ihn nur an den- oder diejenige aushändigen, die nach ihrem Tode gezielt danach fragen werde. Es erschien mir damals rätselhaft und ist es noch heute, dass sie in ihrem Alter – sie war doch eben erst vierzig geworden – vom Tod sprach, aber natürlich habe ich mich Claudias Wunsch gefügt. Nun sind Sie es, Fürstin, die danach fragt. Ich selber bin über den Inhalt des Schreibens nicht informiert. Ich hoffe, er enthält nichts Belastendes."

Mit zitternden Händen nimmt die Fürstin einen verschlossenen Umschlag aus handgeschöpftem Büttenpapier entgegen, die eigenwillige Handschrift der Tochter sogleich erkennend. Mit halblauter Stimme liest sie vor:

Claudia Gräfin zu Lauenstein, Prinzessin von Wallburg.
Von mir persönlich verfasst.

Sie langt nach einem Brieföffner, zögert aber, ihn anzusetzen und den zugeklebten Verschluss zu durchtrennen. Sie wendet sich an den Besucher.

„Würden Sie bitte Frau Dahlmann hereinrufen? Ich möchte sie bei mir haben, wenn ich Claudias Brief lese."

Erst als Dahlmann auf einem abseits stehenden Stuhl Platz genommen hat, entnimmt die Fürstin dem Kuvert einen doppelseitig hand-beschriebenen Bogen Papier und beginnt leise zu lesen.

Es ist ein langer Brief, der an verschiedenen Stellen Tränenspuren aufweist.

Agnes Dahlmann und Harald Wegener sitzen schweigend und abwartend auf ihren Stühlen. Vogelgezwitscher dringt durch das geöffnete Fenster. In der Halle tickt langsam und bedächtig die alte Standuhr, schlägt unaufgeregt mit sonorem Ton viermal, während die kleine französische Pendule im Arbeitszimmer des Fürsten eifrig und nervös die Sekunden zählt. Sie hören den stockenden Atem der Fürstin, ihr verhaltenes Schluchzen, nehmen mit Erschrecken wahr, wie sie die Lektüre immer wieder unterbricht, das Papier in fassungslosem Entsetzen zwei bis dreimal in den Schoß fallen lässt und schließlich einen Sturzbach von Tränen nicht mehr zurückhält.

„Mein armes Kind – was haben wir dir angetan – mein armes kleines Mädchen, meine Claudia ... nein, nein ..."

Ehe sie ihren Kopf auf die Tischplatte sinken lässt, reicht sie den Brief an Agnes Dahlmann weiter. „Bitte, lies ihn ... Ich kann nicht glauben, dass das wahr ist ... mein armes Kind, meine Claudia ..."

Dahlmann starrt auf die Zeilen, liest, hält inne, liest mit schreckensweit geöffneten Augen weiter, ungläubig den Kopf schüttelnd. „Meine Laudi, meine Laudi ..." Vor ihren tränenblinden Augen verschwimmen die Buchstaben.

Harald Wegener steht am Fenster, hilflos die Hände faltend und wieder lösend und nach Worten suchend. Die Fürstin nimmt Dahlmann den Brief ab und reicht ihn schluchzend an den Anwalt weiter.

„Lesen Sie – Sie kannten sie so gut ... wie konnte sie so etwas Entsetzliches tun? Haben wir sie dazu getrieben?"

Nur widerwillig beginnt er zu lesen.

Lauenstein

Liebste Mama,

ich weiß nicht, warum ich diesen Brief gerade heute und gerade an Dich richte. Vielleicht, weil in der Zeitung ein Bericht über einen plötzlichen, unerwarteten Todesfall stand, der mich tief ergriffen hat, obwohl ich die erwähnten Menschen nicht einmal kenne. Aber gibt es so etwas wie Ahnungen? Jedenfalls drängt es mich, diesen Brief zu schreiben und mein sorgsam gehütetes Geheimnis zu offenbaren. Wem außer Dir könnte ich mic*h anvertrauen? Ich hoffe einfach, dass Du es sein wirst, die diesen Brief eines Tages in Händen halten und lesen wird, falls ich vor Dir sterbe.*

Er wird Dich schockieren – bitte verzeih mir.

Wenn Du ihn liest, werde ich nicht mehr am Leben sein. Das ist die Bedingung, mit der ich ihn Harald Wegener übergebe. Er ist mir ein Freund, der mein volles Vertrauen genießt.

Ich habe in meinen jungen Jahren einen furchtbaren Fehler begangen, der mein Gewissen bis heute in unerträglichem Maße belastet, den zu kor-

rigieren ich dennoch nicht imstande bin. Bitte versuch Du es im Interesse meiner Söhne, die Deine Enkel sind.

Erinnerst Du Dich, dass ich bald nach meinem Abitur für einige Zeit nach Amerika ging? Kurze Wochen vorher hatte ich eine einmalige leidenschaftliche Begegnung mit einem verheirateten Mann. Den Namen des Mannes möchte ich nicht nennen, um nicht noch einmal in sein Leben einzugreifen. Kurz nach diesem Ereignis flog ich in die Staaten, um meine Stelle als Au-pair anzutreten. Kaum angekommen, stellte ich fest, dass ich schwanger war. Völlig kopflos, von der Situation überfordert und zu feige, Euch meine Situation zu bekennen, beriet ich mich telefonisch mit dem o. e. Mann. Wir waren beide zunächst ratlos.

Vater war damals schon schwer krank und schonungsbedürftig, Du littest unter Depressionen – ich habe es nicht übers Herz gebracht, Euch meine Lage zu beichten. Auch wollte ich um jeden Preis einen Skandal vermeiden, denn mit Sicherheit wäre die außereheliche Schwangerschaft der Prinzessin von Wallburg durch sämtliche Klatschspalten gegangen und für Euch zu einer unerträglichen Belastung geworden. Auch Michael zu Lauenstein, mit dem ich damals schon verlobt war, hätte ich eine große Enttäuschung und Kränkung nicht ersparen können.

Zu einer Abtreibung konnte ich mich aus unterschiedlichen Gründen nicht entschließen. So habe ich während meines Aufenthaltes in den USA unter geändertem Namen zwei Söhne geboren und sie in meiner Verzweiflung unmittelbar nach der Geburt zur Adoption freigegeben. Ich habe sie nie gesehen. Die Freigabe meiner Kinder zur Adoption schien mir damals der einzige Ausweg.

Heute weiß ich, dass das ein furchtbarer Fehler war, worunter ich leide, wofür ich seit Jahren büße und den ich rückgängig machen möchte, obwohl ich weiß, dass es meinen Söhnen gut geht und dass sie verantwortungsbewusste und liebevolle Eltern bekommen haben.

Ich wurde damals in Seattle als Kindsmutter unter dem Namen Karin Weiler registriert, der angebliche Vater heißt James Gardmann. Er war ein Freund des eigentlichen Vaters, der in Deutschland lebt und damals der

Adoption zustimmte, um seine Familie zu schonen. James Gardmann hat seinerzeit in Seattle alle Formalitäten für mich erledigt. Ich stand mit ihm über Jahre in lockerem Kontakt, war immer wieder versucht, mich zu der Situation zu bekennen, aber er ist gestorben, ehe ich mich zu einem Entschluss durchringen konnte.

Die Vermittlung der Kinder besorgte seinerzeit die St. Agatha-Church of Seattle. Über ihren Verbleib weiß ich nur, dass einer der eineiigen Zwillinge von einer deutschen Diplomatenfamilie namens Werthstein adoptiert wurde. Die Spur seines Bruders führt nach Sao Paulo, Brasilien. Seine Adoptivmutter ist Deutsche. Ihr Ehemann heißt Alfredo de Souza.

Meine Söhne wurden am 22.6.1997 geboren. Sie heißen Christopher Werthstein und Alessandro de Souza. Sie waren ein Teil meines Lebens, auch wenn ich sie nie kennenlernen konnte.

Wie zu Anfang des Briefes erwähnt, werde ich zu dem Zeitpunkt, da Du dieses Schreiben liest, nicht mehr am Leben sein. Noch bin ich gesund und stehe mitten im Leben und schreibe diesen Brief nicht, weil ich wirklich Todesahnungen habe, aber der Tod von James Gardmann hat seinerzeit in mir den Entschluss geweckt, so etwas wie ein Seelen-Testament zu verfassen.

Inzwischen bin ich nämlich nach unzähligen schlaflosen Nächten des Bereuens zu der Einsicht gelangt, dass meine Söhne ein Anrecht darauf haben, über ihre Herkunft aufgeklärt zu werden. Sie sollen wissen, dass sie eine Schwester und zwei Großmütter in Deutschland haben. Aber ich weiß nicht einmal, ob sie von ihren Adoptiveltern je erfahren haben, dass ihre leibliche Mutter in Deutschland lebt und dass sie zu einem Zwillingspaar gehören. Sollen sie es überhaupt wissen? Sie werden in einigen Monaten zwanzig Jahre alt sein. Habe ich noch das Recht, mich nach so vielen Jahren in ihr Leben einzumischen?

Mama, hilf mir, wenn Du die Kraft dazu hast. Wenn auch Du es für richtig hältst, suche meine Söhne, sei ihnen eine fürsorgliche Großmutter. Bitte Dahlmann und Harald Wegener um Beistand. Esther soll wissen, dass sie zwei Brüder hat. Tröste Michael, dem ich als seine Ehefrau immer treu war, weil ich ihn innig liebe.

Liebste Mama, verstoße mich nicht aus Deinem Herzen. Ich war feige und hatte Angst vor allen Konsequenzen, auch um Euretwillen. Du bist eine starke Frau – trotz Deiner Depressionen. Du wärst in meiner Situation mutiger und nicht so kopflos gewesen.

Wirst Du mir verzeihen und mich in guter Erinnerung behalten können?

Ich werde es leider nicht mehr erfahren, hoffe aber fest darauf.

In Liebe

Deine Tochter Claudia.

Harald Wegener, sichtlich ergriffen, liest die letzten Zeilen ein zweites Mal, faltet den Brief nachdenklich zusammen und gibt ihn der Fürstin zurück, unfähig, tröstende Worte an sie zu richten.

„Arme, arme Claudia."

Erst nach einigen Minuten und nachdem er sich einigermaßen gefasst hat, sieht er sie offen an.

„Durchlaucht, Sie haben irgendwo auf der Welt zwei Enkelsöhne."

Agnes Dahlmann beobachtet die Fürstin, die wie erstarrt am Schreibtisch sitzt und sich mit zitternden Händen bemüht, den Brief wieder in das Kuvert zu schieben.

„Ich hole Ihnen ihre Medikamente."

Mit diesen Worten erhebt sie sich von ihrem Stuhl und will den Raum verlassen, wird aber von der Fürstin zurückgehalten.

„Ich werde zu beweisen versuchen, dass ich eine starke Frau bin, wie Claudia meint. Dahlmann, wirst du mir helfen? Harald, Sie auch?"

Ihre Stimme zittert. Sie streckt bittend beide Arme aus.

Harald ergreift ihre Hände.

„Es wird mir um Claudias Willen eine Ehre und eine Verpflichtung sein, Fürstin."

Auch Agnes Dahlmann, sichtlich bewegt, nickt zustimmend und streichelt mit beruhigender Geste die Hände der Fürstin.

„Dahlmann, welche Tabletten muss ich um diese Zeit nehmen? Ich werde mich mit Dr. Mittmann beraten, ob ich deren Einnahme nicht nach und nach reduzieren kann. Ich werde einen klaren Kopf brauchen."

7

Wieder und wieder liest die Fürstin den Brief ihrer Tochter. Zu Claudias Tränenspuren kommen die der Mutter hinzu. Harald Wegener hat sich mit dem Versprechen, über die veränderte Situation absolutes Stillschweigen zu bewahren, verabschiedet. Auffallend nachdenklich und persönlich berührt hatte er sich zunächst einmal eine Zeit des Überlegens erbeten, um sich der Angelegenheit mit kühlerem Kopf widmen zu können.

Agnes Dahlmann, wenn auch zutiefst erschüttert, findet eher in die Realität zurück und erkennt, was zu tun ist. Ehe weitere Tränenspuren Claudias Brief unleserlich machen, nimmt sie der Fürstin das Papier behutsam aus der Hand, legt es unter den alten Kopierer im Arbeitszimmer des Fürsten und lässt den Apparat drei Kopien anfertigen.

„Fürstin, wir werden dieses Dokument dann und wann noch brauchen, deshalb muss es leserlich bleiben. Legen wir das Original lieber zur Seite und vertiefen wir uns in die Abschriften; auch Harald Wegener sollten wir eine Kopie zukommen lassen."

Die Fürstin lächelt. „Meine immer praktische Dahlmann."

Doch dann sitzen die beiden Frauen wieder traurig und schweigend nebeneinander und können den Blick nicht von den Zeilen wenden.

„Durch welche Hölle ist mein armes Kind gegangen! Was muss sie für Qualen ausgestanden haben. Und sie hat mit niemandem darüber sprechen können – oder hat sie sich dir anvertraut, Dahlmann?"

„Nein, Fürstin, auch ich bin völlig ahnungslos. Sie muss wirklich große Angst und tiefe Verunsicherung empfunden haben, sonst hätte sie sich doch Ihnen als Mutter anvertraut – eher jedenfalls als mir, obwohl sie zu ihrer ‚Dahma' in der Tat eine sehr innige Beziehung hatte."

Die Fürstin schüttelt den Kopf.

„Dahlmann, du versuchst mich zu trösten, aber machen wir uns nichts vor: Mein Mann und – leider! – auch ich waren wohl wirklich etwas zu sehr im Gestern verhaftet, wir hatten für Claudias liberalere Ansichten oft kein Verständnis. Du hattest mehr Zugang zu ihr. Unsere Tochter hat uns nicht nur einmal unseren ihrer Meinung nach altmodischen Standesdünkel vorgeworfen. Und mein Mann hat seine überholten Ansichten – ja, es sind überholte Ansichten – bis zu seinem Tode beibehalten, aber ich für meinen Teil hoffe doch, mich weiterentwickelt zu haben. Natürlich hat auch Esther mit ihrer jugendlichen Unbekümmertheit dazu beigetragen – ach, ich vermisse dieses Kind so sehr, ich ... und ich beneide die heutige Jugend, die sich von unserem überholten, unzeitgemäßen Ehrenkodex freimachen konnte."

Dahlmann hört geduldig zu, unterbricht die Selbstanklagen der Fürstin nur ab und an mit beschwichtigenden Worten und versucht sie zu trösten. Aber im tiefsten Inneren stimmt sie zu: Das Fürstenpaar auf Schloss Wallburg hatte die Veränderungen der Zeit nicht wirklich wahrgenommen. Sie waren auf eine zwar liebenswürdige, aber eben doch altmodische Art sogar ein bisschen schrullig geworden – der Fürst, wesentlich älter, mehr noch als seine Frau. Sie pflegten wenig gesellschaftlichen Umgang, nahmen Einladungen nur selten und widerwillig an, verschlossen sich völlig den modernen Medien, hatten – wann immer möglich – Schulveranstaltungen aller Art gemieden und Claudia lieber eine großzügige Spende für irgendwelche angeblich notwendigen An- oder Umbauten innerhalb der Schule gegeben, um selber zurückgezogen in der Abgeschiedenheit ihres vertrauten kleinen Kosmos bleiben zu können.

Claudia hatte sich deswegen öfter bei Agnes Dahlmann beklagt. Ob sie, Dahlmann, nicht einmal mitkommen wolle zu einem Schulfest. „Du könntest eines von Mamas Kleidern und ihr Pelzcape anziehen und als meine Mutter auftreten, das würde kein Mensch merken, denn es kennt sie ja niemand. Aber ich könnte dann endlich auch einmal mit einem *Familienmitglied* glänzen." Natürlich hatte Dahlmann abgewinkt, aber sie hatten sich kichernd ausgemalt, welche Frisur und welcher Schmuck für so einen Auftritt infrage gekommen wäre und ob der Direktor sie ehrfürchtig mit Handkuss oder mit Hofknicks und „Durchlaucht" begrüßt hätte.

„Ach, Dahma, so krank und alt sind meine Eltern doch nicht, dass sie meinen, sich schon zu Lebzeiten aus der Welt verabschieden zu dürfen."

Ja, sie, Agnes Dahlmann, war tatsächlich diejenige gewesen, der Claudia sich anvertraut hatte. Sie erinnerte sich zum Beispiel an das Gespräch einige Wochen vor Claudias Abreise nach Amerika. Als sie von ihrem „Seitensprung" erzählt hatte und von der Tatsache, dass sie erstmalig „Schmetterlinge im Bauch" gefühlt hätte.

„Wer mag das wohl gewesen sein?"

Als hätte die Fürstin ihre Gedanken erraten, richtete sie plötzlich eine Frage an ihre Haushälterin.

„Dahlmann, hast du eine Ahnung, wer der Vater dieser Kinder sein könnte? Was muss das für ein Mensch sein, der es zulässt, eine junge Frau in solche Seelenqualen zu stürzen, dass sie ihre Kinder zur Adoption freigibt? ‚Um sein eigene Familie zu schonen', steht in Claudias Brief. Ob der womöglich seiner Frau nicht beichten mochte, dass er ihr untreu gewesen war? Und zwar mit Folgen? Fällt dir jemand ein, der vielleicht sogar hier, in Claudias Umfeld, verheiratet war und mein Kind verführt haben könnte?"

Kopfschüttelnd verneint Dahlmann die Frage, obwohl der Gedanke sie ebenfalls beschäftigt. Von wem hätte sich die selbstbewusste Claudia überhaupt ‚verführen' lassen? Von einem Klassenkameraden? Von einem Burschen aus dem Dorf? Wer hatte damals auf Schloss Wallburg gearbeitet? Sollte etwa Kurt Bovermann, der Verwalter ...?

Dahlmann kann sich ein Lächeln nicht verkneifen. Nein, Bovermann, heute fast sechzig Jahre alt, war auch in seiner Jugend kein Verführertyp. Fleißig und rechtschaffen und grundehrlich, wie er war, hatte der Fürst ihn eingestellt, und noch heute gilt er als eher wortkarg, schüchtern und nahezu menschenscheu.

Und Wegener, der Gärtner? Den sie Onkel Weggi nannte? Unsinn – der gab sich Claudia gegenüber eher väterlich, fürsorglich. Aber sein Sohn, Harald? Der fast gleichaltrige Spielkamerad aus Kindertagen, der sich damals schon zu einem gut aussehenden, attraktiven Jurastudenten entwickelt hatte? Der heute, als Anwalt, zum ersten Mal den privaten Bereich auf Schloss Wallburg betreten und dem Claudia sich erst vor ein paar Monaten anvertraut hatte?

Nein! Ausgeschlossen! Der war damals noch nicht verheiratet und hätte es außerdem nie zugelassen, seine und Claudias Kinder per Adoption in die Hände fremder Menschen abzugeben, nur um die Gesundheit des Fürstenpaares zu schonen und einen gesellschaftlichen Skandal zu vermeiden.

Oder gab es einen Stallburschen, der tollkühn genug gewesen wäre, sich Prinzessin Claudia zu nähern? Der ihr ein Gefühl wie „Schmetterlinge im Bauch" vermittelt hätte?

Plötzlich und unvermittelt geht ihr ein Name durch den Kopf: Baron von Gliesen. Hatte der nicht damals auf Wallburg seine erste Stelle als Veterinär angetreten? Seine Frau kam ihn abends manchmal abholen, oft aber blieb er die halbe Nacht in den Stallungen, besonders, wenn es galt, eine tragende Stute zu beobachten. Und hatte nicht Claudias Pferd Avra damals ihr erstes Fohlen bekommen und Claudia verbrachte Stunden bei den Tieren?

Dahlmann schließt die Augen.

„Lieber Gott, lass nicht Baron von Gliesen der Vater der beiden Kinder sein. Er hat Wallburg damals ein paar Wochen nach Claudias Abreise verlassen und soll irgendwo in Australien in einem tiermedizinischen Institut eine gute Stelle bekommen haben. Ob der ...?"

Die Stimme der Fürstin, obwohl ganz nahe, dringt plötzlich zu ihr wie durch einen dicken Nebel.

„Dahlmann, ist dir nicht gut? Du bist ganz blass geworden."

Sie antwortet nicht. Versucht stattdessen verzweifelt, den Gedanken, der sich ihres Gehirns bemächtigt hat, zu ignorieren – vergeblich.

Baron von Gliesen. Wenn nun er derjenige ist, dem Claudia an jenem Tag begegnet war?

Sie erinnert sich dieses sehr persönlichen und privaten Gespräches, in dem Claudia freimütig gestanden hatte, dass sie und Michael zu Lauenstein – nun ja, sie waren ja immerhin miteinander verlobt und hatten durchaus schon – aber er habe sich ja immer ‚geschützt' und leider hätte sie bei ihm nie das Gefühl von ‚Schmetterlingen im Bauch' gespürt. Ja, sie erinnerte sich besonders an diesen für sie, Dahlmann, neuen

Ausdruck. Aber Claudia habe ohne ihn erst kürzlich eine neue Erfahrung gemacht und wisse nun, wie es ist, wenn man nahe daran sei, den Verstand zu verlieren. Immerhin sei sie eine der letzten Jungfrauen in ihrer Klasse gewesen und ...

Dahlmann gerät in einen Gewissenskonflikt. Darf sie jetzt, nach so vielen Jahren und in der unerwartet veränderten Situation, ihr Versprechen brechen? Käme das nicht einem Verrat gleich?

Die Fürstin ist aufgestanden und beugt sich voller Besorgnis über ihre Haushälterin.

„Dahlmann, was ist mit dir?"

Und eindringlich wiederholt sie ihre Frage. „Hast du eine Vermutung? Warum sagst du nichts? Willst du jemand schützen? Vergiss nicht, dass es zwei Kinder gibt, die Claudia mir schriftlich anvertraut hat. Ich sehe es dir an, dass du jemand im Verdacht hast."

Dahlmann hebt hilflos die Schultern und sieht die Fürstin unsicher an.

„Mir fällt nur Baron von Gliesen ein, aber ..."

Die Fürstin ist verblüfft. Baron von Gliesen, der junge Veterinär, den Fürst Raimund eingestellt hatte, damit sich jemand um die Pferde kümmerte.

„Dahlmann, du könntest recht haben. Avra war damals trächtig ... sollten Claudia und er ...? Aber sie war doch mit Michael zu Lauenstein verlobt, und sie hat ihn geliebt ... Nein, Dahlmann, denk weiter nach, such weitere Spuren."

„Ich fürchte, dass er der Einzige ist, der infrage kommt."

Die Fürstin, sichtlich beunruhigt, geht im Raum auf und ab, bleibt jedoch plötzlich vor dem Arbeitstisch ihres Mannes stehen. Hat nicht Raimund in einer der Schubladen seine Adressbücher und ähnliche Unterlagen aufbewahrt? Sie hatte sich bislang nicht dazu entschließen können, die Papiere zu sichten und eventuell zu entsorgen. Vielleicht ...

„Dahlmann, wir müssen versuchen, den Aufenthalt und die Adresse dieses Mannes herauszufinden. Lass uns über eine Strategie nachdenken, unter welchem Vorwand wir Kontakt mit ihm aufnehmen könnten. Wenn wir keine Telefonnummer finden, sollten wir Harald bitten, ihn zu suchen. Es muss doch mit Hilfe irgendwelcher moderner Medien möglich sein, ihn ausfindig zu machen. Vielleicht lebt er ja gar nicht mehr, obwohl – wie alt mag er heute sein? Dahlmann, ich fühle mich wie elektrisiert, hören wir auf zu weinen, mit unseren Tränen machen wir diese Tragödie nur noch schlimmer. Agnes, komm, hilf mir. Wir müssen endlich tätig werden."

Mit einem Ruck öffnet sie die oberste Schublade, findet das gesuchte Adressbuch und beginnt mit hastigen Fingern zu blättern.

Die Haushälterin wagt einen Einwand.

„Aber sollten Sie nicht als erstes Michaels Mutter von diesem Brief in Kenntnis setzen? Denn wenn wir diese Kinder finden ... die ja wohl keine Kinder mehr sind ... Fürstin, dann hätten Sie plötzlich zwei Enkel, die das Blut derer von Wallburg in sich tragen, denen Sie möglicherweise eines fernen Tages Ihren Besitz vererben könnten. Ihr Bruder Edwin allerdings ..." Sie hebt fragend die Schultern.

Die Fürstin lacht spöttisch. „Edwin würde diese Kunde allerdings wohl weniger begeistert zur Kenntnis nehmen. Aber das kümmert mich im Moment nicht einmal ansatzweise!"

8

„Peter, ein Anruf für dich – aus Deutschland, von einem ehemaligen Klassenkameraden."

Sonja von Gliesen hält ihrem Mann lächelnd den Hörer hin. Fast widerwillig nimmt dieser ihn entgegen.

„Von Gliesen – ja – ich habe Ihren Namen nicht verstanden – Harald Wegener? Nein, ich erinnere mich nicht, nein, wir hatten keinen Wegener in der Klasse – ach so – ja – ja."

Er lässt sich auf einen Stuhl fallen. Seine Frau sieht ihn beunruhigt an, setzt sich ebenfalls, versucht, den knappen Sätzen ihres Mannes einen Zusammenhang und Sinn zu entnehmen.

„Dr. Wegener, ich habe seit dem Begräbnis auf einen Anruf gewartet – Wie haben Sie mich gefunden? – Ich bin fast froh, dass Sie mich erreicht haben. Ein Brief? Sie hat ihn erst jetzt geöffnet und gelesen. – Hat sie Namen genannt? Meinen Namen nicht? Eine reine Vermutung also, ach so – Claudia zu Lauenstein? Ja, ich kannte sie, eigentlich nur flüchtig – sie hieß damals noch von Wallburg –, ich möchte das zunächst mit meiner Frau besprechen, aber natürlich ... wir sind ohnehin auf dem Sprung nach Deutschland, da meine Eltern in der übernächsten Woche ihre Goldene Hochzeit feiern werden, da dürfen Sohn und Schwiegertochter und vor allem die beiden Enkeltöchter nicht fehlen. Können Sie mir Ihre Mail-Adresse geben, um ein Treffen auszumachen? Sicher haben Sie Verständnis dafür, dass ich im Moment etwas Zeit brauche, um die Angelegenheit zu durchdenken – und vor allem – ich habe zwar damit gerechnet, aber nun kommt die Nachricht doch sehr überraschend. Bitte richten Sie der Fürstin aus, dass – ja – ja – ich werde mich melden, sobald wir in Deutschland sind – ich danke Ihnen sehr – ja, ja."

Er drückt den Aus-Knopf und reicht den Hörer geistesabwesend zurück an seine Frau, die ihn zur Seite legt. Sie sieht, wie ihr Mann die Hände vors Gesicht schlägt, sich aber kurz darauf um Haltung bemüht.

„Peter, Liebster – wer war dieser Mann? Er hatte sich als ehemaliger Klassenkamerad ausgegeben, aber wie ich deiner Reaktion entnehme, ist dir sein Name unbekannt. Was will er von dir? Was ist es, was du mit mir besprechen musst?"

Ihr Mann sitzt mit geschlossenen Augen auf seinem Stuhl, umfasst mit beiden Händen seinen Kopf und spricht halblaut, stockend, nahezu unverständlich und mehr zu sich selbst.

„Ich wusste es, dass es einmal herauskommen würde. Seit ihrer Beerdigung wusste ich es. Warum hat sie ihr Geheimnis nicht mit ins Grab genommen? Du und ich, wir waren jahrelang so glücklich, warum konnte sie es nicht für sich behalten?"

Er steht in höchster Erregung auf und beginnt plötzlich haltlos zu weinen.

Sonja von Gliesen läuft es kalt den Rücken hinunter. Ihr Atem kommt stoßweise, ein seltsamer Schwindel befällt sie, sie sucht nach einer Sitzgelegenheit: Ihr Mann weint?

Plötzlich bricht es aus ihm heraus.

„Warum macht sie alles kaputt? Nach fast zwanzig Jahren – Sonja, das war Harald Wegener, der Anwalt der Fürstin von Wallburg. Er hat mich in ihrem Auftrag angerufen. Erinnerst du dich an Schloss Wallburg? Dort konnte ich ein paar Monate lang erste Erfahrungen als Veterinär sammeln, ehe ich den Auftrag an das hiesige Forschungsinstitut bekam und wir nach Australien umzogen. Sonja, ich hatte damals eine Affäre mit Claudia von Wallburg. Ein einziges Mal habe ich mich hinreißen lassen und mit ihr geschlafen – nein – eben nicht geschlafen. Wir waren beide hellwach und überdreht. Ihr Pferd hatte gerade ein Fohlen geworfen – es war eine schwierige Geburt und wir waren beide wie berauscht von diesem Naturereignis und dass alles gut gegangen war – und wir haben in unserer Begeisterung ein Glas Wein getrunken, vielleicht zwei – und dann ..."

Er schluchzt verzweifelt, ist einen Moment lang unfähig weiterzusprechen.

Sonja ist blass geworden. Kerzengerade sitzt sie auf einem der schweren Armsessel und verfolgt ihren nervös hin und her laufenden Mann mit ängstlichem Blick.

„Schon einen Tag später haben wir uns geschworen, dass dieses eine Mal ein Ausrutscher bleiben würde und keine Fortsetzung haben dürfe. Claudia war ja schon verlobt mit Michael zu Lauenstein und ich hatte dich und ich liebte dich, wir waren noch nicht lange verheiratet und wünschten uns ein Kind ... Sonja, du musst mir glauben – ich wollte es sofort vergessen, zumal du ja ein paar Monate später zu unserer grenzenlosen Freude selber schwanger geworden bist. Aber an jenem Abend im Stall ist auch Claudia schwanger geworden ..."

Er weint still vor sich hin. Auch Sonja laufen die Tränen übers Gesicht. Schließlich steht sie auf, nimmt ihn in ihre Arme, wiegt ihn wie ein Kind und lässt ihre Tränen aus geschlossenen Augen in sein Haar tropfen.

„Und das hast du all die Jahre mit dir herumgetragen? Dass du ein Kind hast und ich es nicht wissen sollte?"

Er hebt sein tränennasses Gesicht und sieht sie an.

„Nein, ich habe sogar zwei Söhne und ich werde mich zu ihnen bekennen müssen. Claudia hat einen Brief hinterlassen, in dem sie gesteht, dass sie vor ihrer Abreise nach Amerika eine Affäre mit jemand hatte, aber es wird kein Name genannt. Dahlmann, die Haushälterin auf Wallburg, hat nur einen Verdacht geäußert, dass ich womöglich ... Oh Gott! Ja, Claudia hatte mich – sie war schon in den Staaten – telefonisch von der Schwangerschaft in Kenntnis gesetzt. Ich war wie versteinert, weil deine und meine diesbezüglichen Bemühungen, ein Kind zu bekommen, bis dahin erfolglos geblieben waren, und nun sollte ich bei einer einzigen Begegnung mit ihr ein Kind gezeugt haben? Ich kann dir unsere Verzweiflung und Ratlosigkeit nicht schildern. Wir haben uns nach langem Bedenken schweren Herzens entschlossen, dass Claudia, die damals als Au-pair in Seattle war, um ihr Englisch zu verbessern, ohne das Wissen ihrer Eltern die Schwangerschaft in Amerika austragen und das Kind dort zur Adoption freigeben würde. Eine Abtreibung haben wir beide nie in Betracht gezogen. Claudia wollte ihren Eltern einen gesellschaftlichen Skandal ersparen, aber in erster Linie Rücksicht nehmen auf deren instabile Gesundheit. Sie hatte sich da gedanklich in etwas hineinmanövriert – und ich war zu schwach und zu feige, mich dagegen zu wehren. Sie war ja auch weit weg und wir hatten nur telefonischen Kontakt. Ich hatte Angst, dir wehzutun oder dich womöglich zu verlieren. In meiner Verzweiflung habe ich einen Studienfreund in Seattle, James Gardmann, ins Vertrauen gezogen. Er hatte Verständnis für unsere Situation und hat alle Formalitäten übernommen."

Er schlägt in heller Verzweiflung mehrfach mit seiner Stirn gegen einen der Aktenschränke.

„Es war ein unverzeihlicher Fehler, das weiß ich schon lange, aber ich habe den Gedanken daran erfolgreich verdrängt, um mit dir ein unbeschwertes Leben führen zu können. Sonja, ich liebte dich, ich liebe dich noch immer und mehr denn je – ich hatte Angst vor einem Leben ohne dich. Claudia hat nach ihrer Rückkehr Michael zu Lauenstein geheiratet, sie lebten vermutlich auch in einer guten Ehe, niemand hat je etwas erfahren, es gab eine Tochter, Esther, aber – wie du weißt – sind alle drei vor ein paar Wochen, am 18. Geburtstag der Tochter, bei einem Flugzeugabsturz ums Leben gekommen. Ich war damals per Zufall in Deutschland und bin aus einer unerklärlichen Gefühlsaufwallung zu der Beerdigung gegangen – es war ein beklemmendes Erlebnis –, ich hatte auch Angst, irgendetwas würde herauskommen. – Und jetzt ist offensichtlich ein Brief von Claudia an ihren Spielgefährten aus Kindertagen aufgetaucht, an eben diesen Harald Wegener, der vorhin angerufen hat. Er ist inzwischen Anwalt geworden und hat sich bei dem Telefonat aus Gründen der Diskretion als ehemaliger Klassenkamerad ausgegeben. Und in diesem Brief an Claudias Mutter, die Fürstin Henriette von Wallburg, sind erstmals zwei Söhne erwähnt, ohne den Namen des möglichen Vaters zu nennen. Warum hat sie das getan? Ich verstehe es nicht! Ich kenne den Inhalt des Briefes noch nicht, aber sie werden mir eine Kopie schicken."

Sonja hört ihm schreckensbleich zu. Sie lässt ihre Arme sinken.

„Aber du hast eben von zwei Söhnen gesprochen."

„Ja, sie hat Zwillinge geboren, die sie aber gar nicht zu Gesicht bekommen hat, man hat sie gleich nach der Geburt an die Adoptiveltern abgegeben, die aber nur *ein* Kind erwartet hatten. Dass Claudia Zwillinge bekommen würde, war damals nicht abzusehen –, die technischen Möglichkeiten der Früherkennung kannte man vielleicht schon, aber sie wurden aus irgendeinem Grunde nicht angewendet. Auch für das zweite Kind hat man jedoch sofort ein anderes Paar gefunden, das aus mir unbekannten Gründen ebenfalls kinderlos war und als adoptionswillig auf einer Warteliste der Geburtsklinik in Seattle stand. Als Claudia aus ihrer leichten Narkose erwachte, waren die Kinder schon in einen Nebenraum gebracht worden."

Sonja unterbricht ihn weinend.

„Hör auf, weiterzusprechen – es ist mir als Mutter unerträglich, mir vorzustellen, dass man Kinder, die neun Monate in einem gewachsen sind, abgeben kann, ohne sie gesehen zu haben. Diese Frau war entweder herzlos oder sie muss unsägliche Seelenqualen ausgestanden haben. Und du, wie konntest du es zulassen, dass ..."

Peter von Gliesen kann nur hilflos die Schultern heben und den Kopf schütteln.

Sonja erwacht langsam aus ihrer Erschütterung.

„Peter, da sind noch so viele Fragen offen. Du sagst zum Beispiel, dass Claudia verlobt war. Dann hatte sie doch bestimmt auch zu ihrem Zukünftigen intime Beziehungen. Könnte demnach nicht auch er der Vater dieser Kinder sein, warum kamst nur du infrage?"

Stimmen, junge, fröhliche Stimmen sind zu hören. Julia und Jenny, die Töchter der von Gliesens, kommen ins Haus gestürmt, von lebhaftem Hundegebell begleitet.

„Sonja, lass uns heute Abend darüber sprechen. Die Mädchen sollen erst einmal nicht eingeweiht werden. Auch von Schloss Wallburg kommt die Bitte um vorläufig absolute Verschwiegenheit."

Lachend kommen die beiden Mädchen ins Zimmer,

„Hallo, Papa und Mama, stellt Euch vor, Mephisto ist in einen Kaninchenbau gekrochen und konnte nicht wieder hinaus, wir mussten ihn ausgraben. Nein, Mephisto, pfui! Erst Pfoten putzen, so darfst du nicht ins Haus ..." Und sie fassen den Welpen am Halsband und ziehen ihn zurück in die Halle.

Peter von Gliesen nimmt seine Frau in den Arm und drückt sie an sich.

„Zum Glück haben sie unsere verheulten Gesichter nicht gesehen. Sonja, diese Kinder und du, ihr seid der Inhalt meines Lebens. Ich danke dir, dass du mich nicht mit Vorwürfen überhäufst, andere Frauen würden wahrscheinlich ...“

Sonja unterbricht ihn.

„Du hast dich mit deinem schlechten Gewissen selber genügend bestraft, da muss ich nach zwanzig Jahren nicht auch noch mit Anschuldigungen oder Eifersucht reagieren.“

Sie greift mit beiden Händen in sein immer noch blondes Kurzhaar.

„Ob sie dir gleichen? Ob sie deine Haare geerbt haben? Wie werden Jenny und Julia reagieren, wenn sie plötzlich von zwei Brüdern erfahren? Falls es sich überhaupt herausstellen sollte, dass du tatsächlich der Vater bist, dann dürfen wir keine weiteren Fehler machen – wir müssen uns der neuen Realität stellen, auch wenn es viel Mut kosten wird.“

Der Baron nickt, dankbar lächelnd. Er zieht ihren Kopf nahe an sein Gesicht.

„Ein zweites Mal werde ich nicht kneifen, versprochen.“

9

„Dahlmann, hilf mir denken – wie, wenn wir diese in Claudias Brief erwähnten Söhne, also meine beiden Enkel, tatsächlich finden würden, und wenn sie eines Tages hier nach Wallburg kämen?“

Die Fürstin ruft sich immer wieder das Gespräch mit Harald Wegener in Erinnerung.

„Ich denke die ganze Zeit darüber nach. Sie werden, wenn sie überhaupt noch leben, fast zwanzig Jahre alt sein, sind also im Grunde erwachsene Männer – aber was wissen wir sonst von ihnen? Wie sind ihre Eltern? Wie sind sie aufgewachsen? Und wo? Wenn wir sie je kennenlernen – sprechen sie deutsch? Ach, wenn doch der junge Wegener sich endlich melden würde, ich halte die Spannung kaum noch aus. Werden wir eventuell in die Staaten reisen müssen? Ich habe noch nie in einem Flugzeug gesessen – du müsstest unbedingt mitkommen – und wer wird solange auf dieses Haus aufpassen?“

Sie unterbricht sich, gespannt nach draußen horchend.

„Hat es geklingelt? Ob das ...?“

Dahlmann ist schon auf dem Weg zur Haustür, aber die Fürstin kommt ihr zuvor und öffnet.

„Harald, Gott sei Dank, wir haben gerade von Ihnen gesprochen. Haben Sie etwas in Erfahrung bringen können? Kommen Sie herein, legen Sie ab, berichten Sie uns.“

Harald Wegener lächelt – so jugendlich und temperamentvoll hat er die Fürstin noch nie erlebt. Sie drängt ihn in das

Arbeitszimmer des verstorbenen Fürsten.

„Reden Sie, ich flehe Sie an."

„Ja, Fürstin, ich komme zumindest nicht ohne Suchergebnis. Den Baron von Gliesen konnte ich tatsächlich ausfindig machen, der modernen Technik sei Dank. Und es könnte sogar sein, dass er derjenige ist, den Claudia uns verschweigen wollte. Aber inwieweit er uns bei der Suche nach den zwei Brüdern weiterhelfen kann, steht noch in den Sternen. Er lebt seit Jahren im Ausland, wird aber in Kürze nach Deutschland kommen. Wir haben uns zu einem Treffen verabredet und ..."

Da geschieht Unerwartetes: Die Fürstin fällt dem Besucher spontan um den Hals.

Dahlmann traut ihren Augen nicht, auch Harald zeigt sich verblüfft. Die Fürstin jedoch, eine Entschuldigung murmelnd, gibt ihn mit einem mädchenhaft beschämten Lächeln gleich wieder frei.

Überhaupt scheint es Dahlmann, als sei ihre Chefin in den vergangenen Tagen aus einer wochenlangen Starre erwacht. Sie war von sich aus initiativ geworden und hatte sich um ein längeres Gespräch mit Dr. Mittmann bemüht, in dessen Folge er ihr nach längerem Abwägen tatsächlich gestattet hatte, ihre tägliche Tabletteneinnahme versuchsweise zu reduzieren, wenn auch nur minimal. Aber immerhin – es war von vorsichtigem ‚Ausschleichen aus der Dosis' die Rede. Sie ließ sich einen Friseurtermin geben, sucht morgens ihre Garderobe mit ungewohnter Sorgfalt selber aus, interessiert sich wieder für den täglichen Speiseplan und denkt über die Anschaffung eines Computers nach. Und nun diese spontane Gefühlsäußerung, mit der sie Harald Wegener begrüßt ...

„Ich bin so gespannt – welchen Eindruck hat er auf Sie gemacht? Ich habe ihn damals kaum je gesehen, diesen Peter von Gliesen. Mein Mann hielt ihn für einen seriösen, fähigen Mitarbeiter und war enttäuscht, dass er uns so bald wieder verließ. Wir wissen jetzt vielleicht, warum. Also, wie ist er?“

„Ich denke, dass Ihr Mann ihn richtig eingeschätzt hat. Er ist – das war jedenfalls mein Eindruck nach diesem ausführlichen Telefonat – kein Luftikus, kein Gigolo. Er wird sich seiner Verantwortung stellen. Noch ist allerdings nicht erwiesen, ob er wirklich der Vater dieser jungen Männer ist, aber das wird sich zeigen. Auf jeden Fall werden wir durch ihn Einzelheiten erfahren und eventuell Anknüpfungspunkte zu den in Claudias Brief erwähnten Kontaktstellen in Seattle erhalten.“

Ehe er in seinem Bericht fortfahren kann, fährt vor dem Haupteingang ein Taxi vor. Ein Fahrgast steigt aus, entlohnt offensichtlich den Fahrer, worauf der Wagen wieder über den Kiesweg zur Einfahrt hinausrollt.

Harald Wegener und Agnes Dahlmann erkennen sogleich den Besucher, der sich auf die Treppenstufen des Eingangs zu bewegt. Es ist Baron von Gliesen. Harald wendet sich fragend an die Fürstin: „Ich hatte ihn nicht schon heute erwartet. Darf ich ihn hereinbitten?“

Auf ein zustimmendes Kopfnicken der Fürstin öffnet er dem Gast die Tür. Ein wenig verlegen betritt dieser die Eingangshalle. Eine fast greifbare, knisternde Spannung liegt augenblicklich in der Luft.

Die Fürstin geht auf ihn zu. „Baron von Gliesen, seien Sie uns willkommen.“ Und, auf einen der alten Eichenstühle deutend: „Bitte nehmen Sie Platz.“

Sie sieht ihn lächelnd an, um eine lockere, freundliche Atmosphäre bemüht.

„Sie haben sich wenig verändert in all den Jahren – im Gegensatz zu uns. Wie Sie inzwischen vernommen haben, hat sich bei uns auf Wallburg viel verändert. Von den Bewohnern, die Sie damals vielleicht kennengelernt haben, sind nur meine unentbehrliche Haushälterin Dahlmann, der Vater von Dr. Wegener als mein treuer Gärtner, mein Verwalter Bovermann und ich übriggeblieben. Dahlmann, kümmerst du dich um einen Tee für unsere Gäste?"

Dahlmann hatte sich abwartend im Hintergrund gehalten, den Baron zwar begrüßt, ihn aber möglichst unauffällig aus den Augenwinkeln genau betrachtet – einen gut gekleideten, offensichtlich kultivierten Mittvierziger mit vollem, glattem Blondhaar.

Nachdenklich zieht sie sich in die Küche zurück, um den erbetenen Tee zuzubereiten. Nach nur wenigen Minuten kommt sie mit einem beladenen Tablett zurück und deckt den Tisch. Der alte Wegener hatte der Bitte der Fürstin entsprochen, die Halle mit einem großen Strauß früh blühender Pfingstrosen zu schmücken, innerlich stolz darauf, dass sein Sohn seiner Chefin als Anwalt zu Diensten sein wird. Den eigentlichen Grund des Besuches hatte man ihm jedoch nicht mitgeteilt.

„Erbschaftsangelegenheiten", vermutet der alte Gärtner. „Berufsgeheimnisse, die mich nichts angehen."

Man nimmt unter höflichem Small Talk den Tee ein.

„Ich hoffe, Sie hatten einen angenehmen Flug." So eröffnet Henriette von Wallburg das Gespräch, mühsam ihre Spannung im Zaum haltend.

Harald Wegener kramt sogleich in seinen Akten, während der Baron das auf dem Schreibtisch stehende Foto von Claudia mit erkennbarem Interesse betrachtet.

„Ja, sie ist ja wohl der Grund unseres heutigen Treffens, nicht wahr? Meine schöne Tochter, mit der sie ..." Außerstande, weiterzusprechen, hält die Fürstin inne.

Peter von Gliesen nickt. „Ja, sie war eine bemerkenswert schöne und liebenswerte Frau."

„Ich erwarte nicht, dass Sie mir den entscheidenden Zeitpunkt Ihrer folgenschweren Begegnung schildern, aber wie es speziell in Amerika weiterging, das bedarf einer ausführlichen Klärung. Haben Sie eine Kopie von Claudias Brief erhalten und lesen können? Sie hat den Namen des Vaters dieser Kinder nicht preisgeben wollen, wir sind nur per Zufall und nach einigen Überlegungen auf Sie gekommen. Wie äußern Sie sich zu unserem Verdacht?"

Die Fürstin klingt wie eine Richterin in einer Gerichtsverhandlung, denkt Harald Wegener, aber er schweigt.

Peter von Gliesen antwortet nicht sofort. Man merkt ihm sein Unbehagen angesichts der nicht alltäglichen Situation an. Was er fast zwei Jahrzehnte lang mehr oder weniger aus seinen Gedanken verdrängt hatte, schiebt sich nun gezwungenermaßen wieder in den Vordergrund der Erinnerungen. Zunächst mühsam nach Worten suchend, bemüht er sich plötzlich um eine zusammenhängende, ehrliche Aufzählung der Ereignisse, erwähnt abschließend seinen Studienfreund und weshalb er diesen ins Vertrauen gezogen hatte.

„James Gardmann nahm wie gebeten Kontakt mit der entsprechenden Klinik auf und gab sich selber als Vater aus. Die Klinik hatte sich quasi spezialisiert als Kontaktstelle, von der aus Kinder zur Adoption vermittelt werden konnten. Er hatte sich eine sehr plausible Geschichte ausgedacht, einen falschen Namen für die angebliche Mutter erfunden, angegeben, dass diese sich aus persönlichen, privaten Gründen zur Freigabe ihres Kindes entschieden habe und so weiter. In der Klinik habe man ihm geglaubt, wohl auch deshalb nicht nach weiteren Hintergrundinformationen gefragt, weil er der Säuglingsstation eine größere Spende in Aussicht gestellt hatte. Die er übrigens auch gezahlt hat, weil er sich in meiner Schuld fühlte. Ich hatte ihm damals bei seiner Examensarbeit entscheidend geholfen, ohne mich wäre er durchgefallen."

Peter von Gliesen ist in höchster Erregung aufgesprungen.

„Erst im Kreißsaal stellte sich heraus, dass Claudia Zwillinge bekommen würde, aber die in einem Nebenraum wartenden Adoptiveltern hatten sich nur auf *ein* Kind eingestellt. Also bekam das nächste auf der Warteliste stehende Elternpaar am selben Tag die Nachricht, sie könnten sich ihr ersehntes Wunschkind sofort abholen."

Er kämpft sichtlich um die richtigen Worte, fährt dann aber fast hastig fort: „Ich bin sicher, dass Claudia das ganze Geschehen nur mit halbem Bewusstsein wahrgenommen hat – dass man ihr möglicherweise irgendwelche Mittel verabreicht hat, um die Geburtsschmerzen zu lindern. Wenn sie die Kinder gesehen hätte – ich bin überzeugt, dass sie sich anders entschieden hätte. James Gardmann hat sich einmal entsprechend geäußert. Claudia hat einen unendlich hohen Preis bezahlt – es tut mir weh, nur daran zu denken. Auch ich ..."

Er streicht sich mit einer müden Geste eine Haarsträhne aus der Stirn.

„Ich stand jahrelang mit James in Verbindung. Von ihm habe ich auch erfahren, dass die Adoptiveltern den Kindern die Namen Christopher und Alessandro gegeben hatten. Christopher ist der Erstgeborene – was ja vielleicht von Bedeutung ist, wenn eines Tages ein Erbfall eintreten sollte."

Wie nach einer enormen körperlichen Anstrengung lässt von Gliesen sich wieder auf seinen Sessel fallen. Es ist sehr still in dem Raum. Dahlmann hat ihre Hände ineinander verflochten, um ihr Zittern zu verhindern.

Endlich entschließt sich die Fürstin zu einer Frage.

„Hatten sie über die Jahre Kontakt zu meiner Tochter?"

„Nein, wir hatten uns in gegenseitigem Einvernehmen versprochen, die Dinge mit Rücksicht auf unsere Partner auf sich beruhen zu lassen. Ich habe ihr nur ein paar Wochen nach der Geburt, als sie schon wieder kurz vor der Rückreise nach Deutschland war, auf ihre Nachfrage hin die Namen der Kinder mitgeteilt. Sie hätte – jedenfalls nach damaligem deutschen Recht – noch gegen die Adoption Einspruch erheben können, hatte aber wohl nicht die Kraft dazu."

„Hatten Sie später noch Kontakt zu diesem James Gardmann?"

„Nein, er ist vor ein paar Jahren gestorben."

Wieder ist es still. Die Fürstin greift nach Claudias Foto und sieht es lange an. Sie wendet sich an Harald Wegener.

„Welche Chancen sehen Sie, meine Enkel zu finden?"

Dieser, von dem eben Gehörten sichtlich erschüttert, überlegt, ehe er antwortet.

„Wir müssen in Erfahrung bringen, ob die beiden Brüder überhaupt wissen, dass ihre Wurzeln hier in Deutschland sind, also dass sie adoptiert wurden. Wir müssen herausbekommen, wo die Eltern sich aufhalten, in welchen Umständen sie leben – ob sie überhaupt noch leben. Das alles wird man uns vielleicht in dieser Klinik in Seattle sagen können. Wenn Sie einverstanden sind, werde ich so bald als möglich in die Staaten reisen. Aber ich werde, um möglicherweise etwas über den Verbleib der Kinder in Erfahrung bringen zu können, entsprechende Papiere beibringen müssen. Einen Abzug von Claudias Brief etwa und eine Vollmacht von Ihnen, Fürstin, die es mir gestattet, an Ihrer Stelle Einsicht in hoffentlich noch vorhandene Unterlagen zu nehmen."

„Wie muss so eine Vollmacht aussehen? Harald, Sie müssten mir dabei helfen, die juristisch einwandfreien Formulierungen zu finden. Selbstverständlich werde ich für alle entstehenden Kosten aufkommen, das muss ich wohl nicht betonen. Ach, da sehe ich eben Ihren Vater durch den Park gehen – weiß er, dass Sie hier sind? Ich schätze mich glücklich, einen so tüchtigen, treuen Mitarbeiter zu haben. Und dass sein Sohn nun als mein Anwalt ebenfalls meine Interessen vertritt ... Sie sollten gleich zu ihm gehen, aber bitte Stillschweigen über den wahren Grund Ihrer Anwesenheit bewahren. Erzählen Sie ihm etwas über, über ... ach, vielleicht über Erbansprüche, die mein Bruder stellt. Ihr Vater kennt ihn, leider wohl nicht von seiner besten Seite – falls Prinz Edwin überhaupt eine gute Seite hat, was ich bezweifle."

Und sie fährt fort: „Reisen Sie, Harald, reisen Sie – und kommen Sie mit guten Nachrichten zurück."

Und, an den Baron gewendet: „Würden Sie Herrn Wegener begleiten wollen?"

„Das wird leider nicht möglich sein, da meine Eltern ihr großes Fest feiern und ich nicht fehlen darf. Wir sind uns doch einig, dass vorläufig über eine mögliche Veränderung meiner – meiner familiären Situation nicht gesprochen werden wird, bis wir Klarheit haben? Ich möchte meine Eltern zu diesem Zeitpunkt nicht belasten. Auch meine Töchter haben wir noch nicht eingeweiht."

Die Fürstin zögert, ehe sie eine weitere Frage stellt.

„Wie geht eigentlich ihre Frau mit der Situation um?"

Der Baron antwortet nicht gleich. Er tritt ans Fenster und sieht hinaus. Erst nach einer langen Minute des Nachdenkens antwortet er.

„Ich fürchte, ich habe diese wundervolle Frau nicht verdient. Sie sieht, dass ich leide – ich mache mir unendliche Vorwürfe. Sie fühlt mit mir – tröstet mich sogar. Sie zeigt mir ihre wahre Größe. Und sie möchte meine Söhne auf jeden Fall kennenlernen."

Die Fürstin seufzt und nickt verständnisvoll. Der Baron sieht auf seine Uhr.

„Darf ich Sie bitten, mir ein Taxi zu bestellen? Meine Eltern erwarten mich – wir haben uns noch nicht gesehen, weil ich angesichts der unerwarteten Situation zuerst mit Ihnen“ – er wendet sich an die Fürstin – „sprechen wollte. Ich bitte um Ihr Verständnis, mich jetzt verabschieden zu dürfen, es sind noch einige Vorbereitungen zur Feier der Goldenen Hochzeit zu erledigen.“

Ehe die Fürstin die Besucher Abschied nehmend zur Tür begleitet, wendet sie sich noch einmal an die beiden Männer.

„Baron, könnten sie sich vorstellen, dass außer Ihnen noch jemand anders als Vater infrage käme? Harald, Sie kannten Claudia so gut – haben Sie einen Verdacht?“

Beide denken nach, schütteln jedoch verneinend die Köpfe. Wegener antwortet zuerst.

„Ja, es ist richtig, ich kannte Claudia gut, und ich habe sie sehr gerngehabt, jeder hat sie gerngehabt, aber wir waren Freunde, fast Geschwister – nein, als Frau habe ich sie eigentlich nie wahrgenommen, geschweige denn begehrt. Der Gedanke ist mir nicht einmal gekommen.“

„Und Sie, Baron?“

„Ich habe sie begehrt, aber nur dieses eine Mal. Sie war begehrenswert, aber ich glaube nicht, dass sie ... nein, unmöglich, sie war das, was man ein anständiges Mädchen nennen würde, auch heute noch. Sie war ihrem Michael treu, davon bin ich fest überzeugt. Wenn nicht in jener Nacht Avra ihr Fohlen geworfen hätte und wenn nicht ... Nein Fürstin, ich war und bin wohl ihr einziger – Fehltritt. Zu meinem allergrößten Bedauern.“

Nachdem die Männer fort sind, geht die Fürstin gedankenversunken durch die Halle. Ihr Blick gleitet zur Ahnengalerie, die, von der untersten Treppenstufe ausgehend, bis in das obere Stockwerk reicht. Mit dem Porträt von Fürst Raimund endet die Reihe.

Die Fürstin nimmt Claudias Foto neuerlich in die Hand.

„Du bist viel zu früh gegangen, Kind. Du hast uns nicht einmal Zeit gelassen, ein Porträt von dir anfertigen zu lassen. Ob einer deiner Söhne irgendwann die Galerie der Wallburger vervollständigen wird?“

10

Es dämmert bereits, als Harald Wegener erwacht. Das monotone Geräusch der Flugzeugmotoren hatte ihn in einen leichten, unruhigen Schlaf fallen lassen. Ein Blick aus dem Fenster zeigt ihm eine dichte weiße Wolkendecke, darüber einen kobaltblauen, klaren Himmel. Die schnarrende und schwer verständliche Stimme des Piloten teilt den Passagieren mit, dass man in einer Viertelstunde pünktlich auf dem Flugplatz in Seattle landen werde. Bald darauf folgt die monotone Aufforderung an die Fluggäste, sich wieder anzuschnallen.

Wegener gibt sich noch ein paar Minuten seinen Gedanken hin. Er würde in der St. Agatha-Klinik erwartet werden, hatte man ihm auf seine Frage per Fax geantwortet.

Die Mitreisenden erheben sich nach und nach von ihren Sitzen, kramen in ihrem Bordgepäck, stehen auf, drängen zum Ausgang, noch ehe der Flieger mit einem fast unmerklichen kurzen Poltern auf der Landebahn aufsetzt.

Ein starker Kaffee an einer der Bars in der riesigen Halle des Flughafengebäudes weckt ihn endgültig. Er nimmt seinen kleinen Koffer vom Rollband, zieht ihn durch das Gewühl der Menschen nach draußen in einen herrlichen, milden Frühsommermorgen.

„St. Agatha-Klinik", gibt er einem der wartenden Taxifahrer zu verstehen und lässt sich in die Polster des Wagens fallen.

Seattle – offensichtlich eine der typischen amerikanischen

Städte, wie man sie aus dem Fernsehen zu kennen meint. Wegener nimmt nur wenig davon wahr, da sein Ziel, die St. Agatha-Klinik, bald erreicht ist.

Im Gewirr der langen Gänge des großen Gebäudes fragt er sich zum Büro der Verwaltung durch, wobei ihm seine seit der Schulzeit etwas in Vergessenheit geratenen Englischkenntnisse dennoch behilflich sind.

Auf sein Anklopfen hin fordert eine freundliche Stimme ihn zum Eintreten auf.

„Can I help you? Oh, you must be Dr. Wegener from Germany, welcome, I'm Sister Grania. I'll try to speak German ... please have a seat. Darf ich Ihnen einen Kaffee oder something else anbieten?"

Wegener ist erleichtert – die vermuteten Sprachschwierigkeiten werden sich in Grenzen halten. Schwester Grania spricht zwar mit starkem Akzent, aber ihr Deutsch scheint deutlich besser zu sein als sein Englisch. Wenn der Rest auch so gut verläuft ...

Er nimmt auf einem der angebotenen Stühle Platz.

„Sie haben die weite Reise von Deutschland bis zu uns eines Briefes wegen gemacht? Es muss sich um ein besonders wichtiges Schreiben handeln." Schwester Grania lächelt und scheint ein wenig amüsiert.

Harald Wegener versucht zunächst in groben Zügen, den Grund seines Besuches zu erläutern. Er übergibt der Ordensfrau die Vollmacht der Fürstin ebenso wie die Kopie von Claudias Brief. Schwester Grania vertieft sich in die Lektüre, stellt zuweilen Fragen, das Verständnis einzelner Wörter betreffend, und lächelt nicht mehr. Mit sehr ernstem Gesicht geht sie zu einem großen Aktenschrank, entnimmt ihm nach kurzem Suchen eine Akte und beginnt zu blättern.

„Wir erleben in diesem Hause viele menschliche Tragödien. Mütter geben ihre Kinder selten gern ab, es fließen viele Tränen – aber auch Tränen der Freude, wenn Adoptiveltern ein sehnlichst erwartetes Kind mit nach Hause nehmen dürfen. Dieser vorliegende Fall scheint besonders tragisch zu sein – im Aktenordner ist hinter dem Namen der Mutter ein Fragezeichen vermerkt. Also muss es damals schon Zweifel an der Echtheit gegeben haben. Ich möchte meine Vorgängerin, Schwester Gwyneth, die seinerzeit für diese Sache zuständig war, nicht verdächtigen, der Adoption möglicherweise vorschnell zugestimmt zu haben. Aber der hier erwähnte Mr. James Gardmann hatte eine großzügige Spende für dringend erforderliche Renovierungsarbeiten in unserer Kapelle in Aussicht gestellt – das mag den Vorgang beschleunigt haben. Es tut mir sehr leid – aus dem Brief der Mutter geht glaubhaft hervor, dass sie ihre einsame, in Panik beschlossene Entscheidung ein Leben lang bereut hat."

Sowohl Harald Wegener als auch Schwester Grania schweigen. Beiden gehen die damaligen Geschehnisse offenbar sehr nahe.

Schließlich unterbricht die Schwester die Stille.

„Wenn ich Sie richtig verstanden habe, sind Sie im Namen der Großmutter ebenso wie im Interesse des vermutlich leiblichen Vaters der Zwillinge nun auf der Suche nach den Kindern. Das kann neue Probleme aufwerfen. Viele Elternpaare teilen ihren Adoptivkindern nie mit, dass sie nicht deren leibliche Eltern sind, andere tun es. Wir raten immer dazu, aber oft werden solche Ratschläge nicht beachtet. Juristisch kann man niemand dazu zwingen. Man muss diese Entscheidung wirklich gut überdenken, um Kummer möglichst zu vermeiden."

Sie blättert weiter in den schon etwas vergilbten Unterlagen und findet plötzlich ein abgeheftetes, noch verschlossenes

Kuvert. Auf derselben Seite ist ein Eintrag vermerkt, sie liest laut vor:

„Christopher und Alessandro, unehelich geboren am 22.6.1997, verm. Vater James Gardmann und Mutter Karin Weiler – wieder mit einem Fragezeichen dahinter. Am Tage der Geburt abgegeben an – hier sind die Namen der Adoptiveltern: Christopher (Erstgeborener), abgegeben an Familie Werthstein, z. Zt. Mitarbeiter im diplomatischen Dienst in Washington. Alessandro, abgegeben an Familie de Souza, Brasilien."

„Sind irgendwelche Adressen notiert?", fragt Wegener.

Schwester Grania sucht weiter.

„Ja, hier steht etwas, aber das sind natürlich die Adressen der damaligen Wohnorte, die heute nicht mehr zutreffen müssen. Ich mache Ihnen am besten eine Kopie von der Seite ... Und das verschlossene Kuvert? Ich gebe es Ihnen mit, Sie sollten es am besten der Großmutter dieser Kinder übergeben."

Harald Wegener nimmt die Papiere dankbar entgegen und bestätigt deren Empfang schriftlich, nachdem Schwester Grania eine Kopie angefertigt und den Ordner mit den Originalunterlagen in den Schrank zurückgebracht hat.

„Ich wünsche Ihnen aufrichtig, dass Sie die richtigen Entscheidungen treffen und die Suche nach den Adoptiveltern gegebenenfalls erfolgreich sein wird."

Schwester Grania verabschiedet sich lächelnd von ihrem Gast.

Kurze Zeit später sitzt Wegener im Park der Klinik und wählt per Handy die Nummer seines Büros in Darmstadt. Zu seiner Verblüffung meldet sich der Anrufbeantworter. Nach kurzem Zögern tippt er eine Nachricht ein.

„Schlaft ihr noch? Es ist elf Uhr vormittags. Was ist los bei euch? Bitte versucht folgende Adressen ausfindig zu machen ...

ich bin übermorgen wieder zu Hause."

Er gibt die Namen durch, die er von Schwester Grania erhalten hat, und beendet den Anruf. Erst danach fällt ihm ein: Natürlich schlafen sie in Deutschland noch – er hatte die Zeitverschiebung zwischen den Kontinenten nicht bedacht.

Gleichzeitig wird ihm bewusst, dass er todmüde ist. Ein herbeigewinkter Taxifahrer fährt ihn in ein nahes Hotel. Noch während er nach den passenden Worten sucht, mit denen er der Fürstin die Neuigkeiten überbringen wird, überfällt ihn ein tiefer Schlaf.

Schon einen Tag später erstattet er seiner Auftraggeberin persönlich Bericht.

„Wir wissen jetzt, wo wir Ihre Enkel finden können – wenn Sie es denn wirklich wollen."

Mit diesen Worten begrüßt Harald Wegener die Fürstin.

„Ob ich es denn wirklich wolle? Was für eine Frage? Natürlich will ich es – warum sollte ich es plötzlich nicht mehr wollen?" Die Fürstin ist irritiert.

„Erstens hat Claudia mich quasi beauftragt, mich um sie zu kümmern, und zweitens: Die Hoffnung, vielleicht doch noch einmal so etwas wie eine Familie zu bekommen, nicht auf ewig alleine hier herumzusitzen und meinem ungeliebten Bruder womöglich einen Besitz hinterlassen zu müssen, zu dem mein Mann ein Leben lang Sorge getragen hat und den Edwin innerhalb von zwei Jahren durchgebracht haben würde – Nein, Harald, das alles gibt mir endlich wieder Mut und Kraft zu einem neuen Leben. Enkelsöhne – die sind in meinem Alter doch ein Geschenk, das ich keinesfalls ablehnen werde. Warum also sollte ich es nicht wollen?"

Wegener hatte erkannt, dass er der Fürstin Schwester Granias Bedenken nicht vorenthalten darf. Man wisse nicht, gibt er zu bedenken, ob die beiden jungen Männer von ihren Eltern über ihre Herkunft informiert worden seien. Und ob sie von der Existenz eines Zwillingsbruders überhaupt Kenntnis haben. Ob man sie womöglich ihren bisherigen Familien entfremden würde, wenn sie von ihren leiblichen Eltern erführen?

„Bei allem Respekt, aber es gibt Gründe, die gegeneinander abzuwägen sind. So viel ich mit Hilfe der Mitarbeiter meines Büros in Erfahrung bringen konnte, lebt Alessandro in Brasilien in sehr gesicherten Verhältnissen, aber Christophers Vater musste aus gesundheitlichen Gründen seinen Posten in Washington vorzeitig aufgeben. Die finanzielle Lage der Familie Werthstein, die heute in einem Vorort von Berlin lebt, ist trotz einer staatlichen Rente nicht eben rosig zu nennen, sodass sich zumindest für Christopher mit der Aussicht auf eine Erbschaft vermutlich andere Perspektiven eröffnen würden."

Die Fürstin, obwohl den genannten Argumenten gegenüber nicht uneinsichtig, fühlt sich in jedem Falle Claudias schriftlicher Bitte verpflichtet, sich um ihre Söhne zu kümmern. Darum beauftragt sie Wegener, sobald als möglich zunächst mit der Familie Werthstein Kontakt aufzunehmen.

„Wer weiß, vielleicht braucht mein Enkel ja schon heute finanzielle Unterstützung, um ein Studium aufnehmen zu können, oder ... Herr Wegener, ich muss diesen Jungen kennenlernen. Was ist übrigens mit einem Brief, den Sie schon am Telefon erwähnten?"

Der Anwalt überreicht ihr das noch immer verschlossene Kuvert, das man ihm in Seattle ausgehändigt hatte. Mit zitternden Händen erbricht die Fürstin das Siegel, das in seiner Mitte die Buchstaben JG erkennen lässt. Es ist die Kopie eines Schreibens, das man wahrscheinlich zu irgendeinem Zeitpunkt an Claudia weitergeleitet hat.

Seattle, 1981

Liebe Claudia,

hier die Geburtsurkunden der Kinder und die weiteren erbetenen Informationen:
Die zukünftigen Eltern des Erstgeborenen sind
Friedrich und Doris Werthstein, z. Zt. Washington D. C., USA, Deutsche Botschaft.
Das Kind wird Christopher heißen. Die Eltern sind Deutsche.

Das zweite Kind wurde von dem Ehepaar Alfredo und Katharina de Souza abgeholt. Die Familie lebt auf der Hacienda de Souza in der Nähe von Sao Paulo, Brasilien. Die sehr glücklichen Eltern haben ihm den Namen Alessandro gegeben. Die Mutter, Katharina de Souza, ist Deutsche.
Beide Elternpaare haben ansonsten keine Kinder.
Bei weiteren Fragen wende Dich an Schwester Gwyneth bzw. ev. an deren Nachfolgerin in der
St. Agatha-Church, Seattle/USA
Was Du mit diesen Informationen machen wirst, muss ich Dir überlassen. Aber sei versichert, dass Deine Kinder es gut haben werden.

James Gardmann

Gegen ihren Willen kommen der Fürstin wieder die Tränen, ihr ganzer Körper wird von einem Weinkrampf geschüttelt. „Mein armes kleines Mädchen, meine Claudia ... hat sie eine Kopie dieses Briefes je gelesen? Wie muss sie beim Lesen dieser Zeilen gelitten haben – wie konnte sie fast zwei Jahrzehnte mit dem Gedanken leben, dass ihre beiden Söhne irgendwo in der Welt ohne sie aufwachsen – in die Schule gehen, groß werden würden ... Und sie traute sich nicht, mit jemandem darüber zu sprechen, auch mit ihrem Mann nicht – gerade mit ihm nicht! Wie kann eine Mutter das aushalten? Selbst wenn sie inzwischen wieder Mutter geworden ist und in Esther eine liebevolle Tochter hat. Auch wenn sie weiß, dass es ihren unbekannten Söhnen gut geht, dass sie geliebt, behütet werden – Dahlmann, lies den Brief ... ich fasse es nicht."

Dahlmann, die bei dem ganzen Gespräch anwesend war, legt der Fürstin einen Arm um die Schultern und streicht ihr in einer mittlerweile vertrauten Geste mit der freien Hand eine Haarsträhne aus der Stirn. Dann nimmt sie den Brief entgegen und liest.

Ihre Erschütterung möglichst verbergend, wendet sie sich anschließend an den Anwalt.

„Kann man diese Werthsteins nicht telefonisch zu erreichen versuchen? Harald, du könntest das Gespräch im Arbeitszimmer des Fürsten führen, dort könnte die Fürstin mithören?"

„Ja, ich habe eine Nummer – wenn sie denn noch stimmt. Ich will es versuchen. Fürstin, fühlen Sie sich stark genug, eventuell auch Unerfreuliches zu hören?"

Die Fürstin antwortet mit einem stummen Kopfnicken.

„Wie spät ist es? Kurz vor vier Uhr? Gut, versuchen Sie es."

Harald Wegener wählt. Nach dreimaligem Klingeln hört man eine sehr schwache, müde Männerstimme: „Werthstein."

Die Fürstin hält gespannt den Atem an. Wegener stellt sich vor, nennt den Namen seiner Auftraggeberin und formuliert dann vorsichtig: „Ich rufe Sie an in einer Erbschaftsangelegenheit. Sie haben einen etwa zwanzigjährigen Sohn mit Namen Christopher, nicht wahr?"

Nach kurzem Zögern antwortet die Stimme: „Das ist korrekt, warum stellen Sie diese Frage? Hat er sich etwas zuschulden kommen lassen?"

Wegener beruhigt ihn.

„Nein, nein, wir kennen Ihren Sohn gar nicht. Er ist nicht Ihr leiblicher Sohn, nicht wahr?"

Ein schweres Atemholen ist zu hören.

„Ich denke, dass das kein Thema für ein Telefonat ist. Ich übergebe an meine Frau, da ich momentan gesundheitlich etwas instabil bin. Einen Moment ..."

Eine energische, aber durchaus sympathische Frauenstimme meldet sich nach einigen unverständlichen, geflüsterten Sätzen.

„Doris Werthstein. In welcher Angelegenheit kontaktieren Sie uns? Was immer Sie wissen wollen, ich werde Ihnen am Telefon nicht antworten. Der von Ihnen angedeutete Grund Ihres Anrufes ist kein Thema für ein Ferngespräch. Entweder wir vereinbaren einen Termin bei unserem Rechtsanwalt oder ich lege auf, werde aber auf der Stelle die Polizei benachrichtigen."

Wegener sucht nach angemessenen Worten für eine Entschuldigung. „Frau Werthstein, ich kann Ihre Bedenken nachvollziehen – auch für mich ist diese Angelegenheit nicht das, was man das Alltagsgeschehen in einer Anwaltskanzlei nennen würde. Meine Mandantin und ich schließen uns gerne Ihrem Vorschlag an, Sie in Gegenwart Ihres Anwaltes mit der Thematik vertraut zu machen. Allerdings bitten wir um einen möglichst zeitnahen Termin, denn Frau von Wallburg selber ist erst kürzlich über eine mögliche Veränderung ihrer familiären Situation in Kenntnis gesetzt worden und drängt aus verständlichen Gründen auf baldige Klärung. Wenn Sie mir bitte die Adresse oder Telefonnummer eines Kollegen Ihres Vertrauens diktieren könnten, um mit ihm die Möglichkeit eines Treffens zu eruieren? – Einen Moment bitte, ich notiere ..."

Wegener kramt einen Terminkalender aus seiner Aktenmappe und schreibt: Dr. Hirschberger, Rechtsanwalt und Notar, Telefon, Postadresse etc.

Danach bittet er noch einmal um Gehör.

„Wenn ich mir noch einen wichtigen Einwand gestatten darf: Ich bin nicht darüber informiert, ob Ihr Sohn weiß, dass er nicht Ihr leiblicher Sohn ist. Es wäre jedoch meiner Ansicht nach von Vorteil, wenn er bei unserem Treffen bei dem Kollegen in Berlin darüber informiert wäre. Was meine Klientin und ich ihm mitzuteilen haben, ist unter Umständen nicht so leicht zu verkraften, weil sich für ihn möglicherweise grundlegende Veränderungen seiner Lebenssituation ergeben könnten. Es tut uns leid, dass wir Sie offensichtlich belästigen müssen, aber es scheint in der gegebenen Situation unvermeidlich."

Die sich anschließende Verabschiedung ist kühl, aber auf beiden Seiten durchaus korrekt.

Wegener legt auf, wischt sich mit einem Taschentuch über die Stirn und atmet tief durch.

„Es ist nicht ganz einfach, in einer so delikaten Angelegenheit die richtigen Worte zu finden. Einen solchen Fall hat man als Anwalt nicht täglich."

Er lächelt unsicher und um Verständnis bittend. Die Fürstin jedoch zerstreut seine Zweifel.

„Sie waren fabelhaft. Besser hätte es gar nicht laufen können. Aber – was ist, wenn dieser Christopher nicht weiß, dass er ein Adoptivkind ist? Die Eltern schienen mir sehr verunsichert. Das ist auch für sie eine beklemmende Situation. Dahlmann, mach uns einen starken Tee, und bring ruhig den Rum mit. Harald, Sie trinken doch einen Tee mit uns?"

Dieser nickt zustimmend, aber wie abwesend zu und grübelt laut: „Ich werde mich mit dem Kollegen in Berlin, mit diesem Dr. Hirschberger im Vorfeld in Verbindung setzen, ich werde ihn etwas vorwarnen. Wie wird der junge Mann, dieser Christopher, damit umgehen, wenn er die Wahrheit erfährt? Und erst die Eltern ... Dem Vater geht es offenbar gesundheitlich nicht besonders gut. Er schien völlig ratlos und überfordert."

In der Tat sitzt das Ehepaar Werthstein in seiner Wohnung in Berlin neben dem Telefon und ist zunächst fassungslos. Doris Werthstein findet als erste die Sprache wieder.

„Siehst du, wie gut es war, Christopher früh genug reinen Wein in Bezug auf seine Herkunft einzuschenken?"

In der Tat hatten sie und ihr Mann immer und immer wieder lange um eine Entscheidung gerungen, ob und wann sie dem Sohn sagen sollten, dass er ein Adoptivkind sei.

Sie ruft sich den Tag in Erinnerung. „Weißt du noch? An seinem vierten Geburtstag haben wir uns getraut, und es war richtig so. Dennoch: Was heißt schon, ‚reinen Wein einzuschenken'? Wir haben ja selber nicht sehr viel über seine tatsächlichen Eltern in Erfahrung bringen können."

Ihr Mann unterbricht sie.

„Ja, aber dass wir ihn informiert hatten – das war schon richtig. Ich sehe ihn noch, wie er mit baumelnden Beinen auf deinem Schoß saß und fragte, was das heiße, adoptiert zu werden. ‚Musstet ihr mich kaufen und war ich umsonst?' Und du hast ihm geantwortet: ‚Nein, wir mussten dich nicht kaufen, du warst ein Geschenk, und zwar das allerallerbeste Geschenk, was dein Papa und ich in unserem ganzen Leben erhalten haben.'" Und der Kleine rutschte von deinem Schoß, lief zu dem Tischchen, an dem wir eine Geburtstagstorte und ein paar kleine Geschenke für ihn aufgebaut hatten, und rief: ‚Ich bin ein Geschenk – ich bin ein Geschenk! Und deshalb kriege ich an meinem Geburtstag auch immer etwas geschenkt.' Und damit war das Thema für ihn erledigt. Wir sind für ihn Papa und Mama, und er weiß, dass sein Geburtstag immer auch sein Adoptionstag ist. Darum mache ich mir auch heute keine Sorgen: Was immer sich da an Neuigkeiten auftut – der Junge wird es verkraften. Er ist zum Glück bodenständig genug. Und er ist immer noch unser wertvollstes Geschenk."

Ehe ihn die Rührung übermannt, lenkt seine Frau das Gespräch geschickt in eine andere Richtung.

„Die Auftraggeberin dieses Anwaltes soll eine Fürstin von und zu sein? Und es wurde eine Erbschaft erwähnt? Nun ja, der heutige Adel ist ja zumeist verarmt, da wird nicht viel zu erben sein, notfalls kann man ein Erbe ja auch ausschlagen, nicht wahr? Die Hauptsache ist, sie nehmen uns unseren Sohn nicht weg – könnte das passieren?!

Ihr Mann beruhigt sie.

„Nein, niemand kann ihn uns wegnehmen. Aber nun, da er fast zwanzig Jahre alt ist, müssen wir uns wohl ohnehin darauf einstellen, dass er sich mehr und mehr von uns lösen wird, das ist normal und wir werden ihn gehen lassen müssen. Aber er wird immer unser Sohn bleiben, da bin ich mir sicher."

Er blättert in seinen Terminkalender.

„Am 22. Juni hat Christopher Geburtstag – also in anderthalb Wochen wird er zwanzig Jahre alt. Bis dahin werden wir diesen Anruf ihm gegenüber nicht erwähnen, oder wie denkst du darüber?"

Seine Frau stimmt nach längerem Überlegen nickend zu.

Und er sinniert weiter:

„Ob diese erwähnte Fürstin krank ist und ihr Testament machen will? Wenn da nicht überhaupt eine große Gaunerei im Spiel ist. Ich werde Hirschberger anrufen. Wir hätten uns den Namen dieses Anwaltes merken sollen, Weber oder Wagner? Ich werde mich erkundigen, so etwas kann man heutzutage ja mit Hilfe der Technik ziemlich leicht herausfinden. Er hat eine

Kanzlei in Münster? Da bin ich ja gespannt. Der Name der leiblichen Mutter wurde uns damals in Seattle doch mit Karin Weber angegeben – das klingt nicht gerade nach altem Adel."

Friedrich Werthstein ist lebhaft wie seit dem Beginn seiner Krankheit nicht mehr. Dieser Krankheit, mit der er hadert, die ihn aus seinem Beruf geworfen hat, die sein und das Leben seiner kleinen Familie so dramatisch verändert hat – und deren Ursache kein Arzt wirklich benennen kann.

11

Es ist beklemmend still in der eleganten Anwaltskanzlei von Dr. Hirschberger. Doris und Friedrich Werthstein sitzen eng beieinander Hand in Hand auf dem schwarzen Besuchersofa, ihre Aufregung nur mühsam unterdrückend. Sie hatten, ebenso wie Dr. Hirschberger, schon vor zwei Tagen Einblick in Claudias Brief und das Schreiben von James Gardmann nehmen können. Während der Anwalt sich mehr als Jurist denn als persönlich Betroffener damit auseinandergesetzt hatte, bescherte der Inhalt der Papiere den Werthsteins ungläubiges Staunen und Entsetzen. Zweifel, aber auch diffuse Ängste vor zu erwartenden, unvorhersehbaren Veränderungen lösten sich ab mit Mitleid und Verständnis für die seelischen Qualen der jungen Claudia. Stundenlange Gespräche und schlaflose Nächte mit verunsichernden Abwägungen bewirkten besonders bei Friedrich Werthstein eine ernsthafte Verschlimmerung der Symptome seiner Krankheit.

Hat er seinen Sohn richtig eingeschätzt? Wird Christopher eine solche Fülle von Neuigkeiten ‚locker' aufnehmen? Oder wird er enttäuscht, gekränkt, beleidigt oder gar wütend auf die damalige Entscheidung seiner leiblichen Mutter reagieren, die es fertig gebracht hatte, sich von ihren zwei neugeborenen Kindern zu trennen? Wird er sich in ihre vermeintliche Ausweglosigkeit hineindenken können und Verständnis aufbringen? Wie wird er mit einer plötzlich in sein Leben tretenden Großmutter umgehen – und vor allem: Wie geht er mit dem Wissen um, irgendwo in der Welt einen Bruder, einen Zwillingsbruder, zu haben?

Dr. Hirschberger blättert leise in vor ihm auf dem Schreibtisch liegenden Papieren, unterstreicht hier und da eine Zeile mit einem silbernen Stift, setzt Frage- oder Ausrufzeichen und wirft von Zeit zu Zeit einen Blick hinüber zu Harald Wegener, der seinerseits vorgibt, einen an der Wand hängenden historischen Stadtplan von Potsdam zu studieren. Insgeheim aber beobachtet er den am Fenster stehenden Christopher Werthstein, der die Dokumente liest, die man ihm erst kurz vor dem Betreten der Kanzlei ausgehändigt hat.

Durch die doppelt verglasten hohen Fenster dringt nur schwach das monotone Geräusch des fließenden Verkehrs der Berliner Rushhour.

Endlich dreht Christopher sich um.

Langsam und wie ferngesteuert geht er im Zeitlupentempo auf den Schreibtisch zu, legt die sorgsam wieder zusammengefalteten Briefe dort ab, sieht seine Eltern an, räuspert sich und beginnt mit belegter Stimme zu sprechen.

„Seit wann kennt ihr diese Briefe?"

Seine Mutter antwortet zuerst.

„Seit zwei Tagen, aber wir wurden vor nicht einmal einer Woche erstmals von Dr. Wegener angerufen, dem Anwalt der Fürstin von Wallburg. – Dr. Wegener ist der Herr dort im Sessel, wir haben ihn dir eben vorgestellt. Bei seinem Anruf dachten wir zunächst an eine Gaunerei, an einen neuen Trick von bestimmten Typen, die auf kriminelle Weise irgendwie an Geld kommen wollen. Deshalb haben wir dich nicht gleich eingeweiht. Es war nämlich von einer Erbschaftsangelegenheit die Rede; das machte uns hellhörig und wir bestanden dem Anrufer gegenüber darauf, das Thema nur in Anwesenheit von Dr. Hirschberger zu besprechen. Glaub uns, dass wir genauso konsterniert waren wie du."

Hier schaltet sich Friedrich Werthstein ein.

„Mein Junge, die Sache war so undurchsichtig – als erstes hatten wir Angst, dich möglicherweise an eine plötzlich aufgetauchte leibliche Mutter zurückgeben zu müssen ... wir hatten ein paar schlaflose Nächte."

Er steht mühsam und sichtlich bewegt auf und geht auf seinen Sohn zu, der ihm mit wenigen raschen Schritten entgegengeht und ihn umarmt. „Ach, Papa ..."

Ein hörbares Aufatmen der Erleichterung löst die fast unerträglich gewordene Spannung im Raum. Vater und Sohn wollen sich gar nicht mehr loslassen. Doris Werthstein legt ihre Arme um die beiden.

„Wir werden deinen Bruder suchen und finden, Christopher. Aber du bist und bleibst *unser* Sohn, auch ohne Nabelschnur ... Du warst das wertvollste Geschenk, das wir je in unserem Leben erhalten haben, daran wird sich nichts ändern, das weißt du, nicht wahr?"

Christopher löst sich aus der Umarmung seines Vaters und drückt seine Mutter eng an sich. Seine innere Bewegtheit jungenhaft überspielend, lässt er nur ein saloppes „Logo, Mama, alles klar" hören.

Auch Harald Wegener hat sich aus seinem Sessel erhoben. Er wischt sich die Augen, als wolle er ein ihn störendes Insekt daraus entfernen, und sieht auf die Uhr. Er wendet sich räuspernd an Christopher.

„Eigentlich sollte Frau von Wallburg, das heißt – hm – Ihre Großmutter, längst hier sein – sie wird jeden Moment kommen, denn sie kann es nicht erwarten, Sie kennenzulernen. Sie wird überwältigt und glücklich sein, denn Sie sehen Ihrer Mutter sehr ähnlich."

„Sie haben – meine Mutter gekannt?"

Harald Wegener lächelt. „Ja, ziemlich gut sogar, wir waren schon als Kinder wie Bruder und Schwester – Ihre Mutter war ja das einzige Kind von Fürst Raimund und Fürstin Henriette, und ich als Sohn des Gärtners war jahrelang ihr Spielgefährte, obwohl ich ein paar Jahre älter war als sie. Ich habe nur glückliche Erinnerungen an sie, sie war ein wundervoller Mensch. Von ihrem tödlichen Unfall zu hören war ein Schock für uns alle. Wie es dazu kam, wird Ihnen die Fürstin sicher erzählen. Sie leidet noch immer sehr unter dem Verlust, denn gleichzeitig hat sie ja auch ihren Schwiegersohn und die einzige Enkelin bei dem Flugzeugabsturz verloren. Außerdem ist sie seit Jahren kränklich und auf Medikamente angewiesen, für deren regelmäßige Einnahme ihre langjährige Haushälterin sorgt. Aber dass Sie und eventuell auch Ihr Bruder nun so unverhofft in ihr Leben treten, gibt ihr wieder Auftrieb. Ich werde nachsehen, ob sie sich hier im Haus vielleicht verlaufen hat. Sie wird übrigens von der Haushälterin, Frau Dahlmann, begleitet. Sie müssten doch längst ..."

Er geht zur Tür und betritt den Flur. Ganz am Ende des langen Ganges sieht er zwei Frauen: eine, die mit lebhaften Gesten auf die andere einspricht, die sich offenbar jedoch nicht entschließen kann, den aufmunternden Worten der Begleiterin Folge zu leisten.

Wegener, der in den beiden sofort die Fürstin und Agnes Dahlmann erkennt, geht mit raschen Schritten auf sie zu.

„Sie werden längst erwartet, Frau von Wallburg – warum ...?

Die Fürstin, kreidebleich und sichtlich nervös, wendet sich um und fasst den Anwalt mit beiden Händen wie eine Ertrinkende an den Revers seiner Jacke.

„Ist er da drin? Wie sieht er aus – hat er die Briefe gelesen? Er kennt mich nicht und weiß nichts von mir, auch noch nicht, wie seine Mutter umgekommen ist – vielleicht lehnt er mich total ab – und seine Eltern ebenso – ich traue mich nicht, ihm gegenüber zu treten."

Wegener versucht sie zu beruhigen.

„Fürstin, Sie trauen sich nicht? Aber Claudia hat Sie in ihrem Brief doch als mutige Frau bezeichnet und Ihnen ihre Söhne anvertraut – Sie werden doch jetzt nicht kneifen. Kommen Sie, Christopher möchte Sie kennenlernen ... Frau Dahlmann und ich begleiten Sie."

Er fasst sie am linken Ellbogen und schiebt sie mit sanfter Gewalt den Gang entlang bis vor die Türe der Kanzlei. Die Fürstin, die sich mit ihrer rechten Hand an Dahlmann geklammert hatte, zögert noch, lässt dann aber Wegeners schützenden Arm und Dahlmanns Hand los, streckt sich, lächelt vorsichtig und betritt den Raum.

Mit anfangs noch zaghaften kurzen Schritten geht sie auf den am Fenster stehenden Christopher zu, hält noch einmal kurz inne, sieht wie hilfesuchend zu Dahlmann hinüber, die ihr aufmunternd zunickt, und reicht dem jungen Mann entschlossen die Hand.

„Ich bin Henriette von Wallburg und die Mutter jener Claudia, deren Brief Sie eben – deren Brief d*u* eben gelesen hast. Nach Lage der Dinge bist du also mein Enkel, was ich schon deshalb nicht bezweifle, weil du meiner Tochter sehr ähnlich siehst. Ich würde mich glücklich schätzen, wenn du mich als deine ..."

Hier versagt die vor Rührung ohnehin heisere Stimme ihren Dienst.

Christopher, das Gesicht plötzlich mit jugendlicher Röte überzogen, ist der ungewöhnlichen Situation eher gewachsen als die Fürstin.

Er lächelt.

„Es wird mir zunächst ein wenig Mühe bereiten, Sie Großmutter zu nennen – aber wenn das in Ihren Kreisen der korrekte Titel ist ..."

Dann versagt auch ihm die Stimme. Lange stehen sie voreinander und bemühen sich sichtlich, ihre Beherrschung wieder zu erlangen. Die ganze Zeit blicken sie sich ins Gesicht, suchend die Fürstin, neugierig der junge Mann. Endlich spricht Christopher.

„Da die Eltern meiner Eltern schon vor meiner Geburt gestorben sind, musste ich bislang auf eine Großmutter verzichten. Ich habe mir Großmütter aber immer irgendwie anders vorgestellt."

Fast ein wenig kokett fragt ihn die Fürstin:

„Und wie sehen deiner Vorstellung nach Großmütter aus?"

„Ähm, wie soll ich sagen? ... Ein bisschen wie in den Märchenbüchern, mit Apfelbäckchen und Brille und grauen Haaren und ..."

Die Fürstin unterbricht ihn lebhaft.

„Oh, mit grauen Haaren kann ich durchaus dienen, wenn du genau hinsiehst ... und eine Brille benutze ich ebenfalls, zumindest zum Lesen. Ich bin schließlich fast sechzig Jahre alt. Und Apfelbäckchen? Ich werde sie mir zulegen, obwohl ich schon jetzt das Gefühl habe, als würde mir durch dich noch einmal ein Stück Jugend geschenkt, weil ich in dir auf überraschende Weise meine Tochter wiederfinde."

Sie wendet sich an Dahlmann, die sich bislang im Hintergrund hielt.

„Das ist übrigens meine Haushälterin, Frau Agnes Dahlmann. Sie ist seit vierzig Jahren der gute Geist auf Haus Wallburg und eigentlich längst meine beste Freundin. Und sie kannte deine Mutter mindestens so gut wie ich, wenn nicht besser. Dahlmann, findest du nicht auch, dass Christopher Claudia unheimlich ähnlichsieht?"

Dahlmann ist bei den Worten der Fürstin rot geworden. Ein wenig verlegen reicht sie dem jungen Mann die Hand.

„Ich bin Dahlmann, einfach Dahlmann, und ich würde mich freuen, auch Ihre Dahlmann sein zu dürfen – wenn Ihre Eltern es erlauben."

Der Fürstin wird in diesem Augenblick bewusst, dass sie in der Aufregung des Augenblicks die Anwesenheit der Werthsteins übersehen hat. Sie geht auf die beiden zu, man gibt sich förmlich die Hand.

„Ich werde Ihnen Ihren Sohn nicht wegnehmen, das verspreche ich Ihnen. Ich bin Ihnen im Gegenteil unendlich dankbar, dass sie meinen Enkel ..." Hier fehlen ihr die Worte. Nachdem sie sich wieder gefasst hat, fährt sie fort.

„Wir werden versuchen, der Wahrheit auf den Grund zu gehen, wenn wir alle uns erst einmal mit der neuen Situation vertraut gemacht haben. Wir werden hoffentlich auch einen leiblichen Vater für meine Enkel finden, obwohl das nicht so einfach sein wird. Ich fühle mich nach den schrecklichen Ereignissen der letzten Monate, als würde für mich das Leben noch einmal von vorn beginnen. So gesehen ist die Hilfe meines Anwaltes, den ich wegen einer „Erbschaftsangelegenheit" zu Rate gezogen hatte, im Moment nur insofern erforderlich, als dass ich Ihrem Sohn so bald als möglich notariell den ihm zustehenden Titel als „Prinz von Wallburg" vererben möchte."

Christopher unterbricht sie lebhaft.

„Ich, ein Prinz? Ich bin bislang mit meinem bürgerlichen Namen sehr gut zurechtgekommen und möchte ihn beibehalten dürfen, wenn dem juristisch nichts entgegensteht. Prinz von Wallburg? Ohne Sie – ohne *Dich* kränken zu wollen, Großmutter, aber mit dem Titel würden meine Freunde sich schlapplachen. Papa, was würdest du dazu sagen, einen Prinzen zum Sohn zu habe? Fragen wir doch gleich einmal die hier zum

Glück anwesenden beiden Juristen: MÜSSTE ich den Titel annehmen und führen?“

Stirnrunzeln bei den so angesprochenen Anwälten, dann allgemeines, erleichtertes Lachen, bis Dr. Hirschberger sich zu Wort meldet.

„Dazu müssten wir einen Adelsexperten zu Rate ziehen, aber bevor wir uns der Etikettenfrage widmen, ist noch ein Berg wichtigerer Details zu klären und abzuarbeiten.“

„Sie haben recht,“ unterbricht ihn die Fürstin. „Für den Augenblick empfinde ich nur eine riesengroße Erleichterung und möchte Sie alle zu einem Umtrunk einladen. Da wir uns in Berlin nicht auskennen, erbitte ich eine Empfehlung von einem der Ortskundigen. Mir ist nach Champagner zumute, ich habe jahrelang keinen Champagner getrunken ... nun?“

„Und ich habe überhaupt noch nie Champagner getrunken, oder? Mama, gab es bei uns schon mal richtigen Champagner?“

Friedrich Werthstein mischt sich ein.

„Als ich noch im diplomatischen Dienst stand, gab es dann und wann einen Grund, mit Champagner anzustoßen. Aber einen triftigeren Grund als den heutigen gab es nie.“

„Recht so“, lässt Dr. Hirschberger sich vernehmen. „Ich werde meine Sekretärin bitten, für heute alle weiteren Termine abzusagen. Ich weiß eine Lokalität, die mir angemessen scheint. Darf ich also bitten?“

Er will eben in den Nebenraum gehen, um die Jacken und Mäntel der Besucher zu holen, als Christopher sich ihm plötzlich in den Weg stellt.

„Wenn ich in einer Woche Geburtstag habe und zwanzig Jahre alt werde, hat mein Zwillingsbruder doch ebenfalls Geburtstag. Wie spät ist es jetzt? Kurz vor drei Uhr – wie spät ist es dann in Brasilien? Bei acht Stunden Zeitverschiebung wäre es dort gerade mal sieben Uhr – Dr. Wegener, können wir nicht einfach versuchen, die Tel. Nummer dieser Familie de Souza in Sao Paulo herauszufinden? Und dann ..."

Harald Wegener sieht fragend zunächst die Fürstin, dann seinen Kollegen Hirschberger an, wirft einen Blick auf die Armbanduhr und hebt unentschlossen die Schultern. Er wendet sich an Frau und Herrn Werthstein. „Wie denken Sie darüber?"

Friedrich Werthstein sieht seinen Sohn an.

„Nun, wenn Christopher an einem einzigen Tag so viele Neuigkeiten verträgt ... Frau von Wallburg, was sagen Sie?"

Die Fürstin schickt einen suchenden Blick zu Dahlmann, diese nickt eifrig.

„Nun ja, wenn Christopher es sich wünscht – wie würde man denn dabei vorgehen?"

„So etwas ist heutzutage einfach, Fürstin – äh – Großmutter."

Christopher ist in heller Aufregung. „Man ruft die Nummer der Auslandsauskunft an, am besten von einer seriösen Stelle wie diesem Anwaltsbüro aus, nennt Namen und Adresse und ruckzuck hat man die Telefonnummer. Bitte, lassen Sie es uns versuchen ...", und fügt nach kurzem Stocken „bitte, Großmutter" hinzu.

Fürstin Henriette schließt für einen Moment die Augen: Großmutter, wie das klingt ... ihr Herz klopft in freudiger Aufregung.

Dr. Hirschberger drückt seinem Anwaltskollegen sein Telefon in die Hand. „Würden Sie das bitte übernehmen?"

Es vergehen nur ein paar Minuten, dann fragt Wegener in den Hörer:

„Do you speak English?" Der Teilnehmer am anderen Ende der Leitung scheint ihn nicht zu verstehen. Dr. Hirschberger drückt auf den Knopf, der der gespannt lauschenden Gruppe das Mithören ermöglicht. Nach einem kurzen Moment der Stille meldet sich eine männliche, sehr junge Stimme. „Can I help you?“

Christopher wird bleich, presst beide Fäuste vor den Mund.

„My name is Dr. Wegener from Berlin, Germany.” Er erkundigt sich, ob er mit dem Gut de Souza verbunden sei.

„Yes, you are, but you're welcome to speak German”, erhält er zur Antwort.

Den Zuhörern in der Anwaltskanzlei stockt der Atem:

Das ist Christophers Stimme, die da durch den Äther in das Berliner Büro dringt. Wegener sieht zu Christopher hinüber, der erkennbar um Fassung ringt.

„Oh, das macht es mir leichter. Ich rufe aus Deutschland an und müsste in einer dringenden Angelegenheit Herrn Alfredo de Souza sprechen.“, beeilt Dr. Wegener sich zu erklären.

Die Stimme antwortet ihm in deutscher Sprache. „Sie möchten also meinen Vater sprechen? Einen Moment bitte, ich bin Alessandro, sein Sohn. Ich werde meinen Vater rufen.“

„Sie sind sein Sohn?“, hakt Dr. Wegener nach. „Ihr Deutsch ist ausgezeichnet ...“

„Meine Mutter kommt aus Hannover und mein Vater hat einige Jahre in Deutschland studiert. Ich bin zweisprachig aufgewachsen, genau genommen sogar dreisprachig, hier spricht man außer Englisch vor allem Portugiesisch,“ gibt die Stimme unbekümmert Auskunft. „Ich verbinde Sie jetzt mit meinem Vater, auf Wiedersehen, Dr. Wegener.“ Ein kurzes Knacken in der Leitung, dann ist eine Männerstimme zu hören.

„In welcher wichtigen Angelegenheit möchten Sie mich sprechen? Ich bin in Eile ... Sie sind Anwalt?“

„Ja, Herr de Souza, es geht um ihren Sohn Alessandro ... er ist nicht Ihr leiblicher Sohn, nicht wahr?“

Schweigen am Ende der Leitung, dann: „Sie wissen von der Adoption?“

„Ja, ich bin der Anwalt der Großmutter Ihres Sohnes, der Fürstin von Wallburg. Alessandros leibliche Mutter ist kürzlich bei einem Unfall ums Leben gekommen. Wir haben erst durch einen Brief, den die Verstorbene hinterlassen hat, von der Existenz ihrer beiden Söhne erfahren. Da es keine weiteren Erben gibt, stehen Alessandro und sein Bruder Christopher, den wir hier in Deutschland ausfindig machen konnten, in der Erbfolge an erster Stelle.“

Ein Geräusch, als würde ein Stuhl gerückt und eine Türe geschlossen. Dann wird der Hörer wieder aufgenommen.

„Ich habe mich nur versichern wollen, ob Alessandro unser Gespräch mitbekommt, aber er hat das Haus verlassen. Er weiß nicht, dass er unser Adoptivsohn ist, wir haben es leider immer wieder hinausgeschoben, ihn davon in Kenntnis zu setzen. Er wird in einer Woche zwanzig Jahre alt ... Bitte haben Sie Verständnis, dass ich telefonisch nicht weiter ins Detail gehen möchte. Es ist übrigens für ihn nicht von Bedeutung, von irgendjemand etwas zu erben, wir sind – was man so nennt – wohlhabend. Und ob wir ihm überhaupt zumuten wollen, eines angeblichen Bruders und einer fürstlichen Großmutter wegen sein ganzes bisheriges Leben umzukrempeln ... das bedarf reiflicher Überlegungen, bei denen vor allem seine Mutter, also meine Frau, mitzureden hat. Und ob das alles, was Sie uns hier mitteilen, der Wahrheit entspricht, ist auch zu hinterfragen. Man hat uns bei der Adoption nur gesagt, dass sein Vater ein vermögender, verheirateter Amerikaner sei, der Grund hatte, einen Seitensprung mit einer Deutschen vor seiner Frau zu verheimlichen, weswegen er und seine Geliebte sich überhaupt zu einer Adoption entschlossen hatten. Mehr hat man uns damals nicht gesagt und mehr wollten wir auch nicht wissen. Und nun möchte ich das Gespräch beenden. Wenn Sie eine Fortsetzung für nötig erachten, müssten Sie schon persönlich bei uns vorsprechen."

Harald Wegener, dem der zuletzt leicht gereizte Unterton seines Gesprächspartners nicht entgangen ist, lässt nicht locker.

„Ich werde die Angelegenheit mit meiner Mandantin besprechen – sie hat übrigens unser Gespräch mit angehört, ebenso wie Christopher, der darauf brennt, seinen Zwillingsbruder kennenzulernen. Wir werden in Kürze wieder Kontakt mit ihnen aufnehmen. Ob Sie bis dahin ihren Sohn über seine Herkunft informieren wollen, müssen wir Ihnen überlassen. Bitte haben Sie Verständnis für die Situation, die für alle Beteiligten nicht einfach ist. Erlauben Sie mir, Ihnen unsere Daten, Adressen und Telefon- und Faxnummern zu diktieren, damit Sie gegebenenfalls Ihrerseits Kontakt mit uns aufnehmen können."

Er gibt die erwähnten Details durch und verabschiedet sich höflich und korrekt, was von Herrn de Souza ebenso korrekt erwidert wird. Dann drückt er den entsprechenden Knopf und reicht den Hörer, erleichtert durchatmend, seinem Kollegen zurück.

Niemand in der Runde sagt etwas. Alle sind wie erschlagen vom zwar erhofften, aber dennoch unerwarteten Lauf der Dinge. Endlich beginnt Christopher zu sprechen, mit heiserer Stimme und stockend.

„Ich habe einen Bruder, und ich habe ihn sprechen gehört ... er hat mit meiner Stimme gesprochen" Er sieht Doris Werthstein an, zögert, zieht die Schultern hoch, wirkt wie ein verängstigtes Kind, und wirft sich plötzlich laut aufweinend seiner Mutter in die Arme. „Mama, ich habe einen Bruder."

Nun können auch die Fürstin und Dahlmann ihre Tränen

nicht mehr aufhalten. Friedrich Werthstein wendet sein Gesicht ab, während er mühsam aufsteht. Die beiden Anwälte kramen geschäftig in irgendwelchen Unterlagen, bis Christopher sich aus den beschützenden Armen seiner Mutter windet.

„Jetzt ist es aber wirklich Zeit für den versprochenen Champagner. Ich habe einen Bruder und eine Großmutter – und einen leiblichen Vater werden wir vielleicht auch noch finden. Komm, Papa, Champagner schlürfen ..."

12

Harald Wegener steuert den eben erst neu erworbenen Wagen der Fürstin durch den Berliner Großstadtverkehr Richtung Autobahn und folgt den Schildern, die ihn zurück nach Schloss Wallburg leiten werden. Es ist ein sonniger, klarer Tag. Die Fürstin und Dahlmann sitzen neben einander auf den rückwärtigen, bequemen Polstern und lassen die Ereignisse des gestrigen Tages wieder und wieder Revue passieren.

„Dahlmann, ist dir aufgefallen, dass Christopher nicht ein einziges Mal nach dem Besitz oder der Größe von Wallburg gefragt hat? Es scheint ihn nicht im Mindesten zu interessieren, dass er einmal sehr vermögend sein wird. Er wird auch den Namen Werthstein nicht ablegen und gegen einen Adelstitel eintauschen wollen. Das gibt noch eine Menge Arbeit für die Anwälte. Aber von Claudia und von seinem verstorbenen Großvater wollte er jedes Detail wissen. Und wer möglicherweise sein leiblicher Vater ist, das lässt ihm ebenfalls keine Ruhe. Und er will alles daransetzen, seinen Bruder zu treffen. Harald ...“

Sie beugt sich nach vorn, um den Anwalt in das Gespräch einbinden zu können. „Wie werden Sie vorgehen, um Kontakt mit diesem Ehepaar de Souza in Sao Paulo zu halten?“

„Ich werde hinfahren müssen, sobald als möglich. Solche delikaten Ereignisse kann man wirklich nur direkt, also von Mensch zu Mensch besprechen und möglichst problemlos in Ordnung bringen. Bis jetzt laufen die Dinge sehr gut, nicht wahr? Und das Glück wäre vollkommen, wenn dieser Alessandro tatsächlich ein ebenso liebenswürdiger, gut erzogener und durch und durch angenehmer Mensch wäre wie sein Zwillingsbruder Christopher. Das Gespräch mit ihm lässt darauf hoffen. Ich habe gehört, was Sie eben mit Frau Dahlmann besprochen haben und gebe ihnen Recht – dieser Christopher ist ein Geschenk – intelligent, bescheiden, hat tadellose Manieren, von seinem glänzenden Aussehen ganz zu schweigen. Und wie sehr er Ihrer Claudia gleicht, nicht nur, was die blonden Locken betrifft ... Er wird ein würdiger Nachfolger von Fürst Raimund werden. Sein soeben begonnenes BWL-Studium kann sich eines Tages bei der Verwaltung des Besitzes als nützlich erweisen, aber wird er sich, aufgewachsen als Großstadtkind, auf dem Land wohlfühlen? Nun, das wird sich alles finden. Aber Sie werden wohl über kurz oder lang die Fürstin Lauenstein über den neuesten Stand der Dinge aufklären müssen. Hat sie überhaupt schon Kenntnis von Claudias Brief?"

Fürstin Henriette schüttelt verneinend den Kopf.

Dieses notwendige Gespräch mit Charlotte zu Lauenstein lastet ihr schwer auf der Seele, weshalb sie den Gedanken daran bislang immer vor sich hergeschoben hat. Wie wird Michaels Mutter mit der unleugbaren Tatsache umgehen, dass ihre Schwiegertochter Claudia vor der Ehe eine folgenschwere Affäre mit einem anderen Mann hatte? Noch ist der Schmerz um den Verlust des einzigen Sohnes nicht verheilt, zudem hat sie durch den Unfall auch die Schwiegertochter und die einzige Enkelin verloren. Sicher macht sie sich manchmal Gedanken darüber, wem sie eines Tages ihren Besitz vererben soll. Sie ist seit vielen Jahren Witwe und lebt nahezu allein in ihrem großen Haus. Und nun kommt noch die enttäuschende Erkenntnis über Claudias Untreue hinzu?

Sie wendet sich an Dahlmann.

„Da steht mir noch etwas Schweres bevor. Ich selber habe das unverdiente Glück, einen Enkel, nein, sogar zwei bekommen zu haben. Mein Leben hat wieder einen neuen Sinn. Ich habe somit auch Erben, denen ich Wallburg und alles Drumherum eines Tages mit Freuden übergeben kann – ich muss es nicht meinem leichtfertigen Bruder in den unersättlichen Rachen werfen. Und wen hat Charlotte? Niemand! Für mich hat sich durch Claudias Tod doch noch etwas Tröstliches ergeben, aber für sie bleiben nur Verlust und endlose Trauer."

Dahlmann bedeckt die Hand der Fürstin mit ihrer eigenen.

„Wir müssen dennoch Kontakt zu ihr aufnehmen, sie hat Sie schon so häufig um einen Besuch und um ein Gespräch gebeten. Auch Baron von Gliesen als der eventuelle Vater muss informiert werden. Was ihn betrifft – verzeihen Sie mir – habe ich ein eigenartiges Gefühl. Christopher hat so gar nichts, was mich an Herrn von Gliesen erinnert. Zwar sind auch dessen Haare blond, aber ... ach, es wird auch für ihn schwer sein, in Christopher einen Sohn zu erkennen. Vielleicht ist ja was daran, was der Volksmund sagt, nämlich, dass es tatsächlich so etwas wie die Stimme des Blutes gibt – ich würde es sowohl Christopher als auch Herrn von Gliesen wirklich wünschen, eine solche Stimme vernehmen zu können. Und die Gliesens haben zwei Töchter ... für die wird es auch nicht leicht sein, plötzlich Brüder, erwachsene Brüder akzeptieren zu müssen und für die Haltung ihres Vaters von vor zwanzig Jahren Verständnis aufzubringen. Ob die ihm auch so leicht werden verzeihen können, wie ihre Mutter es konnte? Ach, es ist alles sehr verworren. Und noch etwas frage ich mich die ganze Zeit: Ob Fürst Raimund sich wohl gefreut hätte, doch noch Söhne zu bekommen?"

Die Fürstin winkt ab.

„Hör auf zu spekulieren, Dahlmann. Denken wir nicht darüber nach, was wäre, wenn ... wir müssen uns der Realität stellen, die ist kompliziert genug. Habe ich übrigens meine Pillen heute schon genommen? Ich glaube, dass ich sie bald endgültig werde absetzen können, ich fühle mich unternehmungslustig wie lange nicht mehr. Wann sind wir zu Hause? Harald, werden Sie noch bei uns bleiben?“

Die Fürstin ist wie ausgewechselt. Selbst ihre Bewegungen, die Körperhaltung, die Art, wie sie die vorbeifliegende Landschaft wahrzunehmen scheint – alles ist innerhalb weniger Tage anders geworden.

Dahlmann nimmt es gerührt wahr.

Sie erreichen die Einfahrt von Haus Wallburg. Welch schöner, vertrauter Anblick: Die von altem Baumbestand gesäumte kurze Allee, die steinerne Brücke, jenseits der Gräfte die in allen Pastellfarben blühenden Hortensienbüsche, das Buchsbaumrondell mit den Hochstammrosen, die eben zu blühen begonnen haben. Und wie um das märchenhafte Bild zu vervollständigen, kommt eben der Pfau mit aufgeschlagenem Rad in stolzer Haltung über den kiesbestreuten Weg auf die Ankommenden zu getrippelt.

Das alles wird den beiden Brüdern einmal gehören, denkt Dahlmann. Sie werden es lieben ...

Der Wagen hält, die Fürstin springt leichtfüßig aus dem Fond, winkt dem alten Wegener, der mit Harke, Astschere und einer Stützstange in den Blauregenzweigen hantiert, einen fröhlichen Gruß zu und steigt beschwingt die breite Steintreppe hinauf. Dahlmann bemüht sich, ihr zu folgen. Harald Wegener begrüßt seinen Vater, die beiden wechseln ein paar Sätze, ehe der Sohn den Wagen in die Remise fährt, die zur Garage umfunktioniert wurde, seit sie nicht mehr für die Pferde benutzt wird.

In der Halle angelangt wirft Henriette ihre Handtasche schwungvoll in einen Sessel, dreht sich mit ausgebreiteten Armen zwei-, dreimal um sich selbst und ruft: „Harald, Sie müssen sich bitte sofort um Tickets nach Sâo Paulo für Christopher und Sie kümmern – gönnen Sie sich ruhig den Luxus der Businessclass, am liebsten schon morgen. Selbstverständlich komme ich für alle Kosten auf. Kontaktieren Sie den nächsten Flughafen – benutzen Sie unser Telefon, es steht im Arbeitszimmer meines Mannes."

Dahlmann will sich kopfschüttelnd in die Küche verziehen, aber die Fürstin hält sie zurück.

„Dahlmann komm her, ich muss mit dir sprechen – setz dich."

Nach einigem Zögern fährt sie fort: „Noch gestern, in Dr. Hirschbergers Büro, hatte ich mir vorgenommen, mit Christopher und Harald und selbstverständlich mit dir nach Sao Paulo zu fliegen, aber den Plan habe ich inzwischen wieder fallen gelassen. Warum? Ich kann nicht fliegen – bin noch nie geflogen und nach dem, was mit Claudia, Michael und Esther passiert ist, kann ich mich unmöglich zu einer Flugreise durchringen. Ich würde vor Angst sterben. Verstehst du das? Ich kann einfach nicht – obwohl ich natürlich darauf brenne, Alessandro so bald als möglich zu treffen. Ich frage mich die ganze Zeit schon, ob er seinem Bruder wohl gleicht? Auch aus dem Schreiben dieses James Gardmann geht nicht hervor, ob Claudias Söhne eineiige Zwillinge sind. Vielleicht haben sie zwar dieselbe Stimme, sehen sich aber überhaupt nicht ähnlich. Womöglich gleicht Alessandro seinem leiblichen Vater, dann ließe sich schneller herausfinden, ob wir mit unserem Verdacht, Baron von Gliesen betreffend, richtig liegen. Nein, Dahlmann, wir beide werden hierbleiben und das Haus für die Ankunft der zwei jungen Prinzen vorbereiten. Was hältst du von meinem Vorschlag?"

Dahlmann ist aufgestanden, hebt nachdenklich einige heruntergefallenen Rosenblätter vom Tischtuch auf und streicht eine Falte glatt.

„Ich kann Sie verstehen, Fürstin – ich hätte Sie nur mit äußersten Bedenken und panischer Flugangst begleitet, denn auch ich bin noch nie geflogen. Bleiben wir also hier und harren der Dinge. Vielleicht wäre es keine schlechte Investition, sich eines von diesen modernen kleinen Telefonen anzuschaffen, mit denen man sich immer und überall mit einem gewünschten Gesprächspartner in Verbindung setzen kann. Ich habe gesehen, dass sogar der alte Wegener von Zeit zu Zeit ein solches Gerät benutzt, manchmal mitten im Garten zwischen seinen Blumen stehenbleibt und mit jemand spricht – er könnte uns den Umgang mit so einem Wunderding beibringen, während Christopher und Harald sich jenseits des Ozeans um Kontaktaufnahme mit Alessandro und seinen Eltern bemühen."

Sie bleibt an der Tür zur Küche stehen, dreht sich aber gleich wieder zur Fürstin um.

„Und Sie werden in der Zwischenzeit nicht umhinkommen, Frau zu Lauenstein einen Besuch abzustatten. Und auch Baron von Gliesen sollte über den aktuellen Stand der Dinge informiert werden. Wenn er wirklich der Vater dieser jungen Männer sein sollte, was ja noch immer nicht erwiesen ist, aber wenn – dann müssen er und seine Frau sich auf die veränderte familiäre Situation einstellen können. Es wird weder für Frau zu Lauenstein noch für die Gliesens einfach sein ..."

Die Fürstin unterbricht.

„Dahlmann, mach mir keine Angst, ich bin so zuversichtlich, seit ich Christopher gesehen und die Stimme von Alessandro gehört habe, es wird alles gut werden. Aber ich stimme dir zu, dass ich Charlotte kontaktieren muss. Ob ich ihr gegenüber unseren Verdacht, was eine mögliche Vaterschaft des Barons betrifft, äußern werde oder ob ich ihn vorerst unerwähnt lasse, das überlege ich mir noch. Dahlmann, ich bin so glücklich – endlich passiert wieder etwas in meinem Leben – etwas weniger Dramatik wäre mir allerdings noch lieber gewesen. Komm mal her und sieh dir Claudia an – bilde ich es mir ein oder lächelt sie uns an?“

Sie nimmt den silbernen Rahmen mit einem der letzten Fotos der Tochter in die Hand, geht damit zum Fenster und hält ihn schräg ans Licht.

„Ich finde, sie lächelt, sie lächelt sogar zustimmend – und selbst für den Fall, dass ich es mir nur einbilde – Claudia, Liebste, du hast mich gebeten, mich um deine Söhne zu kümmern. Ich verspreche dir, alles zu tun, was in meiner Macht steht ...“

Sie haucht einen Kuss auf das Bild, drückt es an ihre Brust und stellt das Foto wieder an seinen Platz auf dem Teetischchen, ehe sie die Treppe hinauf nach oben geht. An einer der letzten Stufen angekommen, macht sie kurz halt vor dem Porträt von Fürst Raimund, der seine Betrachterin ernst anschaut.

„Liebster, wir haben zwei Enkel, zwei Erben – du hast nicht umsonst Sorge getragen für unseren Besitz. Ich freue mich jetzt schon auf Edwins langes Gesicht.“

Dann beugt sie sich über das Geländer und ruft in die Halle: „Dahlmann, koch uns was Gutes. Ich habe einen Bärenhunger. Harald und sein Vater werden unsere Gäste sein.“

Dahlmann winkt lächelnd und verschwindet in der Küche.

„Sie hat endlich wieder einmal richtig Hunger – bravo, so macht das Kochen Spaß.“

13

„Guten Morgen, Charlotte, hier ist Henriette. Endlich einmal komme ich dazu, dich anzurufen – wie geht es dir?“ Die Fürstin hat sich schließlich auf Dahlmanns Drängen zu diesem Anruf entschlossen.

„Nun, wie soll es mir gehen? Ich lebe, aber habe keine Freude mehr daran, weil inzwischen alle, für die zu leben sich lohnen würde, gestorben sind – da ergeht es mir nicht anders als dir. Und an Regentagen wie heute ist es erst recht trostlos. Nett, dass du anrufst. Ich wollte gerade auf den Friedhof gehen und in der Lauensteinschen Gruft den wahrscheinlich längst verwelkten Blumenschmuck abräumen, aber es fällt mir von Mal zu Mal schwerer, vor den drei neuen Särgen zu stehen. ‚Die Zeit heilt alle Wunden‘, behauptet das Sprichwort. Wie viel Zeit muss denn vergehen, bis der Heilungsprozess beginnt? Meine Wunden sind noch offen und bluten – ach, Henriette, wem erzähle ich das! Du selber bist ja wohl auch noch nicht fertig mit deiner Trauerarbeit.“

Die Fürstin sucht nach passenden Worten, um das eben begonnene Gespräch fortsetzen zu können. Ihr ist schon nach den ersten Sätzen der klagenden Stimme von Charlotte zu Lauenstein bewusst geworden, dass dieses Telefonat überfällig war, dass sie sich schon viel früher hätte kümmern müssen.

„Du hast recht, auch ich setze mich täglich mit der Frage ‚Warum?‘ auseinander und finde keine Antwort. Wäre es dir hilfreich, wenn ich dich bei deinem geplanten Besuch begleiten würde? Ich habe mich auch lange nicht dazu aufraffen können, wir könnten uns gegenseitig ein wenig trösten. Wie denkst du darüber? Ich hätte Zeit."

„Und hätte dein Chauffeur auch Zeit?"

„Du wirst es nicht glauben, aber ich fahre wieder ohne Chauffeur, wenigstens in der näheren Umgebung. Raimund hatte mir ja jahrelang verboten selber zu fahren. „Die von Wallburger lassen sich chauffieren!" Und ich habe ihm gehorcht, was mir heute unverständlich ist, denn es war mir im Grunde immer peinlich, wegen jeder noch so kurzen Ausfahrt jemand bitten zu müssen, mich herumzukutschieren. Nun habe ich mir einen kleineren Wagen zugelegt und habe Freude daran. Den großen Schlitten? Ach, den habe ich meinem Bruder geschenkt; dessen Auto war seit Wochen in der Werkstatt, weil Edwin wahrscheinlich wieder einmal so pleite war, dass er die Reparatur nicht hätte bezahlen können. Edwin erhofft sich seit Claudias Tod ohnehin eine vorzeitige Erbschaft, hat sich sogar anerboten, mir bei meinen finanziellen Angelegenheiten zu helfen, was ich natürlich abgelehnt habe. Wenn ich wollte, dass Wallburg in kürzester Zeit unter den Hammer kommt, könnte ich mein Geld auch selber in der Spielbank verzocken. Also was ist? Soll ich mitkommen und dich abholen? Ich könnte in etwa einer halben Stunde bei dir sein, einverstanden?"

„Das sind ja erstaunliche Neuigkeiten ... ja, komm gerne und begleite mich, deine Anwesenheit wird mir den Gang erträglicher machen."

„Abgemacht, ich muss nur noch schnell tanken – das musste ich übrigens auch erst wieder lernen – also bis gleich!"

Sie geht in die Halle, um ihre Haushälterin zu suchen,

„Dahlmann, ich fahre zu Charlotte zu Lauenstein, wir gehen zusammen auf den Friedhof. Fragst du bitte den alten Wegener, ob er mir einen schönen Strauß mitgeben kann? Claudia mochte Rosen so gerne – deren Duft wird in der ganzen Gruft wahrzunehmen sein. Ich mache mich fertig, nehme eine Kopie von Claudias Brief und alle anderen Dokumente mit."

Sie eilt die Treppe hinauf in ihr Zimmer, um eine leichte Jacke aus dem Schrank zu nehmen. Automatisch greift sie zunächst nach dem schwarzen Blazer, den sie seit dem Unglückstag häufig trägt, entscheidet sich nach kurzem Überlegen jedoch für eine dezent grauweiß gestreifte leichte Wolljacke."

„Ich werde Charlotte beibringen müssen, dass unser Leben weitergeht, und zwar unter sehr verheißungsvollen Vorzeichen. Mir fallen hoffentlich die passenden Worte ein."

Als sie den Wagen aus der Remise fahren will, steht der alte Wegener mit einem traumhaft schönen Bukett aus Rosen und Schleierkraut an der Ausfahrt. Er reicht ihn der Fürstin durch die offene Scheibe.

„Bitte grüßen Sie besonders Claudia und Esther von mir."

„Ja, Sie treue Seele, das werde ich tun."

Beiden fällt das bloße Nennen der beiden Namen noch immer schwer.

Das große Anwesen der Lauensteins liegt, nur knappe zwanzig Kilometer von Haus Wallburg entfernt, an einem kleinen See, eingerahmt von einem gepflegten Mischwald, um den sich seit Michaels Tod ein Pächter kümmert. Zu dem Besitz gehören noch mehrere Hektar Wiesen und Felder, die ebenfalls von umliegenden Bauern bestellt werden. Noch hat Charlotte zu Lauenstein es nicht geschafft, einen agrarwissenschaftlich geschulten Verwalter einzustellen, obwohl ihr bewusst ist, dass die Ländereien einer fachmännischen Betreuung bedürfen. Auch der Zustand des alten Hauses ebenso wie der der dazugehörenden Nebengebäude müsste längst von kompetenten Fachleuten und nicht zuletzt von Vertretern des Denkmalschutzes in Augenschein genommen werden. Wenn Freunde sie darauf ansprechen, ist ihr immer gleichlautender Einwand: „Für wen soll ich das alles denn erhalten?"

Henriette steuert ihren Wagen über die Gräfte durch das steinerne Einfahrtstor und hält vor dem Hauptportal, wo die ganz in tiefes Schwarz gekleidete Charlotte zu Lauenstein sie bereits erwartet.

Die Fürstin erschrickt bei ihrem Anblick. Das Gesicht der noch nicht Siebzigjährigen ist bleich, die Wangen eingefallen, die Augen glanzlos und ohne das temperamentvolle Feuer, das ihrem vormals strahlenden Gesicht so viel Ausdruck verlieh.

Die Frauen umarmen sich zögernd, fast hölzern.

„Du hast deine Trauerkleidung schon abgelegt?"

Der sanfte Vorwurf in Charlottes Stimme ist unüberhörbar.

„Ja, ich habe mich nach langen Überlegungen dazu entschlossen, mich der Verantwortung für Haus Wallburg zu stellen, nun, da niemand anders mehr diese Aufgabe übernehmen kann. Dazu gehört auch, nach und nach die Trauerkleider abzulegen – ich werde dir gleich mehrere Gründe dafür nennen. Wir kennen beide den Spruch, den man uns schon in unserer Jugend eingebläut hat: ‚Eigentum verpflichtet'. Nehmen wir die Verpflichtung an."

„Das muss jeder für sich entscheiden." Damit wischt Charlotte das Thema mit einer entsprechenden Handbewegung zur Seite.

„Sollen wir gleich losfahren? Du hast Blumen, sehe ich. Ich werde bei der Friedhofsgärtnerei welche kaufen."

Kurze Zeit später stehen sie in der dämmrigen Gruft der Lauensteins vor einer Reihe von steinernen Sarkophagen und drei offensichtlich neuen hölzernen Särgen.

Kleine, ovale Messingschilder nennen die Namen derer, denen die Trauer der beiden Frauen gilt: Michael, Claudia und Esther zu Lauenstein.

Obwohl außer ihnen niemand anwesend ist, sprechen die Besucherinnen mit gedämpften Stimmen.

„Am meisten überkommt mich grenzenlose Trauer und auch Wut, wenn ich Esthers Namen lese. Sie hatte gerade erst begonnen, ihr Leben in die Hand zu nehmen. Ich werde mich nie mit ihrem frühen Tod abfinden."

Charlotte schluchzt auf, fasst sich jedoch schnell wieder und holt aus einer Nische des niedrigen Gewölbes zwei Vasen. Sie reicht eine der Fürstin. Schweigend gehen beide nach draußen, füllen die Gefäße mit Wasser, ordnen die mitgebrachten Blumen darin und stellen sie vor die Särge.

„Ich habe die Verwaltung des Friedhofes gebeten, in nächster Zukunft Platz zu schaffen für einen weiteren Sarg, nämlich für meinen. Man muss nur die anderen ein wenig näher zusammenschieben. Nach mir wird es keine Lauensteins mehr geben."

Charlotte bückt sich und zupft ein unschönes Blatt aus ihrem Strauß, den sie vor Michaels Sarg platziert hat.

„Michael sieht es zwar nicht, aber ..." Sie löst ihre wie zum Gebet gefalteten Finger aus der automatisch eingenommenen Haltung und lässt die Arme sinken.

„Ich kann nicht beten, kann weder bitten noch danken."

Die Fürstin gibt sich einen Ruck.

„Charlotte, es gibt Neuigkeiten. Fühlst du dich stark genug, von einer grundlegenden Veränderung meiner familiären Situation zu erfahren?"

Charlotte sieht sie fragend an. „Neue Hiobsbotschaften? Von denen hatte ich in letzter Zeit genug."

Henriette ergreift ihren Arm.

„Komm, lass uns zu dir fahren, es wird etwas länger dauern."

In der Tat dauert es lange, bis Charlotte die mitgebrachten Dokumente gesichtet, Henriettes Erläuterungen verstanden und sie sich mit dem Gedanken vertraut gemacht hat, dass es aus Claudias Vorleben zwei Söhne gibt. Unverständnis wird laut, aber zu Henriettes Bewunderung werden keine Vorwürfe erhoben.

„Du hast deine Enkel – gesehen?"

„Vorläufig nur den in Berlin lebenden Christopher Werthstein. Er sieht meiner – nein, unserer Claudia so ähnlich, dass für ursprüngliche Zweifel kein Raum mehr blieb. Ob der in Brasilien wohnende Alessandro ihr auch gleicht, werden wir bald erfahren. Christopher und Harald Wegener sind auf dem Weg zu der Familie de Souza, deren Wohnort man dank der neuen Medien schnell gefunden hat."

Sie atmet tief durch.

„Charlotte, wir werden auch lernen müssen, uns mit Computern und anderen Neuerungen auseinanderzusetzen. Ich sage dir, es mutet wie Zauberei an, wie schnell man mit kurzem gezielten Herumtippen auf einem modernen Notebook durch die ganze Welt reisen kann. Weißt du noch, wie wir uns in unserer Jugend mit dem Finger auf der entsprechenden Seite des Diercke-Weltatlas in die weite Welt geträumt haben? Die Zeiten sind vorbei."

„Hat dieser Christopher auch irgendwie Ähnlichkeit mit Baron von Gliesen, den ihr im Verdacht habt, der Vater zu sein?"

„Nein, von Baron von Gliesen ist weder in seiner Physiognomie noch in seiner Körpersprache etwas zu entdecken – bis auf die blonden Haare, die aber lockig sind wie die von Claudia, und nicht glatt wie die des Barons. Aber damit ist ja noch nichts bewiesen. Wir werden die Suche nach dem leiblichen

Vater erst intensivieren, wenn beide Söhne endlich einmal hier sind, was hoffentlich bald der Fall sein wird."

Charlotte sieht nachdenklich auf ihre Hände.

„Damit sind deine Probleme gelöst, Henriette – du musst dir im Gegensatz zu mir keine Gedanken mehr darüber machen, wem du deinen Besitz und Raimunds Titel vererben willst. Du bist die leibliche Großmutter dieser jungen Männer, ich habe im Grunde nichts mit ihnen zu tun. Also kann ich meinen Kram getrost weiter verlottern lassen. Möge sich nach meinem Tod der Staat darum kümmern. Oder hast du eine bessere Idee? Die Kirche würde sich auch darüber freuen, aber ihrem ‚gerechten und treusorgenden Gottvater' gegenüber fühle ich mich nicht mehr zu Lob und Dank verpflichtet."

Ohne eine Antwort zu erwarten, fährt sie nach einer Weile fort:

„War bei dir auch schon einer dieser smarten Typen, der dir Schloss Wallburg abkaufen wollte? Bei mir waren schon drei – unglaublich redegewandte, bis ins Einstecktuch der original Harris-Tweed-Jacken gestylte Lackaffen in maßgeschneiderten Oberhemden mit Monogramm auf der Brusttasche und blitzeblank gewienerten italienischen Schuhen. Ebenso unausstehlich sind natürlich die Burschen in ausgebeulten Cordhosen, die sich so rührend um die Umwelt und den Naturschutz sorgen und aus meinem Park am liebsten ein Reservat für Bisons oder was weiß ich machen wollen. Wenn ich die nur von Weitem sehe, dann klingeln bei mir schon die Alarmglocken. Ich habe mir ihre Visitenkarten geben lassen, aber keiner dieser angeblichen Weltverbesserer wird je in den Besitz meines Wasserschlosses kommen, dafür werde ich sorgen – auch wenn ich noch nicht weiß, wie!"

Die Fürstin kann sich eines Lächelns nicht erwehren, zu impulsiv und spontan überrascht sie Charlottes Temperamentsausbruch.

„So gefällst du mir wieder, Liebste, in dir steckt noch so viel Kampfgeist, dass ich nur neidisch werden kann. Ich bin froh, dass ich endlich gekommen bin und dass wir miteinander reden konnten. Aber am meisten danke ich dir dafür, dass du dich erkennbar bemühst, für meine Claudia Verständnis aufzubringen. Mit keinem Wort moralisierst du und tadelst den vorehelichen „Fehltritt", wenn wir das damalige Geschehen denn so bezeichnen wollen. Wir sollten unsere verwandtschaftlichen Beziehungen, die wir der Ehe zwischen unseren Kindern zu verdanken haben, intensiver pflegen und uns gegenseitig in unserer Trauer stützen. Und ich werde dich mit Begeisterung auf dem Laufenden halten, was meine Enkel betrifft. Und die Besuche bei unseren Lieben in eurer Gruft werden wir in Zukunft gemeinsam machen, bist du einverstanden? Und danach werden wir mit meinem neuen Auto ein bisschen durch die Gegend juckeln und irgendwo was Nettes essen. Und wenn du Hilfe brauchst, was Haus Lauenstein und das ganze Drumherum betrifft, so leihe ich dir jederzeit gern meinen wirklich vertrauenswürdigen Verwalter, der dich bei anstehenden Entscheidungen beraten kann."

„Das war eine sehr schöne Ansprache, meine liebe Freundin – und als du von ‚was Nettes essen' sprachst, fiel mir auf, dass ich plötzlich Hunger habe. Gehen wir für heute in meine Küche und sehen nach, was die Vorratskammer hergibt. Kannst du überhaupt kochen oder macht das ausschließlich deine gute Dahlmann? Meiner Hedwig habe ich heute frei gegeben, aber ich bin sicher, dass wir mindestens Mehl und Eier finden werden, dann mache ich uns Pfannkuchen mit einer Füllung aus Champignons und Kräutern. Das ist eines der wenigen Gerichte, das meine Mutter mit beigebracht hat und das Michael besonders gern mochte – nein, ich will nicht schon wieder weinen. Könntest Du etwas Petersilie aus dem Garten holen?“

14

Die *Facenda* der Familie de Souza liegt ca. zehn Meilen außerhalb von Sâo Paulo in einer sanften Hügellandschaft. Die Hauptgebäude, das Wohnhaus der Familie und die Häuser der *Empregados* sowie mehrere Stallungen sind bis zum Horizont umgeben von einem Grüngürtel aus großflächigen Wiesen und Weiden, denen einzeln und verstreut liegende kleine Waldungen und Büsche Windschutz und Schattenareale bieten.

Im überdachten Atrium des weißen Haupthauses herrscht noch angenehme Morgenkühle, die Alfredo de Souza, der Hausherr und Besitzer des Anwesens, gern für die wichtigsten Erledigungen des Tages nutzt. Hier stehen sein Schreibtisch mit dem inzwischen unverzichtbaren Computer, ein Faxgerät, das Telefon und mehrere offene Aktenschränke. Große Fenster geben den Blick frei auf eine Grünanlage, die auch zu dieser noch frühen Stunde von mehreren, sich unablässig drehenden Wasserspendern berieselt wird.

Alfredo de Souza liebt diese Zeit besonders. Er ist Frühaufsteher, war es bereits als Kind. Ehe seine Eltern ihren einzigen Sohn zum Frühstück erwarten konnten, hatte der Knirps oft schon die Arbeiter in den Stallungen besucht, beim Füttern der Tiere geholfen und nicht nur interessiert zugesehen, wenn eine Kuh kalbte, sondern beherzt zugepackt. Mit sieben Jahren konnte er reiten und mit dem Lasso umgehen wie einer der *Fazendeiros* und selbstverständlich fuhr er schon früh die schweren Trecker und großen Landmaschinen des Gutes. Wie selbstverständlich ging er in den Unterkünften der Angestellten ein und aus und ließ sich von deren Frauen und Töchter verwöhnen. Wenn während der Schulferien die Söhne und Töchter der benachbarten Farmen luxuriöse Auslandsreisen unternahmen, blieb Alfredo auf eigenen Wunsch bei den Tieren und den *Funcionários* seines Vaters, auch später noch, in den Semesterferien während der sich anschließenden Studienzeit. Seine Arbeiter liebten ihn dafür.

Und als Alfredo eines Tages sein Examen als Agrarwissenschaftler bestanden hatte und ihr *Padrono* wurde, der ihnen wenig später seine deutsche Frau Katharina vorstellte, übertrug sich ihre Zuneigung auch auf die *chefona*. Gespannt warteten alle auf einen Sohn oder eine Tochter, und nicht nur die Frauen im gebärfähigen Alter litten mit der jungen Frau, als der Nachwuchs unerklärlich lange auf sich warten ließ. Und sie waren ebenso glücklich wie die de Souzas selber, als Katharina eines Tages nach kurzer Abwesenheit den kleinen Alessandro präsentierte, der die graugrünen Augen und das lockige Blondhaar seiner deutschen Mutter geerbt hatte und deshalb von den Hazienda-Mitarbeitern zärtlich *Peqùeno* gerufen wurde. Ebenso groß war die Freude, als nach weiteren vier Jahren der kleine Felipe geboren wurde, schwarzäugig und dunkelhaarig und seinem Vater Alfredo wie aus dem Gesicht geschnitten. Dass Felipe der jahrelang sehnlichst erwartete einzige leibliche Sohn von Katharina und Alfredo, Alessandro hingegen ein Adoptivsohn ist, weiß bis auf den heutigen Tag niemand – auch Alessandro selbst nicht.

Das aber bringt Alfredo de Souza besonders heute, am Tag von Alessandros 20. Geburtstag, in Gewissensnöte.

Mit großen Schritten durchmisst er unruhig sein Büro.

Was hat der ominöse Anruf aus Berlin vor einer knappen

Woche zu bedeuten? Kann – oder sollte – man ihn ernst nehmen? Wer steckt dahinter? Haben sich da womöglich irgendwelche kranken Hirne einen neuen Trick einfallen lassen, um an Geld zu kommen? Oder zu welch anderem Zweck? Geht es um Vorbereitungen zu einer Erpressung? Das wäre eine ungewöhnliche, neue und besonders perfide Masche.

Und wenn die Geschichte wahr ist? Die Anrufer klangen durchaus sympathisch, ihre Sprache war die von kultivierten Menschen, die Stimme dessen, der sich als Sohn des Hauses vorstellte, war der Stimme von Alessandro zum Verwechseln ähnlich. Wenn Alessandro plötzlich tatsächlich einen Bruder hätte? Den Unterlagen der Klinik damals in Seattle, von wo sie „ihr“ *Bebé* geholt hatten, war nicht zu entnehmen gewesen, dass diese Karin Weber Zwillinge entbunden hätte. Wenn es noch weitere Blutsverwandte in Deutschland gäbe? Und wenn es wirklich um eine Erbschaft ginge?

Ein hastiges Klopfen an einer der großen Scheiben unterbricht seine Gedanken. Felipe bedeutet seinem Vater winkend, er möge das Fenster öffnen, er habe ihm dringend etwas mitzuteilen.

Alfredo öffnet. „Guten Morgen, mein Lieber. Wo brennt's?“

„Entschuldige, Papa ... Juan funkt eben, dass er Hilfe braucht, die Rinderherde am Fluss ist unruhig – womöglich wittern die Tiere einen Schakal oder etwas anderes. Ich soll ihm helfen, die Herde in das Gelände hinter den Zäunen zu treiben. Deswegen werde ich vermutlich nicht früh genug zurück sein, um an Sandros Geburtstagsfrühstück teilzunehmen. Bitte richte es ihm aus, Juan hat Tonja schon gesattelt, er wartet auf mich ... alleine schafft er es nicht ... Adios!“

Alfredo macht keinen Versuch, den Sohn zurückzuhalten.

„Der hat das Zeug zu einem echten *Fazendeiro*, er ist wirklich mein Sohn, mein Felipe. Ich war in seinem Alter genauso, auch mich hätte keine Familienfeier daran gehindert, nach der Herde zu sehen, wenn meine Mithilfe erforderlich gewesen wäre."

Er winkt dem Sechzehnjährigen lächelnd hinterher und verliert sich wieder in Gedanken.

Wie wird Felipe reagieren, wenn er irgendwann erfahren wird, dass Alessandro nicht sein leiblicher Bruder ist? Und wie wird Alessandro selbst es zur Kenntnis nehmen? Die Jungen hängen sehr aneinander, auch wenn sie äußerlich ebenso wie charakterlich sehr unterschiedlich sind.

Alfredo de Souza seufzt. Er liebt seine Söhne gleichermaßen, obschon er sich in die Gefühls- und Gedankenwelt des ihm in jeder Beziehung ähnlichen Felipe eher hineinversetzen kann als in die von Alessandro, der manchmal die Attitüden eines Tagträumers sichtbar werden lässt. Während Felipe schnell handelt und entschlossen zupackt, reagiert sein älterer Bruder zögernd, überlegt länger, wägt und wartet ab, kann sich nie spontan entschließen, reagiert auch gefühlvoller und zärtlicher als der resolute Felipe.

Katharina verwöhnt ihren blonden Ältesten, ist ihm auch dem Wesen nach ähnlicher, nimmt ihn in Schutz und stellt sich auf seine Seite, wenn es dann und wann Meinungsverschiedenheiten gibt, wo hingegen Alfredo oft der Überzeugung ist, Alessandro müssten häufiger Grenzen gesetzt werden. Ihm ist es beispielsweise nicht recht, dass der Sohn oftmals, wenn auch nur für ein paar Stunden, in die etwa zehn Meilen entfernte Stadt fährt und sich dort offenbar mit Freunden trifft, die er aber nie mit auf die Hazienda bringt, obwohl die Eltern ihn dazu ermuntern. Auf Fragen, ob zu seinem Bekanntenkreis auch Mädchen gehören, gibt er, verlegen lächelnd, ausweichende Antworten. Ja, es gäbe da eines oder zwei, aber die hätten kein Interesse an dem, worüber er sich gern unterhalten würde.

„Und welche Themen wären das in etwa?“, hatte ihn erst neulich sein Vater gefragt. Alessandro hatte ratlos die Schulter hochgezogen, aber Felipe gab an Stelle des Bruders grinsend Auskunft.

„Papa, das weißt du doch – Alessandro will Biologe werden ... und wenn ein Mädchen sich nicht für das Liebesleben von Fruchtfliegen, Heuschrecken, Regenwürmern und Kakerlaken interessiert, dann gehen Alessandro schnell die Themen aus. Aber sonst ist er ganz normal, hab ich recht, Sandro?“

„Ja, du hast recht. Mich interessiert aber nicht nur das Liebesleben von Kakerlaken, sondern ich möchte alles in Erfahrung bringen über die Überlebenschancen der Tiere und Pflanzen, die auf der roten Liste stehen und deren Ausrottung uns alle bedroht. Wie wir deren Lebensraum schützen können, das sind meine Themen. Aber darüber kann man mit Mädchen nicht reden.“

Er hatte ein paar Mal fast resigniert die Schultern gehoben.

„Die interessiert bestenfalls das Liebesleben einer bestimmten Sorte von Blattläusen, weil deren Blut für die Herstellung von Lippenstiften gebraucht wird. Aber dass die auf bestimmte Kakteen, deren Bestand bedroht ist, als Wirtspflanzen angewiesen sind, weil sie die vielen Pflanzengifte der Bauern nicht vertragen, das geht denen schon zu weit. Solche Hiobsbotschaften wollen die gar nicht hören, denn wenn es eines fernen Tages keine Läuse und somit keine Lippenstifte mehr gäbe, dann könnte die Welt ruhig untergehen. Ein Frauenleben ohne Lippenstift? Vergesst es!“

Alfredo lächelt in Erinnerung an dieses Gespräch und schließt das Fenster des Arbeitszimmers, wobei ihm seine aktuellen Sorgen wieder einfallen.

Warum nur hatten er und Katharina es immer wieder von einem günstigen Zeitpunkt zum nächsten versäumt, Alessandro darüber aufzuklären, dass er adoptiert worden war? Dass sie sich so sehr ein Kind gewünscht, aber aus irgendeinem Grunde keine eigenen Kinder bekommen hatten? Dass man sie am Tage seiner Geburt aus einer Klinik in Seattle angerufen hatte, sie könnten sich ihr „Wunschkind“ auf der Stelle abholen. Es sei das Kind einer deutschen Mutter und eines amerikanischen Vaters, der Gründe habe, seine Vaterschaft zu verschweigen. Dass sie ihr *Bebé* von Anfang an innig liebten, auch als Katharina nach vier Jahren wider Erwarten doch schwanger wurde und Felipe geboren wurde. Dass Alessandro ihr Wunschkind und Felipe ihr Traumkind sei ...

Warum hatten sie sich nicht schon vor Jahren dazu durchringen können, endlich die Wahrheit offenzulegen? Man hatte ihnen am Tage der Adoption und beim Erledigen der nötigen Formalitäten immer wieder dazu geraten: Kleinere Kinder würden mit der Erkenntnis, adoptiert worden zu sein, zumeist viel leichter umgehen als größere. Man könne mit ihnen z. B. schon sehr früh zwei besondere Festtage begehen: den tatsächlichen Geburtstag und zusätzlich den Adoptionstag. Zweimal gäbe es dann Geschenke und zweimal Kerzen auf der Torte. In fast allen Familien würde es problemlos so gehandhabt. Bei Alessandro würden Geburtstag und der Tag der Adoption sogar auf dasselbe Datum fallen, jeweils auf den 22.6. Und das nun schon seit zwanzig Jahren ...

Aber von einem Jahr zum nächsten waren ihnen immer wieder im richtigen Moment die Worte ausgegangen. Und je länger sie das Gespräch vor sich herschoben, je älter Alessandro wurde, desto weniger konnten sie sich dazu durchringen, Klarheit zu schaffen.

Und nun plötzlich droht mit dem Anruf aus Berlin das Geheimnis zu platzen.

Katharina weiß noch nichts von dem Telefonat, er muss ihr

die Nachricht dringend, aber schonend beibringen; auch dass sie vermutlich schon sehr bald Besuch aus Deutschland von einem gleichaltrigen Bruder ihres Sohnes bekommen werden, von dessen Existenz auch seine Angehörigen erst kürzlich erfahren haben. Der Anwalt der Großmutter und eventuell sogar sie selber werden ihn begleiten.

Er vergewissert sich an seinem Faxgerät, dass die angekündigten Dokumente noch nicht angekommen sind. Ob er vielleicht doch zum Opfer einer Riesenbetrügerei ausersehen wurde?

Alfredo sieht auf die Uhr – Zeit für das gemeinsame Frühstück. Katharina und Alessandro warten sicher schon auf ihn. Sie hatten sich nach langen Diskussionen endgültig darauf geeinigt, dass sie dem Sohn heute, an seinem zwanzigsten Geburtstag, statt ihn mit den üblichen Geschenken zu überraschen, sozusagen „reinen Wein“ einschenken würden. Der Anruf aus Berlin hatte Alfredo in seinem Entschluss noch bestärkt.

Als er das Frühstückszimmer betritt, sitzt nur seine Frau an ihrem üblichen Platz. Das Gedeck für Alessandro und sein Stuhl vor dem langen Tisch sind unberührt.

15

„Nein, Raoul, ich kann unmöglich kommen, vergiss es – nicht heute Nacht. Morgen ist mein Geburtstag und wie ich meine Eltern kenne, werden sie und mein Bruder ab acht Uhr auf mich warten. Wir werden gemütlich zusammen frühstücken, ich werde ein paar Geschenke bekommen – das ist ein sich jährlich wiederholendes Ritual, auf das wir uns immer alle freuen, und das wirst du mir nicht vermasseln. Also finde dich damit ab, dass du dich alleine aus dem Schlamassel ziehen musst ... und jetzt möchte ich weiterschlafen."

Alessandro drückt auf die entsprechende Taste und legt sein *Celular* auf einen neben dem Bett stehenden Hocker.

Er wirft einen Blick auf die Uhr – zwei Uhr dreißig.

„Der spinnt wohl, mich um diese Zeit aus dem Bett zu scheuchen. Wahrscheinlich hat er irgendeinen Mist gebaut, aber dieses Mal löffelst du die Suppe, die du dir eingebrockt hast, selber aus, Freundchen ..."

Er zieht sich die dünne Decke über den Kopf, dreht sich auf die Seite und versucht wieder einzuschlafen, Aber es gelingt ihm nicht.

Dieser Raoul! Alessandro trifft sich seit etwa einem halben Jahr öfter mit ihm. Anfangs war er begeistert von dessen freier, unabhängig scheinender Art zu leben. Raoul, der Lebenskünstler, der nie arbeitet, aber immer einen Packen Geld in der Tasche hat. Der in allen Bars und in jeder Kneipe von Sao Paulo bekannt und offensichtlich beliebt, immer gut gelaunt und voller Ideen ist. Schnell ließ er sich von seiner Lebensfreude anstecken. Und er vergleicht sein Leben mit dem des Freundes.

Welch ein Unterschied! Bei Raoul ist offenbar jeden Tag etwas anderes los, wohingegen Alessandros Leben auf der Farm gleichförmig vergeht, wo der Ablauf der Tage jahreinjahraus von Rindern, Kühen und Kälbern bestimmt wird, von deren Aufzucht, Hege und schließlich dem Abtransport. Um den kümmern sich allerdings die Angestellten seines Vaters und natürlich sein Bruder Felipe. Alessandro kennt zwar die gesamten Abläufe der *Fazenda,* seine Eltern planen auch, ihm als dem Ältesten eines Tages deren Leitung zu übertragen, aber er selber erträumt sich eine andere Zukunft.

Er hat vor ein paar Wochen sein Abitur bestanden und beabsichtigt schon lange, Biologie zu studieren, möchte in einer Stadt wohnen, in der er Gleichgesinnte, ebenfalls wissenschaftlich interessierte Studienkollegen finden kann. Felipe soll die Farm übernehmen. Felipe ist schon heute mit seinen knapp sechzehn Jahren besser mit dem Landleben, dem Viehzeug, den Ländereien und vor allem mit den *Fazendeiros* vertraut.

Alessandro wälzt sich unruhig auf die andere Seite.

Morgen wird er mit seinen Eltern und Felipe Geburtstag feiern – und es wird sich hoffentlich eine Gelegenheit ergeben, die Familie davon zu überzeugen, dass Felipe eines Tages der bessere C*hefe* sein wird. Er selber möchte ein „Kakerlaken-Spezialist“ werden, wie Felipe den Berufswunsch des großen Bruders manchmal scherzhaft benennt, und dem längst bewusst ist, dass Alessandros Interesse nicht dem großen vierbeinigen Nutzvieh, sondern den kleinen, oftmals als lästig empfundenen Insekten gilt. All dem, was krabbelt und kriecht, flattert und fliegt, was millionenfach das Erdreich bevölkert und belebt.

Das wird an seinem Geburtstagsmorgen kein flottes, lockeres Frühstücksgeplauder werden, dessen ist er sich bewusst. Wie wird er es seinen Eltern beibringen, dass seine Zukunftspläne sich von den ihren grundlegend unterscheiden? Um nichts in der Welt möchte er ihnen eine Enttäuschung, einen Kummer bereiten. Er liebt sie und fühlt sich von ihnen ebenso geliebt. Er hat durch sie zwanzig Jahre lang *„on the sunny side of the street"* leben dürfen, sorglos und verwöhnt, hat jeden nur einmal in einem Nebensatz erwähnten Wunsch erfüllt bekommen und schämt sich nun fast seines Bedürfnisses nach Veränderung.

Werden sie ihn deswegen für undankbar halten? Wird seine schöne Mama, an der er besonders hängt, enttäuscht und traurig sein? Oder wird sie ihn zum Studium ziehen lassen, ohne ihm mit herzzerreißenden Strömen von Tränen ein schlechtes Gewissen zu machen?

Vor der Reaktion seines Vaters und der von Felipe ist ihm nicht bange.

Die beiden werden zwar vermutlich erst einmal erstaunt sein, aber dann tapfer schlucken und mit Erleichterung erkennen, dass Alessandro recht hat: Die Zukunft der Hazienda de Souza ist in Felipes Händen besser aufgehoben und hat die günstigeren Aussichten, auch in schwierigen wirtschaftlichen Zeiten nicht nur zu bestehen, sondern sich gesund weiter zu entwickeln. Und seine Mama ...

Sein *Celular* klingelt erneut. Raouls Nummer erscheint auf dem Display. Er drückt die Nummer weg. „Dass ich das nicht früher erkannt habe, was für eine krumme Tour dieser Typ fährt."

Anfangs hatte Alessandro sich zwar gewundert, dass Raoul immer ziemlich viel Bargeld mit sich herumtrug, mehr, als man an einem Abend in Bars und Diskotheken verplempern kann, selbst wenn man von Zeit zu Zeit großzügig Lokalrunden gibt. Als er, naiv und unerfahren, wie er zunächst war, Fragen stellte, ob Raoul reiche Eltern oder zu Hause im Keller eine Gelddruckmaschine habe, hatte Raoul ihm scherzhaft mit dem Zeigefinger auf die Nasenspitze gestupst und gegrinst: „Ich bin eben ein guter Geschäftsmann, ich habe eine Flugschule. Bei mir können Leute fliegen lernen. Möchtest du vielleicht auch mal ... fliegen? Dich in andere Sphären begeben? Einmal abheben?“

Erst da war ihm bewusst geworden, was Raoul mit „fliegen lernen“ meint. „Also damit verdienst du dein Geld?“

„Ja, Unschuldsengel, ich deale seit zwei Jahren, meistens mit Kokain. Aber meine Ware ist sauber und meine Lieferanten ernähren damit ihre Familien – sie haben sonst keine Chancen auf ein menschenwürdiges Leben. Wenn man es so sieht, bin ich sogar ein besonders wertvolles Glied der Spezies Mensch, aber manche sehen das anders. Deshalb hänge ich mein Business nicht an die große Glocke und du solltest es auch nicht tun, du kleiner Fruchtfliegenzüchter, kapiert?“

Alessandro war trotz Raouls Beschwichtigungsversuchen und der Verharmlosung seines „Geschäftes“ geschockt und versucht seitdem, den Kontakt zu dem ehemals Bewunderten abzubrechen, was aber nicht so einfach geht, wie sich in dieser Nacht herausstellt.

Wieder summt das *Celular*. Alessandro drückt widerwillig noch einmal auf Empfang.

„Es ist knapp drei Uhr, lass mich in Ruhe ... wenn du Probleme hast, lass dir von deinen hundert anderen Freunden helfen, ich hab morgen Geburtstag und schalte mein Handy jetzt aus und ...“

„Bleib dran, verdammt noch mal.“ Raouls eindringliche Stimme klingt heiser, die Lautstärke mühsam unterdrückt, als könne er aus irgendeinem Grunde nur halblaut sprechen.

„Ich ruf dich nicht aus Spaß um diese Zeit an. Es steht verdammt viel auf dem Spiel ... auch für dich. Ich brauche Geld ..."

„Das klingt nach einem schlechten Witz: Raoul braucht Geld, hahaha! Normalerweise hast du doch immer die Taschen voll davon. Bist du pleite?"

„Red keinen Blödsinn, ich kann dir das jetzt nicht im Detail erklären, das kann dein Gehirn sowieso nicht kapieren, nur so viel: Ich habe eine Lieferung gekauft und wollte mir mit der Bezahlung etwas Zeit lassen, weil ich von einem anderen Lieferanten noch was zu kriegen hatte, aber der Scheißkerl ist mit der Ware durchgebrannt, was weiß ich wohin, er ist jedenfalls weg, geht auch nicht ans Telefon, der feige Hund. Aber wenn ich den Zaster bis heute fünfzehn Uhr nicht geliefert habe, geht's mir an den Kragen ... und dir auch, denn dich kennen inzwischen alle und vermuten, dass du mit drinhängst ... Dass du im Umgang mit mir ein unbeschriebenes Blatt und ein Naivling reinster Sorte geblieben bist, kann sich sowieso keiner vorstellen. Also: Du musst mir – auch in deinem höchstpersönlichen Interesse – mit etwas Kohle aushelfen. Wie viel kannst du auf die Schnelle lockermachen? Fünfzigtausend sind im Spiel, wenn ich die nicht liefere, machen die kurzen Prozess mit mir. Was dann passiert, kannst du übermorgen in jeder Zeitung lesen, also antworte endlich."

Alessandro ist plötzlich hellwach.

„Ich dachte, deine Lieferanten sind brave Familienväter, die ihren Kindern nur ein ‚menschenwürdiges Leben' ermöglichen wollen, und nun schilderst du sie plötzlich als ..."

„Schnauze, das alles schnallst du sowieso nicht, selbst wenn ich drei Tage Zeit hätte, dir die Problematik meines Gewerbes zu erläutern ..."

Alessandro fühlt Wut in sich aussteigen.

„Mein lieber Freund, du nervst, weißt du das? Und was faselst du von fünfzigtausend Mäusen? Soll ich mir die aus den Rippen leiern? Ja, meine Eltern sind nicht gerade Sozialhilfeempfänger, das ist richtig, aber auf *meinem* Konto steht das Komma deutlich weiter links, und fünfzigtausend kriege ich auch an meinem zwanzigsten Geburtstag nicht in die Hand gedrückt."

„Hör mir gut zu: Ich kann dir das jetzt nicht erklären, warum ich unter Druck stehe, glaub es mir einfach und versuche, irgendwie so viel Schotter wie möglich zusammenzukratzen. Ich werde für ein paar Tage abtauchen und den Typen suchen, der mich reingelegt hat. Wenn ich den finde und mein Geld habe, ist alles wieder okay, aber ich brauche jetzt! wenigstens etwas Kohle. Wie viel könntest du bestenfalls lockermachen?"

Alessandro überlegt. „Ein paar hundert Dollar vielleicht, mehr hab ich selber nicht, aber wäre es nicht sowieso besser, die Polizei einzuschalten? Ich meine ..."

„*Dio mio* – du bist ja noch naiver als ich dachte – Polizei! Dann wäre ich ja endgültig geliefert – Koks dealen ist in diesem Lande doch kein harmloses Hobby! Nein, hör zu: Heb so viel Geld ab wie möglich – du kriegst es ja wieder, keine Sorge – und dann kommst du auf dem schnellsten Weg zum *Twentyfive*, gibst mir die Knete und schon darfst du wieder nach Hause zu Mama und Papa und einen auf Herzenssöhnchen machen, kapiert? Denen darfst du natürlich nicht erzählen, warum du mitten in der Nacht eine Mondscheinfahrt machst. Ich warte auf dich am Hinterausgang, lass deine Karre aber am besten in der letzten Seitenstraße vor dem *Twentyfive* stehen, muss ja nicht jeder Trottel sehen, was für einen feudalen Schlitten der junge Herr de Souza fährt. Ich erwarte dich in – sagen wir – in maximal 40 Minuten. Und wenn du das nicht schaffst, dann ... aber das habe ich dir ja schon geschildert. Du erinnerst dich an den dicken Typen mit dem Pferdeschwanz, der mich letztens im *De Sol Club* so vollgelabert hat? Der ist hinter mir her ... ein total humorloses Arschloch. Und wenn der mir den Hals durchschneidet, hat auch deiner deine hübsche Visage die längste Zeit spazieren getragen. Und aus deinen blonden Wuschellöckchen macht er einen goldgefassten Anhänger für seine derzeitige Favoritin."

Raouls Stimme verstummt plötzlich – aufgelegt!

Alessandro legt den Hörer wieder weg und setzt sich auf die Bettkante, fährt sich mit beiden Händen durch die erwähnten blonden Wuschellöckchen und steht auf.

„Da muss ich wohl hin ... der gibt keine Ruhe. Aber fünfzigtausend Mäuse? Wo soll ich die mitten in der Nacht hernehmen? Auf meinem Konto habe ich bestenfalls knappe tausend, und damit wollte ich mir dieses Spezialmikroskop für meine ‚Kakerlaken' kaufen ... verdammt! Und um diese Zeit Papa wecken und erläutern, warum und weshalb und wofür ich so viel Geld brauche? Und in vierzig Minuten soll ich am *Twentyfive* sein? *Porcaria.*"

Er schlüpft in aller Eile in ein Shirt und eine Hose, findet ein Paar Espadrillos unter dem Bett, greift nach seiner Scheckkarte, dem *Celular* und den Autoschlüsseln und zieht geräuschlos die Zimmertür hinter sich zu. Öffnet sie wieder, um für die Eltern eine Nachricht auf einen Zettel zu schreiben, und verlässt das Haus.

So leise wie irgend möglich steuert er sein Auto aus der Einfahrt und gibt erst nach fünfhundert Metern auf der Straße Gas. Noch ist es dunkel, aber am Horizont kündigen ein türkisfarbener Himmel und ein fahlweißer abnehmender Mond den neuen Morgen an.

„Eigentlich eine schöne Tageszeit, zumal es jetzt noch so angenehm kühl ist. Wo ist der nächste Bankautomat? Schade, das Geld sehe ich vermutlich nie wieder. Aber wenn das hier gut abläuft, sieht mich auch Raoul nie wieder. Und in Sao Paulo Biologie studieren? *Jamás!* Nix wie weg!“

Die Straßen sind um diese Zeit fast leer, schon nach wenigen Minuten erreicht Alessandro die ersten Vorstadtsiedlungen – ärmliche Wellblechbuden zwischen ebensolchen Backsteinhütten – kümmerliche Bäume, deren fast kahle Zweige ein paar zerfledderte Plastiktüten festhalten, leere Dosen und anderer Unrat am Straßenrand, scheu flüchtende Tiere – Katzen? Ratten? – im Abblendlicht.

An der nächsten Bank zieht er 800 Dollar – „Soll er sehen, wie weit er damit kommt!“ – und erreicht die Innenstadt. Ein Blick auf die Uhr – kurz vor vier. Er parkt seinen Wagen in einer der Seitenstraßen links vor dem *Twentyfive*.

Die Häuser stehen hier eng beieinander, zwei defekte Straßenlaternen flackern unregelmäßig. Alessandro steigt aus, läuft ein paar Schritte in einen stockdunklen Hinterhof, erkennt im Licht einer nur schwach leuchtenden Außenlampe den Lieferanteneingang des *Twentyfive* und geht, eng an die Hauswand gedrückt, darauf zu. Einige kleine Abfallgefäße und ein großer Müllcontainer stehen ihm im Weg.

„Raoul?“, flüstert er in die Dunkelheit.

„Hier, geradeaus!“, antwortet eine Stimme. Er geht darauf zu, sieht die Umrisse eines Mannes.

„Einen noch beschisseneren Treffpunkt konntest du wohl nicht finden, was? Hier ist die Knete, mehr saß nicht drin ...“

Alessandro greift nach den Scheinen in der Gesäßtasche seiner Jeans, hört plötzlich ein Geräusch hinter sich, will sich umdrehen – und verliert nach einem dumpfen Schlag auf den Hinterkopf die Besinnung.

16

„Guten Morgen, meine Liebe, du bist noch allein? Und wo ist das Geburtstagskind? Alessandro verschläft sich in letzter Zeit häufiger. Du weißt, dass wir *es* ihm heute sagen müssen ... ich habe mir schon einen passenden Einstieg überlegt, im Übrigen machen wir es so, wie wir es verabredet haben, nicht wahr?“

Katharina, die mit sorgenvollem Gesichtsausdruck am Frühstückstisch sitzend, reicht ihrem Mann einen offensichtlich in Eile handschriftlich gekritzelten Zettel.

„Bitte, lies selber, das habe ich in seinem Zimmer gefunden – ich bin etwas beunruhigt.“

Alfredo, der Alessandro Schrift sofort erkannt hat, nimmt das Stück Papier und beginnt zu lesen:

„Liebe Eltern, frühstückt schon mal ohne mich. Raoul, ein Freund von mir, sitzt irgendwie in der Patsche und hat mich mitten in der Nacht angerufen. Ich bin zu ihm gefahren, um ihm eventuell helfen zu können, komme aber sicher bald wieder nach Hause. Danke für Euer Verständnis – Alessandro.“

Alfredo legt den Zettel nachdenklich zur Seite, langt dann aber mit gespielter Sorglosigkeit nach der Kaffeekanne.

„Nun, mein Liebe, dann werden wir heute alleine frühstücken müssen, nämlich eben hat sich auch Felipe bei mir abgemeldet. Er wird bei den Rindern gebraucht ... bei ihm weiß man wenigstens immer, wo er sich aufhält und was er macht. Alessandro lässt uns diesbezüglich deutlich mehr im Unklaren.

Und was diesen erwähnten Raoul betrifft ... ich kann nur hoffen, dass Sandro weiß, was er tut."

Er gießt Milch in seinen Kaffee und rührt um, hört gar nicht auf damit, bis Katharina plötzlich seine Hand ergreift und festhält.

„Du hast ja noch gar keinen Zucker genommen, kannst dir das Umrühren also sparen. Was ist los mit dir, Liebster? Bedrückt es dich, ohne unsere Söhne frühstücken zu müssen? Es ist doch nicht das erste Mal, Alessandro ist erwachsen und wird bald ohnehin eigene Wege gehen."

Alfredo schüttelt den Kopf „Nein, das bedrückt mich nicht, wir werden uns sowieso mehr und mehr ans Alleinsein gewöhnen müssen, aber ... Katharina, ich habe vor ein paar Tagen ein Telefonat von einer Anwaltskanzlei aus Berlin bekommen. Irgendjemand hat irgendwie herausgefunden, dass Alessandro unser Adoptivsohn ist – und er soll angeblich einen Zwillingsbruder haben. Du kannst dir denken, dass ich gewaltig erschrocken bin. Alessandro ist kein Einzelkind? – Noch weiß ich nicht, ob möglicherweise irgendwelche kriminellen Elemente sich da einen schlimmen Streich ausgeheckt haben, jedoch ... Man hat mir unaufgefordert eine Telefon-Nummer, eine Berliner Postadresse und eine Mailanschrift genannt und da die Angelegenheit dringend zu sein scheint, werden wir in Kürze Besuch aus deiner Heimat bekommen."

Katharina sieht ihn ungläubig an.

„Alessandro hat möglicherweise einen Bruder? Einen Zwillingsbruder? Ich kann das nicht glauben. Und wenn doch? Können sie uns unseren Sohn wieder wegnehmen?

Ihr Mann steht auf, geht um den Tisch herum und nimmt sie in den Arm. Nach tröstlich klingenden Worten suchend, wiegt er sie wie ein Kind sanft hin und her.

„Liebste ... egal, was passiert: Wir werden unseren Alessandro nicht wieder hergeben. Niemand, kein Gesetz der Welt kann uns dazu zwingen. Ich erwarte übrigens ein Fax von diesem Berliner Anwalt, er will mir bestimmte Dokumente 'rüberschicken, nach deren Sichtung wir angeblich mehr wissen. Unsere Mailadresse wollte ich nicht preisgeben. Denn noch immer habe ich insgeheim Zweifel, ob wir nicht doch Spielball einer Betrügerbande geworden sind. Dennoch: Beruhige dich, Liebste, Sandro wird bald zurück sein, dann werden wir allen Mut zusammennehmen und mit ihm über die Adoption sprechen. Es wird schwer werden, aber er weiß, dass wir ihn lieben, dass er unser Sohn ist und es immer sein wird. Und auch Felipe müssen wir aufklären. Vor *dem* Gespräch habe ich weniger Hemmungen. Felipe ist robust und nicht so ein ‚Sensibelchen' wie Alessandro. Aber wenn es uns gelingt, beiden klarzumachen, dass sich im Grunde für sie nichts ändert ... die Farm ist groß genug, um eines Tages zwei Familien zu ernähren. Es wird sich alles finden. Warten wir auf das versprochene Fax ..."

Noch während er spricht, beginnt das Faxgerät in seinem Arbeitszimmer zu arbeiten, beide vernehmen das gleichmäßige Summen und Ticken und eilen hinüber. Drei Blätter liegen schon auf dem Arbeitstisch.

Alfredo greift nach der ersten von mehreren bedruckten Seiten und liest: „Liebste Mama." Mit zitternden Händen alle Papiere zusammenraffend, ordnet er sie nach Seitenzahlen und vertieft sich in den Inhalt.

Das Faxgerät ist verstummt.

Seine Frau beobachtet mit wachsender Besorgnis, wie er Seite um Seite liest, sein Atem zeitweilig stockt, seine rechte Hand sich in Höhe des Herzens in sein Oberhemd krallt und er ihr schließlich die Dokumente hinüberreicht.

„Lies es, lies es selbst. Mein Gott, welche Tragödie." Er

wendet sich erschüttert ab und starrt aus dem Fenster. Weiße Haufenwolken ziehen wie eine große, friedliche Schafherde über den klarblauen Himmel.

Katharina, auf das Äußerste beunruhigt, lässt sich an seinem Schreibtisch nieder und beginnt zu lesen. Schon nach wenigen Zeilen rinnen ihr Tränen über das Gesicht, die Buchstaben verschwimmen vor ihren Augen.

„Die arme Frau!“

Mit zunehmendem Entsetzen und ungläubig den Kopf schüttelnd liest sie Claudias Brief zu Ende.

„Wie kann eine Mutter so etwas aushalten? Ihre Kinder wegzugeben ... nicht aus wirtschaftlichen Zwängen heraus, nein, aus Rücksicht auf die Eltern und um den Verlobten und den unfreiwilligen Vater zu schonen ... und um einen gesellschaftlichen Skandal zu vermeiden ... und das in der heutigen Zeit ...“

Ihr Mann setzt sich neben sie.

„Ja, ich stimme dir zu, es ist nicht zu begreifen, aber diese Claudia tut mit unendlich leid. Sie muss lebenslang darunter gelitten haben – aber bedenke: Zwischen damals und heute liegen zwanzig Jahre – zwanzig Jahre mit umwälzenden gesellschaftlichen Veränderungen. Zu jener Zeit vielleicht noch geltende Moralvorstellungen und Werte wurden inzwischen weltweit rasant über den Haufen geworfen – aber womöglich herrschten damals in konservativen deutschen Adelskreisen noch überholte, längst veraltete Begriffe von Anstand, Sitte und Moral. Außerdem war Claudia noch sehr jung und, wie sie selber schreibt, von der Situation absolut überfordert – allein durch die Entfernung von zu Hause, ohne vertraute Freundinnen, die ihr bestimmt abgeraten hätten, sich von ihren Kindern zu trennen. Und ihr schwer herzkranker Vater hätte unter Umständen ... Ach, das sind alles überholte Gedankenspiele und Mutmaßungen – wir werden uns nie in die Gedankenwelt einer Claudia von Wallburg hineinversetzen können."

Er legt sein Gesicht an ihres.

„Aber für uns wurde aus der Tragik dieser Claudia ein Glücksfall – ihr Verlust war für uns der Gewinn, unser Alessandro."

Katharina wendet ihrem Mann das noch immer tränennasse Gesicht zu.

„Das hast du schön gesagt, Liebster. Alessandro war in der Tat ein Gewinn, ein Geschenk, wofür ich noch heute unendlich dankbar bin. Ich sehe uns noch mit diesem winzigen Bündel Mensch nach Hause kommen. Sie hatten uns ja in der Klinik in Seattle nur eine Erstlingsausstattung für das Kind mitgegeben, aber Fernanda und die anderen Frauen kamen mit Bergen von Jäckchen, Mützchen und Söckchen und beschenkten damit das kleine blonde *Bebé* ihres Chefs. Und dieses *Bebé*, unser Sandro, wird heute zwanzig Jahre alt und weiß noch immer nicht, dass er nicht unser leibliches Kind ist. Ja, wir werden es ihm endlich sagen müssen ... hoffentlich kommt er bald!"

17

Als Alessandro aufwacht, findet er sich zusammengekrümmt und mit schmerzenden Gliedern in der Ecke eines schmalen, langen Raumes liegend. Das grelle Licht einer einsamen Glühbirne, an einem mehrfach geflickten Kabel hängend, beleuchtet ehemals weiße Wände mit bröckelndem Putz, einen groben Holztisch und zwei Stühle. Auf einem sitzt zusammengesunken ein offenbar schlafender Mann, der aber ruckartig erwacht, als Alessandro mit einer Hand erfolglos nach seinem *Celular* tastet, dann seinen Hinterkopf befühlt und die mit Blut beschmierten Finger zurückzieht.

„Chef, Chef – er wird wach!“

Die Tür öffnet sich und drei Männer drängen sich gleichzeitig durch die Öffnung, wild gestikulierend und mit harten Stimmen sich gegenseitig übertönend. Einer von ihnen, ein massiger Typ mit am Hinterkopf zu einem Pferdeschwanz zusammengebundenen Haaren gebietet den anderen mit einer herrischen Geste zu schweigen. Er beugt sich mitleidig lächelnd zu dem am Boden liegenden Alessandro hinunter und streichelt ihm mit zärtlicher Geste vorsichtig übers Haar.

„Es tut mir so unsäglich leid, dass diese Idioten dich so zugerichtet haben. Hast du Schmerzen?“ Die milde Stimme ganz nahe an seinem Gesicht klingt freundlich und mitfühlend.

Alessandro versucht sich aufzurichten, sinkt aber sofort wieder auf den harten Boden zurück.

„Ja, und mir ist schwindlig, ich fürchte, dass ich brechen

muss, und ich habe schrecklichen Durst ..."

„Das hört sich ja sogar nach einer Gehirnerschütterung an ... er braucht also ein paar Tage absolute Ruhe, und die soll er auch haben, dafür werde ich sorgen. Schieb mir mal einen Stuhl rüber."

Einer der angesprochenen Männer gehorcht, der „Chef" genannte Mann setzt sich und beginnt wieder, auf Alessandro einzureden. Die vormals sanfte Stimme bekommt zunehmend einen zunächst ironischen, dann einen scharfen Unterton.

„Und während du hier liegst und deinen Brummschädel bejammerst, wirst du Gelegenheit haben, dir zu überlegen, was du uns über Raoul und sein Verschwinden zu berichten hast ... haben wir uns verstanden, du miese kleine hinterhältige Ratte?"

Mit einem Fußtritt in Alessandros Magen verleiht er seinen Worten Nachdruck. Alessandro fühlt erneut einen Brechreiz aufsteigen. Dennoch antwortet er.

„Nein, ich verstehe gar nichts ... wo bin ich überhaupt, wie bin ich hierhergekommen und warum?"

Wieder wird ihm schwarz vor Augen, er kämpft gegen eine Ohnmacht an, die sein Gehirn vernebelt. Angst befällt ihn, auch wegen des höhnischen Gelächters, das die Männer anstimmen.

„Ach, sieh einer an! Der blonde Unschuldsengel weiß nichts – er weiß nicht, wo er ist und er weiß nicht warum. Er kennt auch diesen verfluchten Drecksack Raoul nicht und weiß nichts von dem Stoff, den dieses Arschloch mir unterschlagen hat. Und jetzt liegt er und wimmert, weil er Aua hat."

Der massige Typ fasst Alessandro brutal an den Schultern und zieht ihn hoch.

„Bürschchen, versuche nicht, mich auszutricksen, das haben schon andere versucht und sind schrecklich auf die Schnauze gefallen, stimmt's?"

Er wendet sich, Zustimmung heischend, an die drei ihn umgebenden Männer, die die Frage eifrig bejahen und hämisch grinsen.

„Du bist doch dieses Herrensöhnchen, dieser Alessandro de Souza, dessen Eltern im kühlen Atrium ihrer Hazienda sitzen, sich von ihrem Personal den Goldstaub aus den Haaren kämmen lassen und Champagner schlürfen? Während unsereins sich hart arbeitend um sein täglich Brot abrackern muss, nicht wahr? Und du bist so hirnverbrannt naiv, dass du nicht mitgekriegt hast, warum der clevere Raoul sich ausgerechnet dich ausgesucht hat, um sich von dir in einer Luxuskarosse fast jede Nacht von einer Kneipe in die nächste kutschieren zu lassen? Man nennt mich den Dicken und Dicke sind angeblich nicht nur dick, sondern auch dämlich, aber da irrt sich die Menschheit. Ich habe allein in meinem Pferdeschwanz mehr Verstand als Mistkerle wie du in dem lächerlichen Klümpchen Gehirn, das sich unter deiner blondgelockten Designerfrisur verbirgt. Ich habe meine Augen überall und weiß von deiner Freundschaft mit diesem stinkenden Mistkäfer Raoul. Und jetzt wirst du mir hübsch der Reihe nach erzählen, wohin der verdammte Kojote mit dem Stoff verduftet ist."

Er lässt Alessandro, dem langsam ins Bewusstsein sickert, um was es hier geht, unsanft wieder auf den harten Boden fallen.

„Von welchem Stoff sprichst du?"

„Willst du mich verarschen? Nun denk mal gründlich nach, wenn dir der Schlag auf den Hinterkopf, den meine Männer dir irrtümlich verpasst haben, nicht auch noch dein Erinnerungsvermögen geraubt hat. Du fährst doch mindestens dreimal in der Woche mit Raoul zu nächtlicher Stunde von einem Club zum nächsten. Raoul steigt aus, du wartest artig, bis er zurückkommt, und kutschierst ihn zum nächsten Club.

Herzchen, und du hast weder ihn noch dich selber je gefragt, wozu diese Fahrten gut sind? Dass einer so blauäugig sein kann, wie du jetzt vorgibst, das kann ich mir nicht vorstellen. Könnt ihr euch das vorstellen, Männer?"

Wieder Kopfschütteln und pflichtschuldiges, verächtliches Gelächter.

„Du hörst es, so viel Blödheit können sich nicht einmal diese drei Schwachköpfe vorstellen, die dir dein Lockenköpfchen fast zertrümmert haben, anstatt meinem Befehl zu gehorchen und dich unversehrt hierher zu bringen. Also, um deine Frage zu beantworten: Du bist auf jeden Fall in Sicherheit, so viel steht fest. Und ich will nur ein paar Auskünfte von dir, dann darfst du wieder zu Mama und Papa. Und damit du merkst, dass ich kein Unmensch bin, lasse ich dich nun wieder eine Viertelstunde allein, damit du dir darüber klar werden kannst, dass es sehr, sehr klug wäre, mir meine Fragen zu beantworten und die Wahrheit zu sagen. Andernfalls hätte ich eine Menge Möglichkeiten, alles aus dir herauszuquetschen, was ich wissen will. Also – nutze die Zeit, ich bin gleich wieder da. Manolito bleibt hier, er wird auf dich aufpassen."

Der Dicke steht auf, gibt dem Stuhl, auf dem er gesessen hat, einen scharfen Tritt und verlässt den Raum. Der *Manolito* genannte angelt sich den Stuhl und lässt sich darauf nieder.

Alessandro kriecht so weit wie möglich zurück in die Ecke. Mit geschlossenen Augen versucht er sich zu erinnern, aber der Schwindel liegt noch immer wie ein dicker Nebel über seinem Denkvermögen. Wieder tastet er nach der blutverklebten Wunde an seinem Hinterkopf. Es hat ihn jemand geschlagen, aber wann und wo und weshalb? Um Konzentration bemüht, tauchen bruchstückhaft die Geschehnisse der letzten Stunden aus der Erinnerung auf. Raouls Anruf, die Fahrt durch die

Nacht, die schäbige Bankfiliale, wo er Geld abgehoben hat, der dunkle Hinterhof, wo er Raoul treffen sollte – warum brauchte Raoul auf einmal Geld?

Alessandro fasst nach den Scheinen, die er in eine der hinteren Gesäßtaschen seiner Jeans gesteckt hatte – beide Taschen sind leer. Auch sein *Celular* und die Autoschlüssel sind nicht mehr da. Panik überfällt ihn. Er öffnet mühsam die Augen, das grelle Licht der einsamen Glühbirne an der Decke blendet ihn, aber nach ein paar Sekunden haben seine Augen sich daran gewöhnt und er entdeckt den auf einem der Stühle sitzenden, offenbar wieder schlafenden Manolito. Mit einem verhaltenen Räuspern versucht er ihn zu wecken.

Der Aufpasser öffnet schuldbewusst die Augen, sieht lauernd zur Tür, sich vergewissernd, dass niemand sein Einnicken beobachtet hat, und hebt, zu Alessandro gewandt, einen Zeigefinger an die Lippen, ein lautloses „Pst" andeutend. Alessandro gibt ihm vorsichtig flüsternd zu verstehen, dass er schrecklichen Durst habe, worauf sein Wächter zur Tür geht, sie öffnet und in den davorliegenden Raum ruft: „Er hat Durst, darf er was trinken?"

Der Dicke schiebt sich augenblicklich durch die Tür.

„Aber natürlich darf er was trinken, sonst wird seine Kehle ja so trocken, dass er gar nicht reden kann. Und ich wette, er will endlich reden. Also?"

Manolito verlässt den Raum und kommt mit einem schmutzigen Glas voll Wasser zurück. Der Dicke nimmt es ihm aus der Hand und reicht es Alessandro, der es gierig leert, obwohl es abgestanden und modrig schmeckt.

„Ich höre: Wo ist der Stoff?"

„Von einem ‚Stoff' weiß ich nichts – ich erinnere mich nur, dass Raoul mich angerufen hat, weil er knapp bei Kasse sei und Geld brauchte. Ich wollte ihm etwas von meinen Ersparnissen zu der verabredeten Stelle am Hintereingang vom *Twentyfife* bringen, aber deine Männer waren wohl früher da als Raoul, haben mich bewusstlos geschlagen und mir das Geld, die Autoschlüssel und mein *Celular* abgenommen. Mehr weiß ich nicht, das musst du mir glauben."

Der Dicke grinst.

„Eine hübsche kleine Story, Respekt. Und es sieht so aus, als wenn sie nicht einmal erfunden ist. Nun, was die paar Kröten von 800 Dollar in deiner Hosentasche betrifft – die kannst du gern wieder einsacken – solche Summen kosten mich ein müdes Arschrunzeln, ich lege sie hier auf den Tisch und du darfst sie wieder einstecken, wenn du nach Hause fährst. Das allerdings kann ich dir erst erlauben, wenn du mir großzügig Auskunft gibst über den Drecksack Raoul und ich endlich die Kohle bekommen habe, die er mir schuldet. Also?"

Alessandro lässt sich nach hinten fallen und schließt die Augen.

„Dann werde ich wohl nie wieder nach Hause kommen, denn ich habe keine Ahnung von Raouls Geschäften. Ich habe ihn immer nur quer durch die Stadt gefahren – mich allerdings dann und wann gewundert, warum er oft packenweise Bargeld mit sich herumschleppte. Manchmal kam er aus einem Club und warf eine ungleichmäßig ausgebeulte Papiertüte auf den Rücksitz meines Autos. ‚Neues Klopapier' sagte er nur, wenn ich nach dem Inhalt dieser Tüten fragte. Kann ich jetzt noch ein Glas Wasser kriegen?"

„Aber ja, wir wollen deinen Redefluss keinesfalls unterbrechen. Also weiter – Raoul gibt dir doch sicher von der Knete was ab? Ich meine, du gondelst doch nicht nur für einen warmen Händedruck mit ihm durch Sao Paulo – obwohl dich deine Alten bestimmt nicht kurzhalten und du von Nebeneinkünften illegaler Art nicht abhängig sein dürftest. Mit wie viel

Prozent hängst du bei ihm drin? Und ich will keine Ausreden hören, nicht wahr, Manolito, Ausreden hören wir oft genug?“

Manolito nickt eifrig.

Alessandro wird nach und nach wieder Herr seiner Sinne. Zwar schmerzt sein Kopf noch immer und der Schwindel beeinträchtigt sein Konzentrationsvermögen. Jedoch eröffnet sich ihm auch eine Ahnung, wie er sich möglicherweise aus diesem Dilemma herauswinden kann. Er schaltet seinen Verstand in einen höheren Gang und sieht dem Dicken direkt in die Augen.

„Ich glaube zu wissen, welche Möglichkeiten du hast, das aus mir herauszuholen, was du wissen willst. Aber was auch immer du in Anwendung bringen wirst – es wird dich nicht weiterbringen, weil ich nichts weiß. Halte mich ruhig für einen gutmütigen Trottel, der nichts kapiert, weil er aus einer heilen Welt kommt und dämlich ist und nicht mitbekommt, was in eurer realen Welt an Sauereien passieren – ich kann dir nicht weiterhelfen. An deiner Stelle würde ich nicht hier herumsitzen und kostbare Zeit verplempern mit Fragen, auf die du nie und nimmer Antworten bekommen wirst. Weißt du, was ich mit meinem Klümpchen Gehirn dir raten würde? Du solltest mit deinen abgerichteten Bluthunden eure gewohnte Route abfahren. Wenn Raoul nicht einmal die von dir belächelten 800 $ bekommen hat, denn die liegen ja da vor dir auf dem Tisch, dann ist er wirklich pleite und wird versuchen, irgendwo Geld aufzutreiben. Von mir kann er ja nach dem jetzigen Stand der Dinge auch nichts mehr erwarten. Warum also überlässt du es nicht Manolito, mich zu bewachen? Er scheint dir ja treu ergeben, und du selber nimmst wenigstens ein kleines bisschen von dem Verstand aus deinem üppigen Pferdeschwanz und begibst dich auf die Suche nach Raoul und seiner – oder deiner – Kohle. Na?“

Der Dicke hat zugehört, aufmerksam und geduldig, aber plötzlich überkommt ihn heftige Wut. Er holt weit aus und schlägt Alessandro heftig ins Gesicht, sodass sein Kopf hart an der Wand aufschlägt.

Für einen Moment fühlt Alessandro sich benommen. Er richtet sich auf, sieht wie durch einen Schleier die heftig hin und herpendelnde Glühbirne an der Decke und gleichzeitig den Blutfleck, den eine Wunde an seinem Hinterkopf auf der weißen Wand hinterlassen hat.

Sein Gehirn funktioniert jedoch wieder blitzschnell.

„Sei vorsichtig, Dicker, gib lieber deiner Intelligenz Raum, sich zu entfalten. Wenn nämlich die Dinge doch anders laufen als du es dir erhoffst, dann komme ich irgendwann hier heraus und zeige dich an und kann anhand dieses Blutflecks an der Wand beweisen, dass du mich gefoltert hast – und dann möchte ich nicht in deiner Haut stecken. Und Manolito ist mein Zeuge – falls er sich nicht dazu durchringen kann, einen Meineid zu schwören. Nicht wahr, Manolito? Bringst du mir jetzt bitte noch ein Glas von eurem köstlichen Wasser?"

Der Angesprochene sieht fragend zu seinem Chef, der ihn mit einem ungeduldigen Kopfnicken in den Nebenraum schickt und vom Stuhl aufsteht.

„Reden kannst du, das muss ich dir lassen, auch wenn deine Phantasie ins Trudeln gerät wie ein abgeschossener Segelflieger. Denn dass du diesen Raum jemals lebend verlässt, wenn du nicht etwas kooperativer bist, das kannst du dir abschminken. Aber Folterspuren solltest du tatsächlich lieber nicht nachweisen können."

Er wendet sich an Manolito.

„Wir ändern meine Strategie. Unser Schützling bekommt zwar weiter ausreichend zu trinken, aber wir lassen ihn nicht schlafen. Schlafentzug hinterlässt keine Spuren, weißt du, das haben erfahrene Folterexperten herausgefunden und beste Resultate damit erzielt. Wir besorgen ihm sogar eine weiche Unterlage, damit er sich auf dem nackten Boden nicht wundliegt, aber schlafen lassen wir ihn nicht. Darauf wirst du achten – und ich folge inzwischen den wohldurchdachten Ratschlägen dieses Klugscheißers und mache mich auf die Suche nach meiner Kohle, ehe das Kartell auf die Idee kommt, uns alle auffliegen zu lassen. Was ich übrigens auch mit Rücksicht auf euch Nebelkerzen vermeiden möchte. Verstehen wir uns? Gehen wir, wir werden sehen, wer der Schlauere ist."

Er hat kaum den Raum verlassen, als Manolito seinen Platz auf dem Stuhl wieder einnimmt, den rechten ausgestreckten Zeigefinger abermals vor die Lippen legt und mit halboffenem Mund nach draußen horcht. Auch Alessandro lauscht gespannt.

Nach wenigen Augenblicken hören sie ein Auto abfahren. Manolito steht noch einmal auf, vergewissert sich, dass auch die anderen Männer den Vorraum verlassen haben, und kommt mit einer Decke in undefinierbarer Farbe zurück. Er wirft sie in Alessandros Ecke und bedeutet ihm, es sich bequem zu machen.

„Der verdammte Höllenhund, der kann mich mal ... seit Tagen hetzt er uns durch die Gegend, immer schreiend und kommandierend ... jetzt schlafen wir erst einmal eine Runde. Rauslassen kann ich dich natürlich nicht, das musst du einsehen, aber ... *boa noite!*

18

„Nun haben wir lange, vielleicht schon zu lange auf Sandros Rückkehr gewartet, wir sollten nun doch die Polizei anrufen."

Alfredo und Katharina de Souza laufen voll Unruhe und Spannung durchs Haus, unfähig, an etwas anderes als an Alessandros Verschwinden zu denken.

Endlich – im Arbeitszimmer läutet das Telefon. Katharina kommt ihrem Mann zuvor, der seinerseits nach dem Hörer greifen will.

„Katharina de Souza?"

Eine freundliche Stimme in deutscher Sprache meldet sich.

„Guten Tag, mein Name ist Harald Wegener – ich hatte Herrn de Souza vor wenigen Tagen unsere Ankunft angekündigt – Christopher Werthstein und ich sind soeben angekommen und haben im „Hyatt" eingecheckt ..."

Katharina unterbricht, ebenfalls deutsch sprechend.

„Ich denke, es ist besser, ich reiche Sie weiter an meinen Mann, mit dem Sie das vorangegangene Gespräch geführt haben, er steht neben mir, ich übergebe ..."

„De Souza. Ach, Herr Dr. Wegener – wir hatten Sie nicht so schnell erwartet, aber heißen Sie herzlich willkommen. Hatten Sie einen angenehmen Flug? Sind Sie im Hotel gut untergebracht?"

Man tauscht einige unverbindliche Floskeln. Ja, man hat die Dokumente per Fax erhalten und mit Erschütterung und Ratlosigkeit gelesen.

„Meine Frau und ich warten ungeduldig auf weitere Erkenntnisse, die Sie uns mitteilen werden. Deshalb freut es uns, Sie sobald als möglich bei uns begrüßen zu dürfen, wenngleich Sie zumindest im Moment auf ein Treffen mit unserem Sohn Alessandro verzichten müssen. Er ist seit gestern Nacht außer Haus und wir sind ein wenig beunruhigt, weil er sich nicht wie versprochen meldet. Meine Frau wollte soeben sogar die Polizei benachrichtigen, was ich zwar für etwas vorschnell und übertrieben halte, aber sie besteht darauf. Leider konnten wir auch das seit langer Zeit anstehende Gespräch, seine Adoption betreffend, noch nicht mit ihm führen. Würden Sie uns trotzdem besuchen wollen, nachdem Sie sich ein wenig vom Jetlag erholt haben? Es gibt ja ausreichend Gesprächsbedarf. Ich kann Ihnen einen Wagen schicken, der Sie zu uns bringt? Gut, wir erwarten Sie – in etwa zwei Stunden?"

Er stellt den Hörer in die dafür vorgesehene Haltevorrichtung und wendet sich wieder an seine Frau.

„Er wird diesen Jungen mitbringen, diesen angeblichen Bruder. Ich werde Pepe nach Sao Paulo zum ‚Hyatt' schicken, um den ‚Besuch' abzuholen und hierher zu bringen. Könntest du in der Zwischenzeit veranlassen, dass in der Küche irgendetwas Essbares vorbereitet wird? – Hat es geklopft? Herein ..."

Ein Mitarbeiter des Büros reißt die Türe auf, ein offenes Kuvert und einen Zettel in der Hand.

„O chefe, dieser Brief war in der Post. Er sah aus wie ein gewöhnlicher Geschäftsbrief, deshalb habe ich ihn geöffnet, aber was darin steht ... *Madona* – lesen Sie bitte, sofort, der junge Senhor Alessandro ... Ich glaube, das ist ein Erpresserbrief – vorsichtig anfassen, da sind vielleicht Fingerabdrücke dran, nun auch sicher schon meine, ich hatte ja keine Ahnung, *meu Deus* ..."

Alfredo nimmt das offenbar aus einem Heft herausgerissene Stück Papier mit spitzen Fingern entgegen und liest den auf Portugiesisch handgeschriebenen Text laut:

500 000 US $ oder Sie sehen Ihren Sohn nicht lebend wieder!
Keine Polizei!
Warten Sie auf weitere Anweisungen

Zunächst schreckensstarr nimmt Katharina ihrem Mann das Papier aus der Hand, überfliegt den Inhalt – und reagiert überraschend. Statt noch einmal in Tränen auszubrechen, greift sie entschlossen zum Telefon.

„Und ob ich die Polizei anrufe, und zwar Inspektor Gomez persönlich ... Diese Banditen! Aber die werden nicht ungeschoren davonkommen ..."

Sie hat schon die Nummer gewählt.

„Geben Sie mir Inspektor Gomez, persönlich und sofort, es geht um unseren ältesten Sohn Alessandro. Er ist offenbar entführt worden, wir haben einen anonymen Erpresserbrief bekommen – Gomez ist nicht im Hause? Funken Sie ihn umgehend an und schicken Sie ihn zur Hazienda de Souza, die Situation ist extrem ernst. Wir warten."

Sie legt auf und wendet sich an ihren Mann.

„Alfredo, was hat das zu bedeuten? Ob Alessandro in der Stadt irgendwelche Leute aus einem undurchsichtigen Milieu kennengelernt hat? Er hat ja nie jemand mit hierhergebracht, wir haben keine Ahnung, mit wem er sich jeweils getroffen hat."

Es vergehen bange Minuten voller Ratlosigkeit, Bedenken, Bereuen, Überlegungen – und wachsender Angst.

Nach einer endlos erscheinenden Zeit hört man einen Wagen vorfahren, Türen schlagen zu.

„Oh Gott, sind das schon die Deutschen?" Katharina eilt zur Haustür, öffnet sie – und stürzt auf den jungen Mann zu, der soeben in Begleitung eines Fremden aus dem Wagen gestiegen ist.

„Alessandro, Liebling, Gott sei Dank. Wir hatten schon befürchtet, deinen Geburtstag ohne dich verbringen zu müssen – *Feliz aniversário*! Überschwänglich umarmt sie ihn. Pepe hebt gerade eine Reisetasche aus dem Kofferraum.

„Wir haben uns solche Sorgen gemacht, man hat uns einen Erpresserbrief zukommen lassen, ich habe gerade sogar schon die Polizei alarmiert, Inspektor Gomez wird jeden Moment hier sein, wo ..."

Der junge Mann reagiert ein wenig hölzern auf die stürmische Begrüßung. Katharina lässt die Arme sinken, tritt einen halben Schritt zurück, starrt ihn irritiert an.

„Hast du dir die Haare schneiden lassen, oder ... du bist doch Alessandro? Sandro?"

Der Angesprochene räuspert sich.

„Es tut mir leid, aber hier muss eine Verwechslung vorliegen – ich habe zwar tatsächlich heute Geburtstag und bedanke mich für ihre Gratulation, aber mein Name ist Christopher Werthstein. Sie sind vermutlich Katharina de Souza? Ich freue mich, Sie kennenlernen zu dürfen. Leider spreche ich nicht Portugiesisch, aber man hat mir gesagt, dass Sie Deutsch verstehen, weil Sie ursprünglich ..."

Katharina, fassungslos, unterbricht die vertraute Stimme.

„Du bist sein Bruder, du bist Alessandros Bruder? Sein Zwillingsbruder aus Berlin? Verzeihung – Alfredo, das ist nicht Alessandro – es ist sein Bruder Christopher – aber wo ist mein Alessandro?"

Sie schwankt, bricht unvermittelt in heftiges Weinen aus. Ihr Mann, seinerseits um Haltung bemüht, bewahrt sie mit eiligem Zugriff vor dem Hinfallen. Er wendet sich an die Besucher.

„Bitte entschuldigen Sie, Sie treffen uns in einem denkbar ungünstigen Zeitpunkt. Seien Sie uns trotzdem herzlich willkommen und kommen Sie mit ins Haus. Pepe, bring bitte das Gepäck hinein. Dr. Wegener – Sie müssen Dr. Wegener, der begleitende Anwalt sein – und Sie sind unschwer als der Bruder unseres Sohnes zu erkennen. Ihre Ähnlichkeit mit ihm ist verblüffend – kein Wunder, dass meine Frau Ihnen spontan um den Hals gefallen ist – zumal Alessandro im Moment als vermisst gilt. Bitte treten Sie näher, im Hause ist es kühler – ich werde versuchen, Ihnen alles zu erklären."

Er wendet sich auf Portugiesisch an eine hinzugeeilte Angestellte.

„Fernanda, bitte besorge unseren Gästen und meiner Frau eine kühle Erfrischung – und ich brauche einen starken Kaffee, um meine Gedanken ordnen zu können. Katharina, es wird sich alles finden – komm jetzt, unsere Gäste sind unsere brasilianische Mittagshitze nicht gewöhnt."

Pepe eilt mit der Reisetasche voraus, stellt sie in der Halle ab und verschwindet, rückwärtsgehend, durch eine der vielen Türen, den neugierigen Blick mit ungläubigem Staunen noch immer auf Christopher gerichtet. „*Minha nossa ... dos Alessandros ...*"

„Was quasselt Pepe *von „dos Alessandros?* Ich sehe nur einen – hallo, Bruderherz, neue Frisur zum Geburtstag? Glückwunsch! Oh, wir haben Besuch? Dann will ich nicht stören ..."

Felipe, noch in ledernem Reitzeug und hohen Stiefeln, hat soeben die Halle betreten, wendet sich aber gleich wieder zum Gehen. „Ich muss erst duschen – nach mehreren Stunden im Sattel ist man nicht wirklich salonfähig ... bis später."

Christopher wendet sich fragend an Katharina.

„War das mein Bruder Alessandro?“

Katharina lächelt. „Nein, das war unser jüngerer Sohn Felipe, wir haben zwei Söhne, das können Sie nicht wissen, und vermutlich haben Sie seinen portugiesischen Redeschwall auch nicht verstanden. Er hat Sie für seinen Bruder gehalten – Sie sehen Alessandro wirklich so unglaublich ähnlich – bis auf die Frisur. Sie tragen Ihre Locken etwas kürzer, das ist Felipe aufgefallen.“

Sie hält kurz inne und überlegt.

„Ich könnte ihnen ein Foto von Alessandro zeigen, damit Sie sich von der Ähnlichkeit überzeugen können.“

Mit raschen Schritten geht sie zu einer Anrichte, auf der mehrere Fotos stehen. Sie nimmt einen hübschen Silberrahmen in die Hand und reicht ihn dem Gast.

„Das ist Alessandro, unser Ältester.“

„Das bin ja ich“, entfährt es Christopher. Verblüfft betrachtet er sich, streicht sich nachdenklich übers Haar und reicht das Bild mit Tränen in den Augen weiter an Harald Wegener, der es, ebenfalls ungläubig mit dem Kopf schüttelnd, eindringlich anschaut.

„Ja, Christopher, das bist du ... und um euch überhaupt auseinanderhalten zu können, werdet ihr den unterschiedlichen Haarschnitt beibehalten müssen. Ob ihr euch auch wesensmäßig gleicht, werden wir hoffentlich bald feststellen können.“

Er reicht das Bild an die Besitzerin zurück, die es wieder an seinen Platz stellt und seufzt.

„Wenn er doch endlich käme, ich halte es fast nicht mehr aus. Alessandro ist eigentlich immer pünktlich und zuverlässig, ich mache mir Sorgen. Ah, da kommt Fernanda mit einer kleinen Erfrischung – darf ich die Herren bitten, endlich Platz zu nehmen?“

„Ich möchte gern das Zimmer meines ... meines Bruders sehen, wäre das möglich? Ich bin so gespannt ...“

Christopher ist tatsächlich kaum imstande, still zu stehen.

Katharina fasst ihn am Arm.

„Komm mit, Christopher. Es ist doch in Ordnung, wenn ich dich duze? Ich meine dich schon nach diesen wenigen Minuten zu kennen. Ich werde dich für eine Weile allein lassen, vielleicht gibt es etwas, das dich deinem Bruder schon näherbringt, bevor ihr euch persönlich gegenüber steht. Falls er, was ich hoffe, in der nächsten Stunde kommt, werden mein Mann und ich zunächst einmal alleine mit ihm sprechen müssen, er weiß leider noch immer nicht, dass wir ihn als Säugling adoptiert haben, auch Felipe ahnt nichts. Wann haben dir deine Eltern gesagt, dass du nicht ihr leibliches Kind bist? Und wie hast du es aufgenommen?“

Sie sind inzwischen in Alessandros Zimmer angelangt und Christopher kann vor Überraschung nur noch ganz zerstreut antworten.

„Ach, das mit der Adoption weiß ich schon seit ...“

Wie vom Donner gerührt steht er mitten im Raum, betrachtet die Einrichtung, die Bilder an den Wänden, den Schreibtisch mit dem PC, geht ans Bücherregal, sieht ein paar Sportartikel in einer Ecke liegen.

„Spielt mein Bruder auch Fußball? Das könnte fast mein Zimmer sein – bei mir hängt nur kein Ventilator unter der Decke – aber mein Bett ist auch nicht immer gemacht. Kann ich noch ein bisschen hierbleiben – Frau de Souza?“

Katharina recht ihm lächelnd die Hand.

„Nenn mich Katharina, bitte, und bleib hier so lange du willst, ich muss ohnehin zur Tür, es hat geläutet.“

Sie eilt die Treppe hinunter in die Halle, wo Fernanda eben

einen Mann wieder wegschicken will, den Katharina noch nie gesehen hat. Als er Katharina sieht, eilt er ihr entgegen.

„Sind Sie Alessandros Mutter? Mein Name ist Raoul, einfach Raoul, ich bin so etwas wie ein Freund von Alessandro und muss Sie dringend sprechen. Ich fürchte, Ihr Sohn steckt momentan in großen Schwierigkeiten, ich habe ihm da etwas eingebrockt und muss ihn ..."

Ehe er weitersprechen kann, fährt mit quietschenden Reifen ein Polizeiwagen vor, Inspektor Gomez und zwei Beamte steigen aus, eilen die Eingangsstufen hinauf – und stehen Raoul gegenüber.

„Na sowas – ein bekanntes Gesicht – welch unerwartetes Treffen! Bingo! Festnehmen!"

19

Inspektor Gomez kann sich ein selbstgefälliges Grinsen nicht verkneifen, als er zusieht, wie einer seiner beiden Begleiter Raoul die Handschellen anlegt.

„Da staunst du, nicht wahr? Es geschehen noch Wunder, dies ist eines. Für wie blöde haltet ihr und euer Kartell uns eigentlich? Wir sind die dämlichen Bullen und ihr seid die heimlichen Herren der Stadt? Ihr könnt unbehelligt euren dreckigen Geschäften nachgehen und uns auf der Nase herumtanzen? Zugegeben, einen so glücklichen Zufall wie diesen gibt es selten – dass ich und meine Kollegen einen zwar kleinen, wegen seiner Seltenheit jedoch überaus wertvollen Fisch an die Angel kriegen, dem wir ohne gefährliche Jagd durch den ganzen Sumpf von Sao Paulo in aller Seelenruhe in die Kiemen greifen können. Jorge, kette ihn an die Haustürklinke. Ich möchte zunächst in aller Form die Dame des Hauses begrüßen – so viel Zeit muss sein. Olá, ich freue mich, Sie zu sehen!“ Katharina sieht amüsiert lächelnd von einem zum anderen, geht zu Raoul und tätschelt ihm beruhigend auf die Schulter. Sie wendet sich an den Inspektor.

„Senhor Gomez, da ist Ihnen wohl ein Irrtum unterlaufen. Raoul ist ein Freund von Alessandro und er ist extra hierhergekommen, um uns bei der Suche nach ihm behilflich zu sein. – So ist es doch, nicht wahr, Senhor Raoul?“

Ehe dieser antworten kann, unterbricht Inspektor Gomez.

„Senhora, ob er ein Freund Ihres Sohnes ist, kann ich nicht

beurteilen, aber dass er ein Freund des schnellen Geldes ist, das steht fest. Aber in Sao Paulo kann man schnelles Geld fast nur mit harten Drogen machen, und deswegen haben wir diesen Raoul schon lange im Visier. Dass Sie und Kommissar Zufall ihn uns heute quasi auf dem Silbertablett servieren, ist ein echter Glücksfall. Ich bin begierig, Einzelheiten über das Drogenkartell von ihm zu erfahren."

Katharina ist sichtlich erschrocken.

„Sagten Sie etwas von Drogen? Soll unser Sohn etwas damit zu tun haben? Das wäre ja ..."

Alfredo und Harald Wegener kommen aus dem Arbeitszimmer.

„Worum geht es? Ah, Inspektor Gomez, gut, dass Sie so schnell kommen konnten. Und Sie haben schon jemand in Gewahrsam genommen? Hat er etwas mit dem Erpresserbrief zu tun?"

Katharina ist um Aufklärung bemüht.

„Alfredo, das ist Raoul, er sagt, er sei ein Freund von Sandro, aber Senhor Gomez kennt ihn offenbar aus einer anderen Perspektive."

Sie sprechen portugiesisch, Wegener versteht kein Wort.

„Nein, ich habe nichts mit dem Erpresserbrief und der Entführung zu tun", lässt Raoul sich vernehmen. „Senhor de Souza, ich bin im Gegenteil gekommen, um meine Hilfe bei der Suche nach Sandro anzubieten, denn Alessandro hat absolut nichts mit Drogen zu schaffen. Ich habe seine Gutgläubigkeit – um nicht zu sagen, seine Naivität ausgenutzt und mich von ihm herumfahren lassen. Meistens hat er im Auto gewartet, während ich in den verschiedenen Clubs ... na ja, Geschäfte getätigt habe, aber manchmal ist er auch mit hineingekommen – manche Leute kennen ihn also. Bitte, Inspektor, lassen Sie mich ausreden."

„Nur zu, nur zu, wir lieben Geständnisse." Gomez setzt sich, geduldig abwartend, auf einen Stuhl. „Sing weiter, Nachtigall, sing weiter! Wir lauschen."

„Sandro hatte die längste Zeit keinen blassen Schimmer von meinem Business, und als er vor ein paar Tagen dahinterkam, dass ich Koks deale, hat er sich gleich von mir distanziert."

Katharina ergreift die Hand ihres Mannes.

„Aber gestern Nacht habe ich ihn angerufen, weil ich in der Klemme sitze – ja, ich bin sogar per Taxi hierher geflohen, weil das Kartell hinter mir her ist – habe da ein krummes Ding am Laufen, das mich meine Existenz kosten wird, wenn sie mich zu packen kriegen. Ich will nicht, dass Sandro etwas passiert, aber sie haben ihn geschnappt, weil sie denken, dass er mein Kompagnon ist. Sie werden versuchen, ihn auszuquetschen – besonders der Dicke ist daran interessiert. Und der ist brutal ..."

Inspektor Gomez unterbricht ihn.

„Sprichst du von dem vollgefressenen Typen mit dem Pferdeschwanz? Freundchen, pass auf! Du kannst dich hier um Kopf und Kragen reden, aber du kannst dir auch den Status eines Kronzeugen verschaffen, indem du uns, also der Polizei, behilflich bist bei der Suche nach gewissen Ratten, die sich bislang immer früh genug in ihre Kanalisation verkrochen und damit in Sicherheit gebracht haben."

Er stellt sich dicht vor ihm auf und greift ihm mit dem Zeigefinger unters Kinn.

„Hinter diesem Dicken sind wir schon lange her, er scheint irgendwie euer Oberschweinehund zu sein, der aber eine Gruppe von Bluthunden hinter sich weiß, die er schmiert und von sich abhängig macht. Was kannst du uns darüber erzählen?"

Raoul, noch unschlüssig, ob er der Aufforderung nachkommen soll, zögert kurz, aber ein Blick auf die Handschellen an seinen Unterarmen und den eisernen Türgriff, an dem sie befestigt sind, machen ihm seine Situation schnell deutlich.

„So hatte ich mir das zwar nicht vorgestellt, dass ich mal mit den Bullen – äh, mit der Polizei zusammenarbeiten würde, aber viel anderes bleibt mir jetzt offenbar nicht übrig. Kann ich mich darauf verlassen, dass ..."

„Wenn du uns jetzt hilfst, Alessandro möglichst unbeschadet aus dem Schlamassel, den du ihm nach eigenen Aussagen eingebrockt hast, herauszuholen, dann verspreche ich dir, dafür zu sorgen, dass du glimpflich aus der Nummer herauskommst. Darauf kannst du dich verlassen. Und bei uns zählt ein Versprechen mehr als bei euch Ganoven ... Also: Wer ist dieser sogenannte Dicke?"

„Keine Ahnung, wie er richtig heißt – alle nennen ihn nur den Dicken. Er hat immer zwei oder drei Helfer im Schlepptau, die für ihn die Ware verteilen und Schutzgelder kassieren. Ich habe sie mal zufällig gesehen, als sie mit dem Dicken irgendetwas verhandelten, aber der Dicke hat keine Ahnung, dass ich seine – seine Bluthunde kenne."

Gomez winkt die ihn begleitenden Beamten zu sich heran, um die Lage mit ihnen zu besprechen, als Christopher, von dem Stimmengewirr in der Halle angelockt, die Treppe hinunterkommt.

Der Inspektor starrt ihn an.

„Nanu, wer kommt denn da? Ich glaube, das Thema hat sich schon erledigt ... hallo, Alessandro, nett dich zu sehen ... aber jetzt versteh ich gar nichts mehr. Deinetwegen sind wir hier – und nicht nur wir, auch dein Freund Raoul sucht dich. Wo hattest du dich versteckt, dass deine Mama uns vor lauter Sorge hierher zitiert hat? Senhora de Souza, ich muss schon sagen ..."

Christopher, der keines der an ihn gerichteten Worte verstanden hat, sieht verlegen und verständnislos lächelnd zu Katharina. Auf Deutsch wendet er sich an sie: „Er scheint wütend auf mich zu sein – was hat er gesagt? Hält er mich tatsächlich für Alessandro?“

Gomez ist irritiert. „Warum quatscht er plötzlich in dieser Sprache? Spinnt er oder spinne ich?“

Ehe Katharina die Situation erklären kann, mischt Raoul sich lautstark auf Portugiesisch ein, ungeduldig aber vergeblich an den Handschellen zerrend.

„Idiot“, entfährt es ihm. „Willst du uns verarschen? Jetzt ist nicht die Zeit für Geheimsprachen. Sprich portugiesisch mit uns, damit man dich versteht, das wird man wohl noch erwarten dürfen. Denkst du, ich bin zum Vergnügen hier? Ich habe gesehen, wie die Bluthunde des Dicken dir eins über die Rübe gezogen und dich weggeschleppt haben, was ich nicht für ein gutes Zeichen halten konnte.“

Er unterbricht kurz und schnappt nach Luft.

„Ich bin deinetwegen hier, weil ich dich in diese Sauerei reingeritten habe und den Bullen eventuell mit Tipps helfen wollte, da haben sie mich zum Dank kassiert und mir diese Armbänder angelegt. Und da kommst du seelenruhig die Treppe runter und quasselst unverständliches Zeug mit deiner Mama.“

Wieder rüttelt er ungeduldig an der Türklinke.

„Wie bist du dem Dicken überhaupt entkommen?“

Christopher sieht verständnislos von Gomez zu Raoul und dreht sich nach Dr. Wegener und zu Katharina um, die ihn schließlich am Arm in die Mitte der Hall zieht, gerade in dem Augenblick, als Felipe durch die Gartentür tritt.

„He, hier ist ja richtig was los – volles Haus zu Alessandros Geburtstag?“, fragt er auf Portugiesisch. „Ist die Geburtstagstorte schon angeschnitten? Ich hab einen Wahnsinnshunger.“

Seine Mutter geht auf ihn zu, ergreift seine Hand und antwortet ihm, ebenfalls in der Landessprache.

„Felipe – er ist nicht dein großer Bruder. Es tut mir leid, dass du es in diesem denkbar unpassenden Moment erfährst, aber ... Inspektor Gomez, auch für Sie und Raoul ist diese Information wichtig: Dieser junge Mann heißt nicht Alessandro, sondern Christopher Werthstein. Er kommt aus Deutschland und ist Alessandros Zwillingsbruder."

Ein schepperndes Geräusch lässt die Runde zusammenfahren – Fernanda, die eben ein mit Geschirr voll beladenes Tablett ins Arbeitszimmer bringen will, hat das Tablett erschreckt zu Boden fallen lassen.

„Gêmeos?"

„Danke für den Tusch, Fernanda. Alessandro hat einen Zwillingsbruder? Ja, hat er. Er weiß es nur nicht. Noch nicht!" Senhora de Souza, ist innerlich aufgewühlt.

Auch Inspektor Gomez zeigt sich verblüfft.

„Gêmeos idênticos? Na, wenn das keine Neuigkeiten sind!"

Raoul beginnt albern zu lachen, erst halblaut, dann brüllend, während er Christopher nicht aus den Augen lässt.

Auch Felipe grinst.

„Megacool! Und ich? Habe ich etwa auch einen Bruder und weiß es nur nicht?"

Er hält das Ganze offenbar für einen besonders gelungenen Scherz.

Alfredo geht zu ihm, legt ihm einen Arm um die Schultern.

„Felipe, deine Mutter hat recht, dies ist wirklich der ungünstigste Moment, um dich darüber in Kenntnis zu setzen, aber – um deine Frage zu beantworten: Nein, du hast keinen Zwillingsbruder – du bist unser einziger leiblicher Sohn, und Alessandro ist unser Adoptivsohn, den wir vier Jahre vor deiner Geburt zu uns nehmen konnten. Aber dass er einen Zwillingsbruder hat, hat uns damals niemand gesagt – wir wissen es auch erst seit ein paar Tagen."

Felipe sieht seinen Vater fragend an.

„Und Alessandro? Weiß er es?"

„Nein, er weiß weder, dass er einen Zwillingsbruder hat, noch dass wir nicht seine leiblichen, sondern seine Adoptiveltern sind, weil wir bis heute nicht mit ihm darüber gesprochen haben. Wir dachten immer, wir hätten alle Zeit der Welt – es hätte sich ja auch nichts geändert: Ihr seid beide unsere Söhne. Wir wollten es ihm und dir heute, an Alessandros zwanzigsten Geburtstag sagen, aber durch diesen Anruf aus Deutschland und ..."

Felipe schweigt zunächst, denkt dann aber laut:

„Deswegen hab ich schwarzes Haar wie Papa und Sandro hat blondes – hätte ich mir also längst denken können. Aber – Mama hat auch blondes Haar, wenn auch nicht so viele Locken wie Sandro. Das hättet ihr uns aber längst sagen können, wir sind doch keine kleinen Kinder mehr. Armer Alessandro, den wird der Schlag treffen. Und du ...?"

Er geht auf Christopher zu und spricht ihn auf Englisch an. „Wie heißt du? Christopher? Du hast das auch nicht gewusst? Und wer sind deine richtigen Eltern? Mann, jetzt brauchen wir nur noch einen cleveren Drehbuchschreiber ... das ist ja die reinste Filmstory."

Seine Mutter wendet sich auf Deutsch an Christopher und an Harald Wegener.

„Wir haben Felipe eben informiert, was es mit Alessandro und seinem Zwillingsbruder auf sich hat. Er scheint es sehr locker zu nehmen, wie junge Leute eben sind – den tragischen Hintergrund kennt er natürlich noch nicht, wir werden später ausführlich mit ihm darüber sprechen. Zunächst aber müssen wir Alessandro finden."

Unverhofft meldet Raoul sich auf Portugiesisch zu Wort.

„Ich habe zwar noch keinen kristallklaren Durchblick –

kann man ja wohl auch nicht so ohne Weiteres haben bei dem Durcheinander verschiedener Sprachen und angeblichen Zwillingen, aber ... es sieht so aus, als ob ...", Er kratzt sich am Hinterkopf, wobei die Handschellen leise klirren.

„Ich hab da so eine Idee – vielleicht – ja, das könnte klappen. Also: Wir müssen die Ähnlichkeit von Alessandro und seinem Zwillingsbruder, diesem ... wie heißt er noch? ... diesem Christopher ausnutzen. Mann o Mann! Sowas hat die Welt noch nicht gesehen. Er müsste allerdings bereit sein, mitzumachen. Inspektor ..."

Er wendet sich an Gomez, seine Worte überstürzen sich fast.

„Ich bin hier der Einzige, der sich in der Szene auskennt. Ich würde mit Christopher und Ihnen oder mit einem von Ihren Leuten auf die Suche gehen – damit rechnet der Dicke nie im Leben, dass ich mit der Polente zusammenarbeite ... ich hätte mir das vor zwei Stunden ja auch noch nicht vorstellen können, aber wie die Dinge jetzt liegen ... na ja. Also – ich weiß exakt, wann der Dicke und seine Bluthunde ihre Runde durch die verschiedenen Clubs machen, die Ware liefern und abkassieren. Der Dicke selber bleibt meistens in Deckung, aber er hat immer alles im Blick. Wenn ich jetzt also zusammen mit Christopher irgendwo auftauche, werden alle ihn für Alessandro halten, von dem die Bluthunde aber wissen, dass er irgendwo eingesperrt ist und festsitzt – und dann drehen die durch, unterbelichtet wie sie sind. Und ich mache jede Wette: Die werden nervös und geraten in Panik und machen irgendwelche Fehler – vielleicht fahren sie zu dem Versteck, wo sie Alessandro festhalten und dann müssten wir uns nur an ihre Fersen heften – und ..."

Raouls verhaspelt sich fast vor Eifer.

„Inspektor, denken Sie sich eine Strategie aus. Ich habe

Alessandro da hineingeritten und es tut mir verdammt leid. Und ich will nicht, dass ihm was passiert – der Dicke ist leider nicht zimperlich im Umgang mit ...“

Er ringt sichtlich um Fassung.

Inspektor Gomez sieht ihn nachdenklich an.

„Du könntest recht haben – da müsste sich was machen lassen. Eineiige Zwillinge ... wer rechnet denn mit so was? Christopher, würden Sie sich zutrauen, uns, das heißt die Polizei, zu begleiten?“

Katharina übersetzt Raouls Plan, ebenso die Frage des Inspektors. Christopher nickt, entschlossen zustimmend.

„Wenn ich in irgendeiner Form helfen kann, meinen Bruder zu finden, dann ... Was muss ich tun?“

Felipe, der die ganze Zeit zugehört hat, meldet sich.

„Alessandro ist auch mein Bruder, ich will ihn auch wiederhaben – ich komme mit, schon weil ihr mich als Dolmetscher braucht. Mein Deutsch ist zwar lausig, aber mit Englisch müsste es klappen – Christopher, dein Englisch klingt passabel. Also Christopher und Raoul und ich und Inspektor Gomez und ein Rudel Polizisten ...“

„Können meine Frau und ich nicht auch in irgendeiner Weise ...?“

Gomez überdenkt Alfredos Frage, nickt dann zustimmend und winkt die ihn begleitenden Beamten wieder zu sich heran.

„Wir müssen vor allem die Zeit im Auge behalten. Wie spät ist es? Fast neunzehn Uhr ...“

Er wendet sich an Raoul.

„Was ist deiner Erfahrung nach die beste Zeit, die Clubs abzuklappern? Mitternacht? Ich werde polizeiliche Verstärkung anfordern, für den Fall, dass es brenzlig wird – wir dürfen keine Fehler machen.“

Er wendet sich an Herrn und Frau de Souza.

„Würden Sie eventuell ab ca. elf Uhr mit Ihrem Gast aus Deutschland – er deutet auf Harald Wegener – „ein Vorauskommando bilden und unauffällig die Lage prüfen? Ein bisschen durch die Clubs schlendern, die Leute beobachten, schauen, wer wo aus- und eingeht und uns sofort informieren, wenn Ihnen etwas verdächtig erscheint? Mein *Celular* wird die ganze Zeit eingeschaltet sein. Und ..."

Plötzlich wird die Türe wieder aufgerissen.

„Chef, eine neue Nachricht!"

Der Büromitarbeiter kommt atemlos in die Halle gestürzt.

„Ein zweites Schreiben – auch das sah aus wie ein ganz normaler Geschäftsbrief, sonst hätte ich mir nie erlaubt, ihn zu öffnen – bitte lesen Sie ... *pobre Alessandro.*"

Alfredo nimmt mit spitzen Fingern das Schreiben entgegen, wird blass, liest laut:

3.00 Uhr, 1. Telefonzelle neben Toiletten am Hauptbahnhof,
500.000 US $ in blauem Rucksack
weitere Anweisungen folgen
Keine Polizei !!!!!!!

Inspektor Gomez nimmt ihm den Zettel behutsam und mit spitzen Fingern ab.

„Vorsicht – wegen eventueller Fingerabdrücke! Also das ist eine veritable Erpressung, diese Schweine – aber wir müssen darauf eingehen. 3.00 Uhr am Hauptbahnhof, jetzt haben wir wenigstens ein konkretes Ziel ... Senhor de Souza, kriegen sie die Summe so schnell zusammen? Und würden sie sie überhaupt zahlen wollen? Natürlich nur zum Schein – ich werde an jeder Ecke bis an die Zähne bewaffnete Polizisten aufstellen lassen – wir müssen diese Bande endlich schnappen, und ..."

Er unterbricht seine Überlegungen und geht sichtlich nervös auf und ab.

„Nein, Ihre Frau und Sie und dieser Deutsche müssen hierbleiben, schon um die weiteren Anweisungen abzuwarten. Außerdem brauchen wir eine Infozentrale, eine Kontaktadresse – bei Ihnen laufen alle Fäden zusammen – und Sie sollten zu Hause sein, wenn Alessandro freikommt – er braucht vertraute, familiäre Gesprächspartner, wenn er von seiner Adoption und vor allem von seinem Zwillingsbruder erfährt. Mann o Mann, der wird Augen machen."

Alfredo nimmt seine weinende Frau in den Arm.

„Beruhige dich, es wird alles gut werden. Ich rufe jetzt meine Bank an. Felipe, haben wir einen blauen Rucksack? Fernanda, machen Sie etwas zu essen für uns alle und kochen sie ausreichende Mengen Kaffee – Gomez, wir haben viel zu besprechen – es scheint eine lange und nicht ungefährliche Nacht zu werden."

Harald Wegener bittet um die Möglichkeit, ein Telefongespräch mit seiner Mandantin in Deutschland führen zu dürfen.

„Christopher, möchtest du deine Eltern ebenfalls informieren? Du könntest sie von meinem Büro aus anrufen?", fragt Alfredo de Souza.

Christopher überlegt, ehe er antwortet.

„Nein, noch nicht. Sie wissen, dass wir gut gelandet sind, sie haben mir rührend zum Geburtstag gratuliert, aber dass mein Bruder momentan vielleicht das Opfer einer Entführung ist und – nein, das kann ich speziell meinem Vater nicht zumuten. Er ist nicht mehr so gesund und ... ich werde morgen mit ihnen sprechen, wenn hoffentlich alles gut gelaufen ist."

20

„Dahlmann, pack bitte unsere Koffer, mein Enkel Alessandro ist offenbar entführt worden, Dr. Wegener hat mich soeben informiert. Wir nehmen den nächsten Flug nach Sao Paulo ... du kommst mit.“

Dahlmann ist entsetzt. Zunächst bringt sie kein Wort heraus, aber ihr Verstand beginnt zu arbeiten, nachdem die Fürstin ihr den Inhalt des Telefonates mitgeteilt hat. Die Sorge um ihre Chefin gibt ihr den nötigen Mut, heftig zu widersprechen.

„Fürstin, das ist keine gute Idee, nein, dieser Gedanke ist absolut abwegig. Nicht nur, weil die dortige Situation momentan viel zu unsicher ist – die de Souzas und auch Christopher sind in äußerster Spannung – Sie könnten gar nicht helfen und stünden nur im Weg – und so schnell bekommt man auch keinen Flug nach Sao Paulo. Und ob Dr. Mittmann damit einverstanden ist, dass Sie sich einer solchen Strapaze unterziehen, ist mehr als fraglich. Überhaupt: Wenn Sie dort ankommen, ist hoffentlich alles wieder im Lot und ... nein, Sie haben hier genug zu planen und zu organisieren. Wenn Dr. Wegener das nächste Mal anruft, müssen Sie ihm sagen, dass Sie die Entwicklung der Dinge hier vor Ort abwarten – aber er soll Sie natürlich telefonisch auf dem Laufenden halten.“

„Aber ich könnte doch ...“

„Sie könnten leider gar nichts,“ unterbricht Dahlmann die Einwände ihrer Chefin. „Bedenken Sie – jeder dort ist viel zu sehr mit dem Fall beschäftigt. Und wenn alles gut geht und dieser Alessandro freikommt, dann wird der arme Junge sich vorrangig mit der Tatsache auseinandersetzen müssen, dass er ein Adoptivkind ist, weil man es ihm leider immer noch nicht gesagt hat. Und dass zudem plötzlich aus dem Nichts ein Zwillingsbruder auftaucht, macht die Sache noch komplizierter. So viele Neuigkeiten auf einmal emotional zu verkraften ist auch für einen hoffentlich robusten jungen Mann nicht einfach. Vermutlich hat er aktuell dann auch noch die bedrohlichen Umstände seiner Entführung zu verarbeiten – und in *dem* Zustand einer vom Himmel gefallenen deutschen Großmutter gegenüber stehen zu müssen, die womöglich erwartet, auf der Stelle liebevoll umarmt zu werden – nein, Fürstin, und nochmals nein."

Dahlmann wird energisch.

„Schlagen Sie sich einen Flug nach Brasilien aus dem Kopf – Sie und ich, wir werden hier auf Ihre Enkel warten. Die dortige Polizei wird den Fall zu einem guten Ende bringen, da bin ich sicher. Lassen Sie uns lieber schon mal überlegen, welche Gemächer ich für die jungen Männer vorbereiten soll, für den Fall, dass Dr. Wegener Alessandro davon überzeugen kann, seine Großmutter hier in Deutschland zu besuchen, um sie kennenzulernen."

Die Fürstin versucht zu widersprechen, aber Dahlmann lässt ihr keine Möglichkeit.

„Und irgendwann, wenn man den beiden – hoffentlich behutsam – die tragischen Hintergründe ihrer Adoption erläutert hat, werden sie wohl auch nach einem leiblichen Vater fragen, und den haben wir im Grunde ja auch noch nicht. Überhaupt müssen wir überlegen, wie, wann und ob Baron von Gliesen ins Gespräch zu bringen ist. Dr. Wegener als Rechtsanwalt wird eine Menge zu tun bekommen."

Agnes Dahlmann legt der Fürstin fürsorglich ein wollenes Umschlagtuch um die Schulter und schiebt sie mit sanfter Gewalt zur offenen Terrassentür.

„Es ist so vieles zu bedenken, zum Verreisen haben wir gar keine Zeit. Ich werde uns jetzt etwas Gutes kochen und Sie gehen derweil in den Garten und machen einen Spaziergang. Weiß eigentlich der alte Wegener schon, weshalb sein Sohn in Ihrem Auftrag in Brasilien ist? Irgendwann sollte auch er es erfahren. Nur, den richtigen Zeitpunkt dafür zu finden, wird nicht so einfach sein ..."

Widerwillig, obwohl sie noch mehrere Bedenken anführen möchte, lässt die Fürstin sich schließlich überzeugen, von einem Flug nach Sao Paulo abzusehen. Insgeheim gibt sie ihrer Haushälterin recht. Wem würde es nützen, wenn sie diese Reise anträte? Wem würde sie in der Tat helfen können? Käme sie sprachlich überhaupt zurecht? Mit dem bisschen Englisch, das sie aus ihrer Schulzeit im Gedächtnis behalten hat? Spricht man in Sao Paulo nicht überhaupt portugiesisch? Und wenn die Entführung nicht so verliefe, wie alle es sich wünschen und erhoffen? Nicht auszudenken!

„Nein, Dahlmann ist wieder einmal die Klügere von uns beiden," gesteht sie sich ein. „Wenn ich die nicht hätte! Die hat mir seinerzeit der Himmel geschickt."

Sie zieht das wollene Tuch enger um ihre Schultern und will eben tiefer in den Garten gehen, um die beunruhigenden Nachrichten von Harald Wegener zu überdenken, als sie Motorengeräusch vernimmt. Offenbar ist vor dem Haupteingang ein Wagen vorgefahren. Um diese ungewöhnliche Zeit? Kommen die Immobilienhaie, vor denen Charlotte sie gewarnt hatte, jetzt auch zu ihr? „Hoffentlich ist Dahlmann so geschickt und wimmelt sie ab ... ich muss mich jetzt auf anderes, Wichtigeres konzentrieren."

„Henriette, Schwesterherz, wo steckst du? Lass dich überraschen ..."

Prinz Edwin kommt, mit ausgebreiteten Armen fröhlich rufend, über den Kiesweg auf sie zu gelaufen, bevor sie sich hinter der Eibenhecke unsichtbar machen kann.

„Den kann ich jetzt am allerwenigsten gebrauchen", geht es der Fürstin durch den Kopf, aber ihm zu entfliehen ist schon nicht mehr möglich.

„Schwesterherz, ich bin gerade geschäftlich in der Nähe und dachte mir, es sei eine günstige Gelegenheit, meiner einzigen Schwester mal eben Guten Tag zu sagen – aber, wie ich merke, hält sich deren Wiedersehensfreude in Grenzen."

Die Fürstin hat sich nur widerwillig von ihm umarmen lassen.

„Oh je, geht es dir immer noch nicht gut? Immer noch am Trauern? Aber du siehst blendend aus – ich bin sprachlos – hast du dir einen Liebhaber zugelegt? So hübsch werden Frauen nur durch eine neue Liebe – Mensch, Henriette, du haust mich um. Was ist passiert? Erzähl schon!"

„Erzähl du erst einmal, was du wieder angestellt hast, dass du plötzlich Familiensinn bekommst und mich besuchst? Wie hoch hast du dich dieses Mal verzockt?"

Prinz Edwins Dauerlächeln ist mit einem Schlag aus seinem Gesicht gewichen.

„Du bist eine harte, gefühlskalte Frau geworden, Henriette. So warst du nicht immer. Ich will dir zugutehalten, dass mehr als dreißig Jahre Ehe mit einem notorischen Erbsenzähler und Geizkragen auf dich abgefärbt haben, und Claudias Tod hat dir den Rest gegeben, aber dass du jetzt eine solche Kälte abstrahlst, erschreckt mich einigermaßen. Ich komme mit den besten Absichten hierher und werde sofort mit einem Kübel Eiswasser überschüttet? Henriette, was ist los mit dir?"

Die Fürstin hat ihm den Rücken gekehrt und sieht in den

blühenden Garten. Den Kopf nur halb über die Schulter gewendet, fragt sie:

„Edwin, was willst du? Ich kenne dich zu gut, um dir irgendwelche guten Absichten unterstellen zu können. Aber nun, vielleicht hast du recht und ich bin in der Tat in Bezug auf dich und das, was du ‚deine Geschäfte' nennst, etwas hellhörig geworden. Wechseln wir das Thema ..."

Sie nimmt die Schärfe aus ihrer Stimme und fragt im Plauderton: „Wie kommst du mit meinem Wagen zurecht?"

„Komm, sieh ihn dir an. Er ist der Grund dafür, weshalb ich hier bin – neben meiner Sehnsucht nach dir natürlich. Dein Schlitzohr von Autoverkäufer muss seinerzeit die Mentalität eines Rosstäuschers gehabt haben, als er euch die Kiste angedreht hat. Der Wagen soll eine technische Neuentwicklung sein? Dass ich nicht lache – ein typischer Montagsmurks ist das, jedenfalls ist der Motor mit seinen angeblich nur 60 000 gelaufenen Kilometern hin. Der Typ hat euch nach Strich und Faden übers Ohr gehauen. Ich fahre gleich zu ihm, bin schon angemeldet, möchtest du mitkommen und dir seine Ausreden anhören? Der muss Ersatz leisten, ein solches Geschäftsgebaren lassen wir uns nicht bieten. Wenn der damals gedacht hat, er könnte dem Fürsten Wallburg eine untaugliche Krücke unterjubeln, weil er und seine Frau von Autos sowieso keine Ahnung haben, dann kann er mich aber kennenlernen. Komm, fahr mit, steig ein, oder traust du dich nicht?"

Die Fürstin, innerlich vor Wut zitternd, winkt ab. Sie ist felsenfest davon überzeugt, dass Kamphues, der Autohändler, ihnen als langjährigen Kunden nie und nimmer ein unausgereiftes Modell empfohlen hätte. Fürst Raimund und sie hatten von Anfang an bei ihm gekauft. Schon der Seniorchef hatte dem Fürstenhaus Wallburg die Autos geliefert und sie gewartet, als Raimund noch jung war und selber fuhr. Und der

Sohn hatte, der Tradition entsprechend, den Betrieb und die Handwerkerehre seines Vaters übernommen. Und nun soll sie Zeugin eines arroganten, überheblichen Auftritts ihres zwielichtigen Bruders werden? Die Peinlichkeit, sich in Grund und Boden schämen zu müssen, wird sie sich ersparen. Mit zwei großen Schritten sorgt sie für Distanz zwischen sich und dem Bruder.

„Nein, Edwin, diese Suppe wirst du alleine auslöffeln müssen –Kamphues wird sofort erkennen, was mit dem Wagen nicht stimmt, ob der Motor überdreht wurde oder was weiß ich ... Du wirst mit deinen Vorwürfen Schiffbruch erleiden und dich blamieren. Kamphues ist grundehrlich, dazu als Automechaniker immer auf dem neuesten Wissensstand der Technik – zudem waren seine Rechnungen immer sehr maßvoll."

Prinz Edwin unterbricht sie mit einem spöttischen Lachen.

„Rechnungen? Glaubst du wirklich, dass in diesem Fall von einer Rechnung überhaupt gesprochen werden wird? Henriette, auf welchem fernen Stern lebst du? Ein kaputter Motor nach nur 60 000 Kilometern? Das ist ein Fall für die Garantie."

Henriette sieht ihren Bruder spöttisch lächelnd an.

„Du rechnest doch nicht allen Ernstes damit, dass du nach 60 000 gefahrenen Kilometern noch Garantieansprüche stellen kannst? Jetzt frage ich *dich*, auf welchem Stern du lebst? Der Wagen ist zwar in der Tat neuwertig – Raimund ist immer sehr sorgsam mit seinen Autos umgegangen – aber er ist immerhin sechs Jahre alt ... und nach sechs Jahren erwartest du, ein Motorschaden fiele noch unter die Garantie? Edwin, ich kenne deinen Fahrstil – entweder bist zu hochtourig gefahren oder warst zu faul oder zu geizig, Öl nachzufüllen, oder ..."

Edwin lacht sie aus.

„Willst du mir etwa erzählen, du hättest neuerdings Ahnung von Autos? Schwesterherz, mach dich nicht lächerlich!

Du als Landei würdest natürlich sofort dein Scheckheft ziehen und zahlen, aber ich? Oh nein, von mir wird dein ehrenwerter Kamphues keinen müden Cent bekommen. Aber – da wir gerade von Geld sprechen ..." Edwins Tonfall wird versöhnlich, einschmeichelnd. Wieder versucht er, Henriette vertraulich einen Arm um die Schulter zu legen: „Wie wäre es, wenn du mir vorab – ich meine, bevor du mit den Füßen voraus aus diesem Haus getragen wirst – schon mal ein paar deiner Wertpapiere überschreiben würdest?"

Henriette hat seine Umarmung abgeschüttelt. Nun versucht Edwin, sich bei ihr einzuhängen.

„Komm, gehen wir ein paar Schritte – weißt du, eines Tages bekomme ich deine Aktien ja ohnehin, weil du leider mit dem Tode von Esther und Claudia außer mir keine weiteren blutsverwandten Erben mehr hast. Und selbst für den Fall, dass du irgendwelchen Betschwestern oder Pfaffen auf den Leim gehen solltest und alles der Kirche vermachst – ein Pflichtanteil steht mir zu, und den könntest Du eigentlich ruhig schon jetzt lockermachen. Ich bin etwas klamm momentan, warte auf Außenstände, aber die Zahlungsmoral einiger Zeitgenossen lässt immer mehr zu wünschen übrig, es ist eine Schande."

Henriette ist stocksteif stehengeblieben. Edwin greift sich mit zwei Fingern in den Kragen, um ihn etwas zu lockern. Er lächelt seine Schwester verschwörerisch an.

„Und für den Fall, dass du keinen Überblick hast, was dein Wertpapierdepot anbetrifft – ich könnte dir helfen und ..."

„Danke, das reicht." Die Fürstin, bemüht, ihre Beherrschung nicht zu verlieren, unterbricht den Redeschwall des Bruders.

„Edwin, du redest dich mit jedem weiteren Wort um Kopf und Kragen, merkst du das nicht? Bist du schon so tief gesunken, dass dir jedes Gespür für Anstand abhandengekommen ist? Du, ausgerechnet du kritisierst die sinkende Zahlungsmoral deiner Geschäftspartner? Dass ich nicht lache! Du unterstellst meinem Autohändler krumme Touren? Bei deinem letzten Besuch hast du meinen treuen Verwalter Bovermann der Unredlichkeit bezichtigt." Sie erhöht ihr Sprechtempo, um dem Bruder die Möglichkeit eines Einwandes zu nehmen.

„Ganz abgesehen davon, dass du dir in demselben Gespräch angemaßt hast, mir einzureden, ich solle aus Gründen der Rentabilität meinen langjährigen Gärtner aufs Altenteil abschieben. Heute wagst du es, meinen Mann einen Erbsenzähler und Geizkragen zu nennen, nur weil er mein Erbe mit Umsicht verwaltet hat, während du deines großkotzig versemmelt hast? Und traust dich jetzt sogar, mich mit vorzeitigen Erbansprüchen zu belästigen? Ich fasse es nicht."

Sie hat sich wütend das Tuch von den Schultern gerissen und versucht, es ihm um die Ohren zu schlagen, mäßigt sich aber rechtzeitig.

„Von mir wirst du weder heute noch nach meinem Tode Bargeld oder Wertpapiere bekommen, meine Familienverhältnisse haben sich nämlich grundlegend geändert, um nicht zu sagen – sie haben sich grundlegend *verbessert.*"

Sie sieht ihn voller Verachtung an.

„Ich bin nämlich Großmutter zweier erwachsener Enkel, brauche mir also nicht mehr den Kopf darüber zu zerbrechen, wem ich Wallburg eines Tages vermachen werde. Entsprechende juristische Schritte wurden bereits eingeleitet und von einem Pflichtanteil für einen mittellosen Bruder mit kriminellen Talenten steht nichts im Gesetz. Ich ersuche dich also, ein für alle Male zu verschwinden und Wallburg nie mehr zu betreten."

Sie dreht sich ab, um ins Haus zu gehen, aber Edwin stellt sich ihr in den Weg.

„Du hast zwei Enkel?", fragt er, misstrauisch lauernd.

„Nun, das Alter einer würdigen Großmutter hast du ja inzwischen, aber wie kommt man so mir nichts dir nichts an zwei Enkel?"

Die Fürstin sieht ihm spöttisch lächelnd geradewegs ins Gesicht.

„Es geht dich zwar im Grunde nichts an und ich werde Dir Details ersparen, aber so viel sollst du wissen: Claudia hat aus einer früheren Beziehung zwei Söhne, von denen wir erst kürzlich durch ein Schreiben in ihrem Nachlass erfahren haben. Einen von ihnen habe ich bereits kennenlernen dürfen – einen überaus sympathischen jungen Mann, dem ich Raimunds Titel und Schloss Wallburg mit Freuden überschreiben werde. Weitere Hintergrundinformationen brauchst du nicht. Und nun fahr bitte das Auto aus der Einfahrt und verschwinde."

Edwins Miene hat sich bedrohlich verfinstert.

„Claudia hat zwei Söhne aus einer früheren Beziehung? Sieh mal einer an – das sind ja wirklich Neuigkeiten! Diese raffinierte kleine Schlampe! Macht einen auf Unschuldsengel und treue Gattin und setzt ihrem Michael gleich einen doppelten Satz Hörner aufs adelige Haupt – und ihre Mutter hält *mir* einen Vortrag über Anstand und Sitte."

Der Fürstin schießen Tränen in die Augen.

„Entweder du bist in einer Minute auf Nimmerwiedersehen verschwunden, oder ich rufe die Polizei."

Edwin grinst höhnisch. „Meine Schwester ruft die Polizei – es wird immer besser. Pass du lieber auf, dass ich dich nicht als Hysterikerin in eine Klapsmühle einweisen lasse."

Er tritt wütend und unbeherrscht mit einem Fuß in den lockeren Kies und wirbelt ihn auf.

„Schon gut, schon gut, aber sei unbesorgt – das mit den angeblichen zwei Enkeln wird ein Nachspiel haben. Du meinst mich zu kennen? Henriette, du wirst mich kennenlernen, das verspreche ich dir – Hallo Dahlmann, na, wieder mal auf der Lauer gelegen und alles mit angehört? Nein? Dann wirst du es bald in sämtlichen bunten Blättern nachlesen können – das werden schöne, große Überschriften: ‚Fürstin Henriette von Wallburg von ihrem Bruder in Psychiatrie eingeliefert – tragisches Opfer einer noch unerforschten Form von Geisteskrankheit'".

Die Fürstin wendet sich endgültig zum Gehen. Sie hat trotz aller Verachtung für den Bruder ihren Gleichmut wiedergefunden und ruft ihm lächelnd nach:

„Grüß Kamphues von mir – das neue Auto, das er mir verkauft hat, macht mir viel Spaß – es trägt sogar dazu bei, meine Lebensfreude zu steigern. Übrigens: Für etwaige Reparaturkosten an deinem Auto komme ich nicht auf."

21

In der großen Halle der Familie de Souza sieht Inspektor Gomez zum wiederholten Mal ungeduldig auf seine Armbanduhr. Wieder und wieder wurde in den langen Stunden des Wartens das bevorstehende Eingreifen besprochen, mit dem man Alessandro befreien und den sogenannten „Dicken" zur Strecke bringen will.

„Was hat du gesagt- wann ungefähr beginnt normalerweise deine nächtliche – hm – Geschäftszeit?" Gomez tritt zu dem immer noch mit Handschellen an die Türklinke gefesselten Raoul, dem man inzwischen einen Stuhl hingeschoben hatte.

Dessen Antwort lässt auf sich warten.

Gomez reagiert gereizt.

„Es sollte dir klar sein, dass du verdammt tief in der Scheiße sitzt. Oder siehst du es anders? Nein, du siehst es nicht anders, weil du zwar einer dieser abgefeimten Dealer, aber kein Idiot bist."

Der Inspektor rückt die Riemen seines Pistolenhalfters zurecht, durchaus darauf bedacht, dass Raoul die Waffe sieht.

„Hier also mein Vorschlag noch einmal zur Güte: Dass du mit Konsequenzen rechnen musst, ist dir vermutlich klar, aber dass du deine Situation positiv beeinflussen kannst, wenn du dich heute kooperativ zeigst, doch wohl ebenso, oder?"

Raoul zuckt mit den Schultern, betrachtet seine gefesselten Handgelenke und nickt ergeben. Er räuspert sich.

„Okay, ich helfe Ihnen – nicht den Bullen – äh – der Polizei zuliebe, aber – verdammt – Alessandro darf nichts passieren. – Er ist aber auch so verdammt naiv – natürlich hab ich das ausgenutzt – was erwarten Sie von mir? Ich werde Ihnen helfen, ja, ja, – nein, keine Tricks.

„So ist es brav, guter Junge, ich werde es nicht vergessen zu erwähnen, wenn es zu deiner Verurteilung kommt – damit musst du allerdings rechnen. Du erzählst mir jetzt schön ausführlich, wie, wann und wo du abends deine Knete eintreibst und wie wir am besten vorgehen, um unserem gemeinsamen Lieblingsfeind auch ein Paar so stabile silberne Armbänder zu verpassen. Du meinst also, der neue äh – der neue Alessandro soll mitfahren? Gut, gut – ich habe mir deinen Vorschlag durch den Kopf gehen lassen und stimme dir zu – diese unfassbare Ähnlichkeit müssen wir ausnutzen – obwohl der Plan einige Risiken in sich birgt – es *darf* nichts schiefgehen, aber wir müssen verdammt nochmal den Dicken endlich zu fassen kriegen – sind schon zu lange hinter ihm her.“

Gomez reibt sich tatendurstig die Hände.

„So nahe waren wir ihm noch nie ... also: Wo erwischen wir das Schwein? Mach einen Vorschlag. Ich warte ...“

Raoul gibt einige fast jaulende Laute von sich.

„Verdammt ... ja, ich geb’s zu, ich habe Schiss – Alessandro ist schon unvorstellbar gutgläubig, aber dieser – wie heißt er noch? – dieser Christopher, sein Doppelgänger oder was immer der darstellt, der scheint ja noch weniger Ahnung vom wirklichen Leben zu haben – momentan mutig wie ein Frettchen, aber wenn es nachher drauf ankommt, scheißt er sich in die Hosen und pariert nicht mehr, weil er meint, er wisse es besser – Inspektor, ich kenne diese Weicheier, ich ...“

Gomez zieht ihn brutal von seinem Sitz hoch.

„Mir scheint, jetzt bist du es, der Fracksausen kriegt. Ihr

Dealer seid alle nur Maulhelden – wir haben das jetzt lange genug diskutiert: Christopher, du und Felipe – den braucht ihr als Dolmetscher – ihr fahrt ..."

„Wer fährt?", unterbricht Raoul. „Ich darf doch nicht – hab schon lange keinen Führerschein mehr – das ist ja überhaupt der Grund, warum ich mich seit Monaten von Alessandro herumkutschieren lasse ... also *ich* falle als Fahrer aus, Felipe hat vermutlich noch keinen Führerschein, und der neue Alessandro? Egal ob er fahren darf oder kann, der kennt sich in dieser verdammten Stadt doch überhaupt nicht aus – und wir brauchen einen möglichst ortskundigen Fahrer, müssen eventuell Schleichwege nutzen – also wer fährt?"

Gomez überlegt. „Ja, wer fährt?"

Er sieht zu seinen beiden Begleitern hinüber, die seit Stunden abwartend in der Nähe des Eingangs hocken.

„Nelson, bist du noch wach genug, um mit diesem Gauner Raoul, dem neuen Alessandro und seinem kleinen Bruder die Kneipen abzufahren und den Dicken zu kapern?"

Der mit Nelson Angesprochene steht sofort auf.

„Und ob ich wach bin! Den Dicken kapern? Chef, nichts lieber als das – endlich! Mit welchem Auto?"

Gomez stutzt. Das Polizeiauto braucht er selber ... Wäre ja auch viel zu auffällig. Alfredo de Souza mischt sich ein. „Ich kann ihnen eines zur Verfügung stellen, kein Problem."

„Gut, gut – dann fahrt ihr erst einmal nach Raouls Tipps zum ... wohin zuerst? Raoul, welches deiner verdammten Clubs nehmt ihr euch als erstes vor? Wo fängst du normalerweise an zu kassieren?"

Raoul zögert. „Heute bleibt mir wohl nichts erspart – jetzt muss ich der Polente auch noch meine Route offenlegen."

Wieder hebt er hilflos die Schultern und schüttelt die Handgelenke mit den ‚silbernen Armbändern'.

„Also gut – weil ich will, dass Alessandro heil davonkommt: Ich fange normalerweise im *Highlow* an – der Türsteher kennt mich – ist so was wie mein Kunde – und da lungern meistens auch die Bluthunde vom Dicken herum – die wissen nicht, dass ich sie kenne – die sind Kunden vom Dicken und sind aus mehreren Gründen von *ihm* abhängig – wenn sie verstehen, was ich meine."

Er hält sich einen Handrücken unter die Nase und schnüffelt ein paar Mal daran, die Hand seitlich wegziehend.

Gomez grinst verächtlich.

„Ja, wir verstehen was du meinst. Weiter!"

„Den Wagen muss man unauffällig um die Ecke herum parken – dann schlage ich vor, dass ich mit dem neuen Alessandro hineingehe und ziemlich schnell wieder herauskomme, weil – na ja, vermutlich gibt's ja wieder nichts zu kassieren, weil mein Kumpel mich derzeit hängen lässt, das ist ja der Grund meiner ganzen Misere. Wenn der nicht ..."

„Hör auf zu lamentieren – weiter."

„Wenn die Bluthunde vom Dicken mich mit dem neuen Alessandro gesehen haben, werden sie durchdrehen, denn eigentlich glauben sie ja, der de Souza sitzt irgendwo in einem der Verstecke des Dicken – und dann informieren sie ihren Chef und – ich garantiere Ihnen, die machen irgendwelche Fehler, da bin ich mir sicher. Der Dicke hat nämlich nur Leute in seiner Mannschaft, die schon von Natur aus unterbelichtet sind, und durch seine ‚guten Gaben' werden die noch dumpfer. Aber eventuell müssen wir weiterfahren ins *Heaven* ... das liegt weiter außerhalb – und auch da wird er seine Leute hinbeordert haben, weil er ja auf der Jagd nach mir ist und weiß, dass ich auf Knete warte ..."

Raoul seufzt.

„Verdammt – ich sitze gleich doppelt in der Scheiße – der

Dicke hat mich im Visier und die Polente ... die kann sich schon jetzt die Hände reiben."

Gomez versucht ihn zu trösten, seine Stimme trieft vor Spott.

„Du wirst später in deiner Zelle genug Zeit zum Weinen haben, jetzt reiß dich zusammen – weiter im Text!"

Raoul versucht, sich trotz der hinderlichen Handschellen den Schweiß von der Stirn zu wischen. Ganz offensichtlich hat er Angst.

„Inspektor, kann ich mich darauf verlassen, dass ihre Leute immer in der Nähe sind und aufpassen? Ich möchte ungern von dem Dicken in die Mangel genommen werden, dann schon lieber von Ihren Kollegen, notfalls ..."

Gomez wird ungeduldig.

„Auch wenn bei euch immer von ‚Ganovenehre' gequasselt wird – verlass dich drauf: In unseren Kreisen hält man eher Wort. Und meine Mannschaft ist nicht permanent von dem Stoff benebelt, mit dem ihr Verbrecher eure Kohle macht – ich könnte kotzen, wenn ich nur dran denke. Und wie geht's weiter? Ich stell es mir so vor: Du gehst mit Alessandro rein in den Schuppen, die Bluthunde des Dicken werden euch sehen, dann kommt ihr wieder raus, mit oder ohne Knete, ihr steigt wieder zu Nelson in den Wagen und fahrt weiter – wir fahren in einigem Abstand mit Sirenengeheul hinter Euch her. Die Bluthunde werden auf der Stelle ihren Boss informieren, dass sie dich in Begleitung des vermeintlichen Alessandro gesehen und dass wir euch auf den Fersen sind – wow! Der oberschlaue Dicke wird nervös werden – das hast du selber ja schon angedeutet – und fährt mit seinen Bluthunden in Panik zu dem Versteck – und meine Leute werden ihm folgen, darauf kannst du dich verlassen. Hinter jeder verdammten Ecke dieser verdammten Stadt wird eines unsere Autos stehen – und meine

Jungs sind total heiß darauf, den Dicken endlich zu packen. Ich werde sie mit meinem *Celular* – nicht über Funk, den könnten sie ja abhören – ständig über unsere Route auf dem Laufenden halten, und ..."

Raoul unterbricht ihn.

„Aber vielleicht fahren sie zuerst zum Bahnhof, um das Lösegeld abzuholen, und dann ..."

„Kluges Kerlchen," Gomez schlägt ihm anerkennend auf die Schulter „du denkst ja richtig mit – den neuen Alessandro als Doppelgänger einzusetzen war ja auch deine Idee – schade, dass du eines dieser Dealerschweine bist, wirklich schade – hättest sogar bei uns 'ne Chance gehabt. Aber sei unbesorgt, auch am Bahnhof werden unsere Jungs ihm auflauern. Dich werden wir auf das nächste Revier bringen, da bist du für die nächste Zeit auch vor dem Dicken in Sicherheit, und den alten sowie den neuen Alessandro liefern wir zusammen mit Felipe bei Papa und Mama de Souza ab und kriegen einen Orden für Familienzusammenführung, heißa!"

„Und das alles mit Handschellen?"

Der Inspektor grinst.

„Nein, die nimmt Nelson dir gleich ab – obwohl du sie dir verdient hast und sie dir wirklich gut stehen – na ja – kriegst sie ja wieder, wenn alles gut gelaufen sein wird – und wenn du inzwischen keine Dummheiten machst", fährt er mit drohendem Unterton in der Stimme fort.

„Wie spät ist es jetzt? Halb zwölf? Geh erst noch mal aufs Klo – Nelson wird dich dahin begleiten – komm also gar nicht erst auf dumme Gedanken. Und dann sollten wir langsam aufbrechen, damit du mit dem neuen Alessandro um zwölf Uhr im *Highlow* aufkreuzen kannst."

Dr. Wegener und Christopher haben ebenso wie Felipe und seine Eltern die ganze Diskussion zwischen Gomez und Raoul aufmerksam verfolgt, wobei die beiden Deutschen leider kein Wort der lebhaften, auf Portugiesisch geführten Unterhaltung verstanden haben. Felipe wendet sich auf Deutsch an Christopher.

„Komm, wir beide sollen mit Raoul und Nelson“ – er zeigt auf einen der Polizisten – „in einem von Papas Autos in die Stadt fahren. Ich werde dir unterwegs die ganze geplante Befreiungsaktion haarklein erklären. Der Inspektor und der andere Polizist werden uns in ihrem Polizeiwagen folgen. Meine Eltern und – wie heißt er? – Dr. Wegener? – also die bleiben hier und halten die Stellung. Und wenn alles wie geplant verläuft, lernst du noch diese Nacht deinen Zwillingsbruder kennen und ihr könnt zusammen euren zwanzigsten Geburtstag feiern. Oder ...“

Er sieht Christopher fragend an. „Ist dir die Sache doch zu brenzlich geworden und du steigst aus? Nein? Dann also los ... Fernanda, bereite uns inzwischen ein paar deftige Happen vor, Alessandro hat unter Garantie Hunger, wenn er kommt – und wir beiden auch.“

Auch Harald Wegener ist nun informiert; er nickt zustimmend.

Felipe fasst Christopher am Arm und will ihn eben zum Ausgang ziehen, als er plötzliche stehen bleibt und sich zu seinen Eltern umdreht. Katharina und Alfredo de Souza stehen eng umschlungen und mit sorgenvollen Gesichtern neben Harald Wegener und verfolgen die Szene hilf- und ratlos.

Felipe rennt auf sie zu.

„Mama, Papa“, – er umarmt sie –„wir bringen euch euren Alessandro zurück, versprochen. Überlegt euch inzwischen, wie ihr es ihm erklären wollt, warum wir plötzlich Besuch aus Deutschland haben und was das für ihn bedeutet. Herrje, bin ich froh, noch einen Bruder zu kriegen ... Christopher, komm, Verbrecher jagen.“

Katharina bricht in haltloses Schluchzen aus. Gomez, um einen zuversichtlichen Gesichtsausdruck bemüht, tätschelt ihr schüchtern den Arm. „Wird schon werden, Senhora, wird schon werden ...", und, mehr zu sich selber und mit abgewandtem Gesicht: „Einen Scheißjob hab ich mir damals ausgesucht!" Und zu seinem zweiten Begleiter gewandt: *„Gehen wir!"*

22

Inspektor Gomez gibt letzte Anweisungen, während sie auf das von Alfredo de Souza angebotene Auto warten. Eben fährt ein Mitarbeiter damit vor. Unter den sechs Männern, die sich auf die Jagd nach dem Dicken begeben werden, hat sich spürbare Spannung breitgemacht.

„Wir müssen versuchen, möglichst ohne Funk auskommen – die können uns jederzeit abhören. Nelson, ist dein *Celular* eingeschaltet? Gut – also du fährst, Raoul sitzt neben dir als Beifahrer, Felipe und Christopher setzen sich nach hinten. Wir fahren zuerst ins *Highlow,* wo Raoul und Christopher aussteigen und hineingehen – lässig und locker, so wie immer, nicht wahr, Raoul? Nelson und Felipe bleiben währenddessen im Wagen sitzen und warten. Möglichst nahe vor dem Eingang parken, damit euch viele Leute sehen, besonders die Bluthunde vom Dicken – keine Angst, meine Leute sind überall, und auch Pasquale und ich haben euch immer im Blick – wir parken in eurer unmittelbaren Nähe."

Er bedeutet Felipe, das rückwärtige Fenster herunterzukurbeln.

„Und von euch beiden möchte ich keine Eigenmächtigkeiten erleben – verstanden? Egal wie es abläuft – die Kommandos gebe ich oder notfalls einer meiner Männer – dies ist ein Fall für Profis. Und dasselbe", er wendet sich an Raoul, der auf dem Beifahrersitz Platz genommen hat und sich die offenbar juckenden Handgelenke reibt, an denen die ‚silbernen Armbänder' Druckstellen hinterlassen haben, „gilt auch für dich. Keine Extratouren oder Tricks – leuchtet das ein? Du weißt, was für dich auf dem Spiel steht. Du hast in deinen jungen Jahren schon genug Mist gebaut – die Entscheidung, wie und wo sich der Rest deines weiteren Lebens abspielen wird, hast du heute vielleicht letztmalig selbst in der Hand – nutze die Chance – verstehen wir uns?"

Raouls einziger Kommentar ist ein resigniertes Kopfnicken.

Nelson wirft den Motor an, der Wagen rollt langsam über den Hof; der Polizeiwagen folgt ihm.

Harald Wegener hebt Abschied winkend die Hand. Katharinas zuckende Schultern verraten einen Weinkrampf, ihr Mann nimmt sie in den Arm und zieht sie zurück ins Haus.

Die beiden Autos erreichen nach kurzer Zeit die Hauptstraße und fädeln sich in den ruhig fließenden Verkehr ein. Die Ziffern der Uhr am erleuchteten Armaturenbrett wechseln mit unhörbarem, sanftem Ruck auf 23.56 Uhr.

Sie fahren schweigend durch eine mondlose Nacht, nur Raoul gibt knappe Anweisungen, die Route betreffend. Schließlich versucht Felipe, den Gast aus Deutschland in ein Gespräch zu verwickeln.

„Bei euch in Berlin ist um diese Zeit sicher mehr los?"

Christophers Antwort fällt knapp aus.

„Tja, Berlin ist eine Großstadt, da läuft der Verkehr mehr oder weniger die ganze Nacht." Und nach einer Weile: „Erzähl mir was über meinen – über meinen Bruder – wie ist er – ich meine, was für ein Typ ist er?"

Felipe sieht nachdenklich hinaus in die Dunkelheit.

„Tja, wie ist Alessandro? Über meinen großen Bruder habe ich mir eigentlich nie besonders Gedanken gemacht. Er gehört einfach zu meinem Leben – er ist zwar Mamas Liebling, so wie ich vielleicht enger mit meinem Vater verbunden bin, aber – das ist irgendwie normal, oder nicht?“

Christopher sucht ein wenig ratlos nach einer Antwort.

„Was soll ich dazu sagen – ich hatte nie einen Bruder.“

„Ach ja, das hatte ich vergessen – also wenn du mich so direkt fragst und zum Überlegen zwingst: Alessandro ist ein fabelhafter Bruder – obwohl wir uns – glaube ich – im Wesen nicht sehr ähneln. Ich bin im Gegensatz zu ihm ein richtiger *fazendeiro.* Und Sandro? – Nein, der ist kein Farmer – er interessiert sich nur für Kleinlebewesen, mehr so wissenschaftlich – wird wohl Biologie studieren wollen, aber ...“

Er holt tief Luft. „Wir sind einfach Brüder. Dass er nicht mein Blutsbruder ist, habe ich erst heute erfahren, aber das spielt für mich keine Rolle. Nur wenn ihr ihn uns jetzt wegnehmen würdet – ich meine, wenn jetzt nur noch *du* sein Bruder wärst und ich bliebe hier als Einzelkind zurück, dann ...“

Christopher winkt ab.

„Keine Sorge, daran denkt niemand, auch die Fürstin nicht, die ja neuerdings meine und seine Großmutter ist und uns eines Tages ihren Titel und ihren Besitz vererben will, wobei ich nicht weiß, wie groß der Besitz ist, und auf den Titel kann ich sowieso verzichten. Aber sie hat außer uns keine Verwandten, nur einen etwas zwielichtigen Bruder, dem sie aber nichts vererben möchte. Im Übrigen – du hast Alessandro ja nun fast sechzehn Jahre als Bruder gehabt, da könntest du ihn mir – oder uns – ruhig dann und wann mal für ein paar Wochen ausleihen. Das fände ich nur fair. Bislang war nämlich *ich* ein Einzelkind – ich habe zwar fabelhafte Eltern, aber einen Bruder zu haben, das stelle ich mir schon toll vor – wow!“

Er seufzt und streicht sich mit einer energischen Bewegung das Haar aus der Stirn.

„Aber jetzt müssen wir ihn ja erst einmal finden.“

Der Wagen hält plötzlich in einer ziemlich dunklen, aber durchaus belebten Straße.

„Sind wir schon da? Ist das das *Highlow*? Sieht ja nicht gerade nach einem Schickimicki-Schuppen aus. Und da muss ich jetzt rein mit diesem – diesem Raoul? Um ehrlich zu sein, mir ist ziemlich mulmig zumute, wenn du verstehst, was ich sagen will."

Raoul, der seinen Namen gehört hat, dreht sich zu ihm um. „Genau, da gehen wir beide jetzt rein, ich gehe vor, du dackelst hinterher. Der Türsteher kennt mich – und dich auch, das heißt: er kennt Alessandro. Wenn er dich aus irgendeinem Grunde anquatschen sollte – der spricht nur Portugiesisch – dann tu einfach so, als ob du ihn wegen des Höllenlärms der Musik nicht verstehst."

Er zeigt plötzlich auf einen mageren, halbwüchsigen Jungen, der im Scheinwerferlicht einer matten Straßenlaterne steht.

„Verdammt, da ist schon einer von den Bluthunden – ein Bluthündchen sozusagen: Der kleine, schmächtige Typ da – das ist einer von ihnen – Michele, eine arme Sau, noch keine achtzehn Jahre alt und vom Wesen her ein scheues Häschen, aber der Dicke hat ihn schon von sich abhängig gemacht – der sieht so harmlos und noch fast kindlich aus, aber er würde dich ohne mit der Wimper zu zucken abmurksen, wenn er auf Entzug wäre – so weit lässt der Dicke es allerdings nicht kommen, weil er ihn braucht und deshalb regelmäßig füttert – keine Angst, jetzt tut er uns nichts – *vamos lá – Sorria, sorria!*"

Felipe hat dem nun doch ängstlich zögernden Christopher das Wichtigste übersetzt, besonders die letzten Worte: „Gehen wir, lächeln, lächeln ..."

Sie steigen aus. Raoul gibt sich entspannt und in blendender Laune, lacht unbekümmert und selbstbewusst, legt Christopher freundschaftlich einen Arm auf die Schulter – dem klopft das Herz bis zum Hals. Sie schlendern an ein paar Halbwüchsigen vorbei, die vor dem Eingang herumlungern, grüßen lässig, betreten das düstere Lokal mit der ohrenbetäubenden Musik, die aus mehreren Riesenlautsprechern dröhnt – Christopher sieht, wie Raoul mit jemand spricht – dem Geschäftsführer? Ihm offenbar eine Frage stellt, der Mann schüttelt verneinend den Kopf – und schon stehen sie wieder im Halbdunkel der Straße.

Raoul bedeutet Christopher mit einer lässigen Handbewegung, wieder ins Auto zu steigen, als plötzlich ein seltsamer, hoher Schrei zu hören ist. Raoul knallt die Wagentür hinter sich zu und drückt den Knopf für die Zentralverriegelung. Ehe Nelson den Wagen anlassen kann, taucht das angstverzerrte Gesicht des mageren Jungen, den Raoul eben als das ‚Bluthündchen' bezeichnet hatte, vor Alessandros rückwärtiger Scheibe auf. Mit weit aufgerissenen Augen, den Mund zu einem unhörbaren Schrei geöffnet, schlägt er zunächst mit der flachen Hand mehrfach gegen das Glas, starrt Christopher ungläubig an und beginnt auf einmal, sich mit der anderen Hand zu bekreuzigen, immer und immer wieder. Während seine Lippen irgendwelche Laute bilden, weicht er plötzlich wie vom Blitz getroffen zurück und fällt, sich immer weiter bekreuzigend, neben dem Wagen auf die Knie.

Christopher kann nur noch flehen: „Fahr los, fahr endlich los ..."

Ein paar der vor der Kneipe Wartenden haben sich nach dem ‚Bluthündchen' umgedreht, beobachten die Szene und beginnen zu lachen, während Michele, stocksteif und wie erstarrt, dem abfahrenden Auto hinterher sieht. Ehe sie um die nächste Ecke biegen, nimmt Christopher gerade noch wahr, dass der Junge ein *Celular* aus der Hosentasche zieht und beginnt, nervös daran herumzufingern.

Raoul grinst höhnisch. „Der hat's geschluckt – der braucht heut noch 'ne Extradröhnung vom Dicken, um den Schock zu überwinden – da wird auch die angeflehte Madonna kein Wunder wirken können."

Er dreht sich zu Christopher um.

„Alles okay? Dann fahren wir weiter zum *Heaven* ... da ist immer meine zweite Station ... der Junge wird jetzt seinem Chef Bescheid geben, dass er mich und den vermeintlichen Alessandro gesehen hat – wenn ihn bis dahin nicht der Schlag getroffen hat. Also weiter ..."

Felipe übersetzt, Christopher nickt ergeben.

Nelson vergewissert sich mit einem Blick in den Rückspiegel, dass Gomez und Pasquale ihnen folgen.

„War's schlimm?" Felipe wendet sich besorgt an Christopher, der kreidebleich in sich zusammengesunken ist. „Schaffst du es, weiterzumachen?"

Christopher schweigt zunächst, nickt aber zustimmend.

„Im Fernsehen sieht das alles immer nur spannend und fast witzig aus – man zieht sich die ekligsten, schlimmsten, blutrünstigen Szenen zur Unterhaltung rein – aber so etwas live zu erleben ... besten Dank! Ich glaube, ich muss mich übergeben ... Nein, machen wir erstmal weiter – ich will endlich meinen Bruder kennenlernen."

Raoul unterbricht ihn.

„Besser, du verschiebst das mit dem Kotzen auf später – weiter, zum *Heaven* – wir nehmen die Abkürzung ..."

Er leitet Nelson durch das Straßenlabyrinth von Sao Paulo.

Felipe legt einen Arm um Christopher und klopft ihm kumpelhaft auf den Rücken.

„He, du machst das sehr gut – bravo. Aber es wird sich lohnen, wir werden Alessandro finden, wir *müssen* ihn finden – ich hab es meinen Eltern versprochen ... mach jetzt nicht schlapp – deine Ähnlichkeit mit Alessandro gibt uns eine reelle Chance – Mann, so was von ähnlich, das hab ich nicht für möglich gehalten. Bis jetzt sind alle darauf reingefallen – obwohl Alessandros Locken meistens etwas länger sind, trotz der Hitze. Ist es bei euch in Berlin auch manchmal so heiß?"

Wieder mischt Raoul sich ein.

„Ich fass es nicht – jetzt reden die auf Englisch über unterschiedlich lange Locken! Könntet ihr euch bitte mal für einen Augenblick der momentan brenzligen Situation widmen und ein paar gute Ratschläge von mir annehmen? Dann hört gut zu."

Er schüttelt wütend die geballten Fäuste.

„Dieser Michele wird jetzt den Dicken herbeizitieren und ihm seine ‚himmlische Erscheinung' schildern – keine Ahnung, wie der reagieren wird. Ob er ihn für verrückt erklärt? Schließlich halten sie Alessandro noch in seinem Versteck fest. Vielleicht denkt er, er hätte seinem „Bluthündchen" die falsche Dosis verabreicht, der Sauhund."

Er lässt eine Tirade unflätigster Obszönitäten los, unterbricht sich nur, wenn Nelson sich nach dem weiteren Verlauf der Route erkundigt.

„Ich geh davon aus, dass es so ähnlich wie im *Highlow* ablaufen wird, aber es kann auch anders kommen. Jedenfalls wird Michele auch die anderen Bluthunde im *Heaven* informieren – und die sind bis an die Zähne bewaffnet. Vielleicht ist es besser, wenn ich zuerst einmal alleine reingehe und du wartest beim Auto auf mich – aber so, dass man dich sieht. Das sähe sehr glaubwürdig aus, denn dein Bruder hat oft auch einfach draußen auf mich gewartet. Du lehnst dich ganz locker so an die Fahrertür ... basta. Falls es dann tatsächlich zu einer Schießerei käme ... na ja, ich will den Teufel nicht an die Wand malen. Ist Gomez noch hinter uns?"

Nelson bejaht mit Kopfnicken, Felipe übersetzt.

„Da vorn, die Neonreklame mit der halbnackten Tussi drauf, das ist das *Heaven.* Wie spät ist es? Viertel vor eins? Optimal, meine übliche Zeit. Ich gehe jetzt also rein ...“

Nelson kriecht in den Fußraum unterhalb des Lenkrades, Felipe geht hinter der Rückenlehne in Deckung, während Christopher tapfer aussteigt und sich, um Lässigkeit bemüht, mit verschränkten Armen an den vorderen Kotflügel lehnt und wartet. Aus dem Inneren des *Heaven* ertönt die nahezu identische, ohrenbetäubende Musik, die zuvor im *Highlow* den halben Straßenzug beschallt hatte.

Als Raoul den Gastraum betritt und lächelnd ein paar bekannte Gesichter begrüßt, überfällt ihn sofort ein vages Gefühl der Unsicherheit. Dennoch geht er tiefer in den Raum und auf eine ihm wohlbekannte Tür zu. Ehe er die Klinke berühren kann, fühlt er den Lauf einer Waffe im Rücken. Eine rostige Raucherstimme flüstert ihm über die Schulter etwas ins Ohr.

„Du tust gut daran, dich jetzt nicht unvorsichtig zu bewegen. Der Dicke lässt herzlich grüßen, er freut sich, dass du blöd genug warst, ihm in die Falle zu gehen. Er hält deinen ehemaligen Chauffeur, den kleinen de Souza, in einem todsicheren Versteck fest und wird gleich zum Bahnhof fahren und das Lösegeld kassieren, das der alte de Souza für sein Bübchen zahlen wird, weil du dem Dicken seinen Anteil an euren Einnahmen vorenthältst. Tja, du siehst, dass du dich ein wenig verrechnet hast, er mag es eben nicht, wenn man versucht, ihn auszutricksen.“

Sie gehen ein paar Schritte weiter, lächelnd, ein paar Gästen fröhlich zuwinkend. Dann raunt dieselbe Stimme wieder: „So ist es brav – wir gehen jetzt ohne großes Aufsehen nach draußen und bringen dich zu ihm.“

Raoul, der noch immer den Lauf einer Waffe in seinem Rücken spürt, gehorcht, aber während sie sich dem Ausgang nähern, arbeitet sein Gehirn.

Freundlich lächelnd zischt er einem seiner Entführer zu: „Merkt ihr Kakerlaken eigentlich nicht, dass der Dicke euch verarscht? Wie kann er behaupten, Alessandro de Souza in seiner Gewalt zu haben, während der hier draußen ganz entspannt auf mich wartet und gleich mit mir weiterfährt? Guckt doch mal genauer hin, ist er das oder nicht? Tz, tz, wie kann man denn so blöd sein? – Ihr Trottel sollt mich aus dem Weg räumen, damit er alleine kassieren kann – und euch liefert er an die Bullen aus, die übrigens vor dem Schuppen auf euch warten. Clever eingefädelt, was? Nämlich – wenn die da draußen auch nur einen einzigen Schuss hören, dann ist hier in der Bude innerhalb von zwei Sekunden die Hölle los – und ihr beide mit euren dicken Bäuchen seid ein unfehlbares Ziel ... Hallo, Cesare“ – Raoul winkt einem jungen Mann zu. „Wie geht es Clara? Bestell ihr schöne Grüße von mir ...“

Er hat gemerkt, dass der Druck der Waffe in seinem Rücken nachgelassen hat. Einer der beiden Männer ist offenbar stehengeblieben. Trotz der lauten Musik vernimmt er, dass sie sich beraten.

„Steck den Revolver weg, bloß jetzt kein Aufsehen erregen. Ich werd verrückt – da steht tatsächlich Alessandro und wartet – und hat nicht vor ein paar Minuten Michele angerufen – total hysterisch, er habe Alessandro in Begleitung von Raoul gesehen? Er hat sogar beim Leben der Madonna geschworen – du, hier läuft ein ganz lausig linkes Ding, der Dicke lässt uns über die Klinge springen – lass dieses Schwein Raoul lieber laufen, und ...“

Der Rest des geflüsterten Dialoges ist nicht mehr zu verstehen, sie sind gerade vor einem der überdimensionierten

Lautsprecher angekommen.

Raoul geht weiter, als sei nichts passiert, die beiden Männer bleiben zurück.

Unmittelbar vor dem Eingang läuft ihm das „Bluthündchen" in die Arme, aufgeregt schreiend und am ganzen dünnen Körper zitternd. Er deutet auf Christopher, der immer noch an den Kotflügel gelehnt dasteht, sich aber nun, da er Raoul herauskommen sieht, unauffällig und langsam in das Wageninnere zurückzieht.

„Und jetzt?"

Raoul setzt sich seelenruhig auf den Beifahrersitz. „Lächeln, lächeln ..."

Felipe kriecht aus seiner Deckung, ebenso Nelson, der das Kommando übernimmt.

„Jetzt warten wir ab, was der Kleine macht. Ob der schon einen Führerschein hat oder ob ein anderer ihn kutschiert? Ich wette, die fahren entweder zu Alessandros Versteck – oder zum Bahnhof, das Lösegeld kassieren. Wir müssen ihnen folgen ... Felipe, hier ist mein *Celular,* gib eben Gomez Bescheid, dass wir losfahren. Dein Bruder – oder Halbbruder oder was ist dieser Deutsche überhaupt für dich? – der hat sich übrigens sehr professionell verhalten, alle Achtung! Seid ihr angeschnallt? Jetzt ist Tempo angesagt."

Aufheulend schießt der Wagen vorwärts, Gomez und Pasquale folgen mit Blaulicht und Sirenengeheul.

Das „Bluthündchen" bricht in ein irrsinniges Gelächter aus, während er mit fliegenden Fingern sein *Celular* bedient. Er hat sich zuvor mit den beiden Männern unterhalten, die es auf Raoul abgesehen hatten.

Sie waren sich schnell einig geworden: „Der Dicke kann nie und nimmer den de Souza-Sohn in seiner Gewalt haben, der war ja gerade noch leibhaftig hier vor dem *Heaven*, und Raoul war bei ihm und sie sind eben weggefahren und ein Polizeiwagen direkt hinter ihnen her. Soll das heißen, dass Raoul mit den Bullen unter einer Decke steckt? Nie und nimmer! Ich sage es euch: Der Dicke hat ein ganz schäbiges Ding mit uns vor ... dieses Schwein ... Guck mal, Michele hat es noch nicht geschnallt, der fährt zum Dicken ... Der Ärmste!“

23

„He, de Souza, wach sofort auf, ich habe ein Auto gehört, der Dicke kommt – und du darfst doch nicht schlafen ..."

Manolito, den sein Chef als Wachmann bei Alessandro gelassen hatte, rüttelt seinen am Boden liegenden Gefangenen aus dem Tiefschlaf und schüttelt ihn heftig.

„Setz dich aufrecht hin und tu so, als seiest du todmüde – reib dir die Augen – der Dicke bringt mich um, wenn er merkt, dass wir beide gepennt haben."

Aus dem Vorraum dringen laute Stimmen in die kahle Zelle, wo Alessandro seit Stunden – oder sind es Tage? – auf einer alten Decke tief und fest geschlafen hat. Blitzschnell reagiert sein Verstand auf Manolitos geflüsterte Warnung. Er richtet sich halb auf, lehnt sich an die Wand und lässt seinen Kopf langsam hin und her taumeln, als sei er vor Müdigkeit kaum noch Herr seiner Sinne. Die Tür wird aufgerissen und der Dicke betritt den Raum, ebenso einer der Männer, die schon bei seiner Festnahme dabei waren. Alessandro sieht ihn unter halbgeschlossenen Lidern an und murmelt mechanisch: „Ich weiß nichts, ich möchte nur schlafen, schlafen."

Mit einem zusätzlichen Gähnen unterstreicht seine Bitte.

Der Dicke greift nach einem der Stühle, zieht ihn bis an den Rand von Alessandros Decke und lässt sich schwer atmend darauf nieder.

„Kein Problem, mein Junge, jeder Mensch muss ab und an schlafen, das hat die Natur so eingerichtet." Seine Stimme klingt sanft und beruhigend. „Auch Tiere müssen schlafen – gehätschelte Schoßhunde wie du ebenso wie räudige Schakale wie dein Freund Raoul. Und je größer das Schlafbedürfnis eines Menschen und die Aussicht auf die Befriedigung dieses Bedürfnisses sind, desto größer wird seine Gesprächsbereitschaft, Dinge auszuplaudern, die er unter normalen Umständen nie von sich geben würde. Und nun hat mein treuer Manolito dich über Stunden nicht schlafen lassen, ich sehe es dir an, und dein Mitteilungsbedürfnis ist inzwischen sicher riesig – also?“

Die Stimme hat inzwischen einen harten, drohenden Unterton bekommen.

„Wo ist dein Freund Raoul und wo habt ihr den Zaster versteckt? Ich höre.“

Auffordernd lächelnd setzt er sich bequem hin, verschränkt gemütlich die Arme über seiner beträchtlichen Leibesmitte und wartet.

Alessandro wirft einen matten Blick zu Manolito, der ihm aus dem Hintergrund der Zelle mit eindeutigen Zeichen signalisiert, er solle sich weiter todmüde und unwissend stellen.

„Ich habe keine Ahnung, ich weiß auch nicht, wo er ist.“ Mit matter, mühsamer Stimme gibt Alessandro spärlich Auskunft. „Ich bin nur immer mit ihm in der Gegend herumgefahren, wir hatten viel Spaß miteinander, aber sonst weiß ich nichts.“ Er lässt sich wieder an die Wand sinken. Der Dicke reagiert unerwartet.

„Nun, dann werden wir deine lieben Eltern bitten, uns die 500 000 $ zukommen zu lassen, die Raoul, dein Freund, mir schuldet. So viel ist ihnen ihr Söhnchen sicher wert. Und wenn nicht, dann können wir uns ja immer noch deinen kleinen Bruder schnappen. Auf jeden Fall sind wir am längeren Hebel, das ist gut zu wissen. Vielleicht überlegst du es dir ja auch noch in den nächsten acht Stunden ohne Schlaf. Manolito wird dich weiter mit unserem besten Leitungswasser versorgen und darauf aufpassen, dass du dich im Schlaf nicht daran verschluckst, nicht wahr, Manolito?"

Er dreht sich zu dem Angesprochenen um.

„Und du? Du wirst doch nicht schläfrig, nicht wahr? Möchtest du eventuell noch ein Häppchen von dem Muntermacher, der dir so gut bekommt? Ich habe eine ganz frische Lieferung bekommen. Nein? Na dann – ich sehe von Zeit zu Zeit nach Euch, verlasst euch drauf. Jetzt mache ich erst einmal die Runde, um mein täglich Brot zu erbetteln."

Mit einem mächtigen Fußtritt schleudert er den Stuhl hinter sich und wendet sich zur Tür, einen seinen Helfer heranwinkend.

„Zum *Heaven* – du fährst!"

Die beiden Männer in der Zelle warten das Abfahren des Wagens ab, dann setzt Manolito sich wieder auf seinen Stuhl und beginnt zu sprechen.

„Er hat uns alle in der Hand – ihm zu entkommen ist fast unmöglich. Er macht uns mit seinem Stoff gefügig. Wir alle möchten ihm am liebsten den Hals abschneiden, aber ..."

Er zeichnet mit der glatt ausgestreckten Hand ruckartig eine harte Linie unter sein Kinn.

„Und er geht über Leichen, hat keine Skrupel. Er bedroht uns – stopft uns voll mit seinem Stoff – und hält sich für den genialsten Dealer unter der Sonne, hat aber nicht spitzgekriegt, dass *ich* sein Zeug längst nicht mehr konsumiere. Ich warte nur auf eine günstige Gelegenheit, diese Drecksau an den Galgen zu bringen. So, und jetzt schlafen wir weiter. Möchtest du vorher etwas zu trinken? Wir haben auch sauberes Wasser im Kühlschrank, aber wenn er anwesend ist, muss ich dir das abgestandene Wasser aus der Regentonne bringen. Hoffentlich kriegst du keinen verdammten Dünnschiss davon."

Alessandro hat den Gefühlsausbruch seines Wärters mit wachsendem Entsetzen verfolgt. Eine neue, fremde Welt hat sich für ihn aufgetan. Er schämt sich seiner Naivität, immer geglaubt zu haben, die Welt der Dealer und der Abhängigen gäbe es nur in den Köpfen von Journalisten und sensationslüsternen Fernsehmachern. Er beobachtet seinen Bewacher unter halb geschlossenen Lidern. Treibt der nicht auch ein linkes Spiel mit ihm? Aber warum sollte er? Vielleicht erhofft er sich in irgendeiner Form ein Entgegenkommen, eine Vergünstigung von ihm, dem Sohn aus reichem Hause, aus einer zwar auch nicht sorglosen, aber doch vergleichsweise heilen Welt?

„Ja, bitte, bring mir noch ein Glas Wasser. Was glaubst du, was der Dicke mit mir vorhat? Wird er meine Eltern erpressen? Und ist mein jüngerer Bruder in Gefahr? Der ist ein typischer *Campesino*, kennt sich nur aus mit Rindern und Traktoren und weiß nichts von den Problemen einer Großstadt – noch nicht, aber wenn der meinetwegen in Schwierigkeiten käme ..."

Er hat sich entschlossen, sich Manolito anzuvertrauen. Beim Versuch, aufzustehen, merkt er, dass er an den Füßen gefesselt ist.

„Kannst du mir die Dinger für einen Moment abmachen? Ich muss auf die Toilette – und ich verspreche dir, nicht abzuhauen. Denn du musst wissen: Ich habe tatsächlich keine Ahnung, wo das Geld ist, von dem Raoul und eben auch der Dicke gesprochen haben – ich bin so ahnungslos wie ... wie ... mir fällt noch nicht einmal ein Vergleich ein."

Manolito macht sich an seinen Fesseln zu schaffen.

„Geh pinkeln – aber komm wieder, dann erzähle ich dir noch mehr."

In der sich anschließenden langen Nacht erfährt Alessandro vom Leben eines Landarbeiters weiter oben in den Bergen, wo der Boden karg und schwer zu bearbeiten ist und das bessere Land ohnehin wenigen einflussreichen Großgrundbesitzern gehört. Manolito erzählt vom beschwerlichen Dasein der armen Bauern, von Arbeitslosigkeit, Existenzängsten und der Hilflosigkeit der Bewohner in den Favelas, von sozialer Ungerechtigkeit und der Unfähigkeit der Regierung, der Skrupellosigkeit der Drogenbosse Einhalt zu gebieten, von deren Tricks, Mitarbeiter an sich zu binden und sie von sich abhängig zu machen.

Alessandro hört zuerst ungläubig, dann fassungslos zu, stellt Fragen, bekommt Antworten. Schließlich, nach Stunden, überfällt ihn ebenso wie seinen Bewacher die Müdigkeit.

Gerade als sie endlich beschließen, doch noch ein wenig zu schlafen, fährt draußen wieder ein Auto vor. Bremsen quietschen, Türen werden zugeschlagen, im Vorraum entsteht Tumult. Eine ungewöhnlich hohe, sehr junge Männerstimme schreit: „Er war es, sein Geist war es – ein Geist.

Ich habe ihn gesehen, ich habe ihn gesehen, *minha nossa* ...“

Manolito und Alessandro passen sich sofort der Situation an: Alessandro stellt sich schlaftrunken und Manolito zeigt sich hellwach und aufmerksam. Der Dicke, Michele und ein zweiter „Bluthund“ drängen sich fast gleichzeitig durch die Tür und starren auf den am Boden liegenden Alessandro. Michele fällt, sich unentwegt bekreuzigend, auf die Knie und schreit pausenlos: „Ich habe ihn gesehen, ich habe ihn gesehen, ein Geist, ein Geist ...“

Erst als der Dicke ihm eine kräftige Ohrfeige versetzt, hört er auf zu schreien, wimmert aber leise und völlig verängstigt weiter.

„Was hast du gesehen, Idiot, reiß dich zusammen – und wen hast du gesehen?“

Der Junge zeigt mit ängstlich zitterndem Arm auf Alessandro. „Ich hab ihn gesehen, er ist hier, aber sein Geist war im *Heaven*, zusammen mit Raoul, ich hab ihn gesehen ..."

Der Dicke versetzt ihm einen weiteren groben Tritt und wendet sich an Alessandro.

„Hast du einen Bruder, der so aussieht wie du?"

Alessandro reibt sich die Augen.

„Ja, ich habe einen Bruder, das wissen Sie doch, aber er sieht überhaupt nicht aus wie ich – er ist vier Jahre jünger und hat fast schwarzes Haar – was ist mit ihm?"

Der Dicke wirkt nervös.

„Schnauze – irgendetwas stimmt hier nicht." Er zieht den am Boden knienden und leise vor sich hin flennenden Michele mit einem groben Griff am Nacken hoch und schüttelt ihn wie einen jungen Hund.

„Du Kretin hast mit deiner Schreierei die Bullen und sämtliche schlafenden Hunde geweckt. Halt endlich die Schnauze, oder ..."

Er wendet sich an den zweiten Begleiter, einen muskelbepackten Boxertypen. „Schnappt den Sonnyboy, wir müssen hier abhauen, wahrscheinlich haben sie uns verfolgt – schmeißt ihn in den Kofferraum, Manolito bleibt hier und verwischt gefälligst alle Spuren – wir fahren zuerst zum Hauptbahnhof und holen das Lösegeld, um Raoul kümmern wir uns später, Tempo, Tempo ..."

Zusammen ergreifen die zwei Männer den immer noch in seiner Ecke am Boden liegenden Alessandro, schneiden ihm die Fußfesseln ab, die Manolito ihm wieder angelegt hatte, binden ihm in aller Eile ein Tuch um die Augen und heben ihn hoch. Er versucht, sich zu wehren, besonders als er merkt, dass der eine ihn kaum anzufassen wagt. Er vernimmt dessen angsterfüllte, flüsternde Stimme:

„Ich hab dich gesehen, ich schwöre es – ich hab dich gesehen – *minha nossa*!“

Alessandro ist irritiert. Er will etwas fragen, aber ehe er die Frage formulieren kann, wird er weggeschleppt. Zunächst offenbar durch einen Vorraum, dann fühlen seine Füße einen Belag aus groben Steinen – ein Hinterhof? – frische Luft. Zwischen Flüchen, unflätigen Wortfetzen und nicht einzuordnenden Geräuschen nimmt er wahr, dass der Kofferraum eines Autos geöffnet wird. Die ihn festhaltenden Arme lassen ihn los und er fällt auf einen harten, federnden Untergrund. Der Kofferraumdeckel wird zugeschlagen, er hört hastige, unverständliche Kommandos, Autotüren knallen, der Motor heult auf – und in rasendem Tempo und mit knirschenden Reifen erreicht der Wagen einen ruhigeren Straßenbelag. Die streitenden Stimmen verstummen zeitweilig, nur manchmal sind noch kurze Anweisungen und Verkehrslärm zu vernehmen, dann und wann lautes Hupen, höhnisches Gelächter.

Alessandro reißt sich die Binde von den Augen und versucht, sich in der Dunkelheit seines Gefängnisses zu orientieren. Ein starker Schwindel hat ihn wieder befallen, Brechreiz. Seine Beine schmerzen, er rückt sie in eine etwas weniger qualvolle Position und tastet nach einer geschwollenen Stelle über seinem linken Ohr – seine Finger fühlen eine klebrige, halb getrocknete Feuchtigkeit zwischen den Haarsträhnen – Blut? Durch einen Spalt am Schloss der Autoklappe sieht er blitzartig auftauchende und sofort wieder verlöschende Lichter in rascher Folge. Plötzlich, nach nur wenigen Minuten, wird der Motor leiser, der Wagen rollt aus und hält schließlich. Lautes Türenschlagen, menschliche Stimmen, rufend oder plaudernd, dringen zu ihm. Er versucht sie einzuordnen. Der ferne Pfiff einer Lokomotive lässt ihn vermuten, dass sie sich in der Nähe des Bahnhofs befinden. Richtig, das sind typische Geräusche eines lebhaften Betriebes in einem Bahnhof.

Hatte der Dicke nicht etwas von einem Bahnhof und von Lösegeld gesagt, das sie dort kassieren wollten? Ob seine Eltern auf entsprechende Forderungen eingegangen sind? War das die Stimme des Dicken vorn im Fahrgastraum? Sollte der es tatsächlich gewagt haben, seine Eltern zu erpressen? Haben die sich darauf eingelassen – oder würden sie die Polizei einschalten?

Alessandro horcht gespannt. Nach nur wenigen Augenblicken hastige Schritte, eine Tür wird aufgerissen, etwas Schweres landet auf dem Rücksitz, auf der Fahrerseite ebenso wie auf der Beifahrerseite steigt jemand ein, der Motor wird wieder angelassen, halblaute, hastige Gesprächsfetzen ...

Plötzlich wildes Geschrei, Gekreische! Mehrere Autos kommen offenbar gleichzeitig an, Bremsen quietschen, Türen schlagen zu, Getrampel von vielen Füßen.

„Halt, Hände hoch! Aussteigen!“

Wieder Flüche, Türenschlagen, schwere Schritte.

Und dann eine freundlich-sanfte, vor Sarkasmus triefende Stimme:

„Nun sieh mal an – wen haben wir denn da? Ist das nicht der Dicke mit dem üppigen Pferdeschwanz, der schon so lange auf der Liste unserer Lieblingsfeinde steht? Willkommen im Polizeigewahrsam der Stadt Sao Paulo. Mein Name ist Gomez, Inspektor Gomez. Ich bin einer der hiesigen blöden Bullen, denen ihr blitzgescheiten Halunken schon lange auf der Nase herumtanzt, aber heute sind *wir* ausnahmsweise mal die Schlauen! Pasquale, haben wir für solche Fälle nicht wunderschöne, stabile Armbänder mit diebstahlsicheren Verschlüssen?“

Alessandro hört ein metallisches Klicken.

„Ein Paar für dich, mein Junge, und eines für deinen Kumpel, den nehmen wir auch gleich hops. Halt! Hiergeblieben, Freundchen!"

Ein zweites Mal metallisches Klicken, Flüche, höhnisches Gelächter.

„Sehr erfreut, dich endlich näher kennenzulernen. Noch jemand? Bitte sehr, aus Mangel an Armbändern ist bei uns noch nie eine Festnahme gescheitert. Abführen!"

Wieder Türenschlagen, Schritte.

„Und was liegt da auf dem Rücksitz? Ah, ein hübscher blauer Rucksack mit vermutlich üppigem Reiseproviant darin. Und dann schauen wir doch auch einmal nach weiterem Gepäck." Die Schritte nähern sich, die Klappe des Kofferraumes fliegt auf. Alessandro sieht in das gutmütig grinsende Gesicht eines Mannes in Uniform.

„Guten Abend beziehungsweise guten Morgen, Senhor de Souza, ich bin Inspektor Gomez. Ihre Eltern hatten mich benachrichtigt, weil Sie gestern früh nicht wie üblich zu ihrem Geburtstagsfrühstück und auch den ganzen Tag über nicht erschienen waren. Nachträglich herzlichen Glückwunsch zum Geburtstag! Mein Kollege bringt Sie jetzt zu Ihren Eltern, Ihr Bruder Felipe erwartet Sie ebenfalls."

Helfende Hände erleichtern Alessandro den Ausstieg aus seinem Gefängnis, Felipe hilft mit, ihn auf die Beine zu stellen, die ihm aber plötzlich wegsacken. Ehe ihm schwarz vor Augen wird, bringt er noch halblaut heraus: „Ich habe Hunger – habt ihr wenigstens ein Stück von meinem Geburtstagskuchen dabei?"

Lachen, Erleichterung, – ein zweites Auto naht und hält abrupt – Gomez gibt erneut schnelle, gezielte Kommandos:

„Wir haben sie, den Dicken und einen seiner Kumpel. Sofort den Funk aktivieren, alle Wagen informieren und abziehen lassen. Ah, da ist ja auch schon die Presse – Hallo Jungs, wir haben eben einen der dicksten Fische aus dem Drogensumpf der Stadt geangelt, macht schöne Fotos von ihm – seht zu, dass ihr seinen dicken Pferdeschwanz mit aufs Bild bekommt, auf den ist er besonders stolz ..."

Gomez' Stimme trieft vor Ironie.

„Und hier ist noch ein zweites, ebenfalls sehr lohnendes Motiv: Raoul, lächeln! Und natürlich bekommst du die versprochenen silbernen Armreifen wieder – du siehst, wir von der Polente halten Wort! Du darfst jetzt in eines unserer Autos umsteigen und fährst mit meinen Männern in ein neues, sicheres Logis. Nein, schön hierbleiben – die Jungs von der Presse wollen doch ein vorteilhaftes Foto von dir bringen – Nelson, du nimmst stattdessen einen neuen Fahrgast mit zur Hazienda ... Senhor de Souza, steigen Sie hier in Papas Auto ein – Nelson bringt Sie auf dem schnellsten Wege zu Ihren Eltern."

Der Inspektor reibt sich freudestrahlend die Hände.

„Und wir bringen derweil diese zwei feinen Herren ins Revier. Den jubelnden Empfang möchte ich unbedingt erleben, wenn wir ihnen nicht nur den Dicken, sein flennendes Bluthündchen und einen ehemaligen Preisboxer präsentieren – sondern auch einen gewissen Senhor Raoul – dem hab ich allerdings eine Sonderbehandlung versprochen, weil er sich kooperativ und als kluger Kopf gezeigt hat – Obrigado, Raoul." Und, zu den Kollegen gewandt: „Bitte, die Herren nicht zusammen einsperren – sie sind sich nicht besonders herzlich zugetan ... *Ola – vamos!*"

Alessandro nimmt es kaum wahr, dass er plötzlich in ein anderes Auto gehoben wird, dass Felipe sich neben ihn setzt und ihn in den Arm nimmt.

„Herzlichen Glückwunsch zum Geburtstag, großer Bruder.

Ich hab Mama und Papa versprochen, dass ich dich wieder mit nach Hause bringe, aber das war doch komplizierter als gedacht. – Das hier ist Christopher, er hat tapfer mitgeholfen. – Du kennst ihn noch nicht, Mama und Papa werden ihn dir zu Hause in aller Form vorstellen. – Ich werde sie auf der Stelle anrufen und ihnen die freudige Mitteilung machen, dass wir in knapp zwanzig Minuten zu Hause sein werden, mehr oder weniger wohlbehalten. – Wow, ich glaube, es wird schon hell – Zeit, dass wir alle ins Bett kommen. Nelson, geben Sie Gas ...“

Während sie durch den heraufziehenden Morgen fahren, dreht Christopher sich vom rechten Vordersitz aus nach dem jungen Mann um, der hinter ihm an Felipes Schulter liegt und offensichtlich eingeschlafen ist.

„Das ist mein Bruder“, denkt er und merkt nicht, wie ihm Tränen übers Gesicht laufen.

24

„Alessandro, aufwachen, der Spuk ist vorbei, wir sind zu Hause."

Felipe rüttelt seinen großen Bruder wach, als Nelson den Wagen in die Einfahrt der Farm steuert. „Mach nach Möglichkeit ein fröhliches Gesicht – Mama und Papa haben sich wahnsinnige Sorgen gemacht, weil du ausgerechnet an deinem zwanzigsten Geburtstag nicht mit ihnen gefrühstückt hast."

Alessandro reibt sich mit beiden Fäusten die Augen, nimmt – nur mäßig interessiert – den jungen Mann auf dem vorderen Sitz und dessen kurze blonde Locken wahr und versucht, seine eigene Frisur mit ein paar Handgriffen in Ordnung zu bringen. Als er die Beule über dem rechten Ohr spürt, steigen vage und dunkel die Geschehnisse der vergangenen Nacht wieder in ihm auf.

Er war entführt worden – warum? Und von wem? Jemand hatte ihm vorgeworfen, er stecke mit Raoul unter einer Decke, sei an den Einnahmen aus dessen Drogengeschäften beteiligt – lächerlich!

Wie hatte das alles eigentlich angefangen?

Er erinnert sich bruchstückhaft an Einzelheiten: An einen kahlen, nur schwach beleuchteter Raum, an eine schmutzige Decke, die ihm jemand hingeworfen hatte – ein Name fiel ihm ein: Manolito – der hatte ihm fauliges Wasser gebracht und eine Menge erzählt – zweimal war ein dicker Mann mit einem Pferdeschwanz aufgetaucht, der ihn nach Raoul ausgefragt hatte ...

Raoul! Wie hatte er auf ihn hereinfallen können ...

Ihm ist schwindelig, Übelkeit befällt ihn. Er kann seine Umgebung nur schemenhaft wahrnehmen, fühlt die brutalen Begegnungen seines Hinterkopfes mit der Wand seines Gefängnisses.

Der Wagen hält vor dem Haupteingang und die Autotüren werden aufgerissen.

„Alessandro, Liebling – Gott sei Dank – du bist wieder da – herzlichen Glückwunsch zum Geburtstag.“ Er fühlt das tränennasse Gesicht seiner Mutter an seinem. Sie schließt ihn aufschluchzend fest in die Arme und lockert ihren Griff erst, als Alfredo sich mit sanfter Gewalt dazwischen drängt.

Wortlos halten die drei sich eng umschlungen.

Harald Wegener, der etwas abseits neben Christopher steht und das Geschehen beobachtet, sieht auf die Uhr: Wie spät ist es jetzt in Deutschland? Er berechnet die Zeitverschiebung, will die Fürstin sofort anrufen.

„Ich informiere eben deine Großmutter.“

Christopher nickt nur, kann den Blick nicht von seinem neuen Bruder wenden.

Schon nach einmaligem Klingelton hört er die Stimme der Fürstin.

„Harald, sind Sie es? Ich hoffe ...“

„Ja, Fürstin – es ist vorbei – ich meine, der Alptraum ist vorbei. Alessandro und Christopher sind eben nach Hause gekommen, zwar todmüde, aber offenbar ohne Verletzungen – ja, wie es aussieht, sind beide wohlauf.“

Über tausende von Kilometern hört Harald, wie seine Klientin in Schluchzen ausbricht.

„Entschuldigen Sie die Tränen, es sind Freudentränen – Dahlmann, meine beiden Enkel sind in Sicherheit."

Jubel am anderen Ende der Leitung.

„Ich werde Ihnen später Genaueres berichten – gute Nacht."

Er legt auf, ehe die Fürstin weitere Fragen stellen kann.

Gespannt verfolgt er, wie Alessandro sich soeben aus der Umarmung seiner Eltern löst und sich zu zwei Kindern hinabbeugt, die ihn beharrlich am Hosenbein zupfen – ein kleiner Junge und dessen nur wenig größere Schwester starren ihn mit großen Augen neugierig an. Alessandro kennt die Kinder offenbar.

„Na, was gibt's?", fragt er lachend.

„Bist du ein Zwilling?", fragt der Kleine.

„Ich, ein Zwilling? Wie kommst du denn darauf?"

Er tätschelt den beiden die Wuschelköpfe.

„He, ihr habt ja noch eure Schlafanzüge an – seid ihr eurer Mama weggelaufen? Dann aber schnell nach Hause und wieder ins Bett, bevor die Mama euch sucht – na los, ich leg mich auch noch einmal hin ... wir legen uns alle noch einmal hin – nicht wahr? Boa noite."

Aber die Kinder bleiben stehen.

„Du bist bestimmt ein Zwilling", sagt nun das kleine Mädchen.

„Weißt du denn überhaupt, was ein Zwilling ist?", fragt Alessandro, offensichtlich erheitert, zurück.

„Mama hat gesagt, dass man ein Zwilling ist, wenn der Bruder genauso aussieht wie man selber, dann ist man ein Zwilling."

„Ach so, und wer sieht genauso aus wie ich?"

Die Kleine zeigt mit dem Finger auf Christopher, der neben Harald steht und die Szene mit Herzklopfen beobachtet.

„Der ist auch ein Zwilling", sagt das Kind mit ernstem Gesichtsausdruck. Dann lachen beide fröhlich, drehen sich plötzlich um und laufen Hand in Hand davon, „Zwilling, Zwilling" rufend.

Erst jetzt versucht Alessandro, den jungen Mann, der neben einem ihm Unbekannten steht und soeben auf Deutsch in sein Handy gesprochen hat, genauer anzusehen, doch noch immer liegt dieser eigentümliche Schleier vor seinen Augen, der sein ganzes Blickfeld trübt.

Er geht dennoch auf ihn zu und spricht ihn an, ebenfalls auf Deutsch.

„Du musst Christopher sein, den mein Bruder Felipe vorhin im Auto erwähnt hat. Du hast bei meiner Befreiung mitgeholfen? Vielen herzlichen Dank, wenn es denn so ist – aber wie konntest du dabei helfen?"

Christopher will etwas erwidern, aber Alessandro kommt ihm zuvor.

„Ach ja, vermutlich als mein Doppelgänger, denn wir müssen uns wirklich sehr ähnlich sein, die Kinder haben uns soeben sogar für Zwillinge gehalten." Er reibt sich die Augen, doch der Schleier bleibt. Er versucht, seine Eltern auszumachen, entdeckt sie schließlich durch den Nebel.

„Gibt es neuerdings eine Agentur für Doppelgänger? Oder wo habt ihr diesen – diesen Christopher so schnell aufgetrieben?"

Ohne auf ihre Antwort zu warten, klopft er ihm freundschaftlich lachend auf die Schulter. Das, was er erkennen kann, ist eine schemenhafte Ähnlichkeit. Vor allem die unterschiedliche Länge ihrer Haare nimmt er wahr.

„Tatsächlich – bis auf die Frisur haben deine Maskenbildner dich perfekt hinbekommen, Respekt! Ich werde mir meine Locken vermutlich auch kürzer schneiden lassen müssen – wegen der Beule, die irgendwelche Halunken mir letzte Nacht verpasst haben. Dann sehen wir wohl wirklich zum Verwechseln ähnlich aus. Wie siehst du denn ungeschminkt aus, ich meine – privat?“

Verlegen hüstelnd mischt Katharina sich ein, um die beiden behutsam zu trennen.

„Alessandro, willst du dich nicht erst ein bisschen ausruhen, bevor wir dieses Thema erörtern – zumindest etwas frisch machen? Was ist mit Deinen Augen?“ Katharina de Souza betrachtet seine Augäpfel genauer. Sie sieht blutige, geplatzte Äderchen.

Alessandro winkt beschwichtigend ab. „Das wird schon wieder. Im Moment sehe ich alles wie durch einen Nebel, seitdem der Dicke meinen Kopf mehrfach an die Wand gehämmert hat.“ Seine Mutter schüttelt sich vor Entsetzen bei dieser Vorstellung, versucht dennoch tapfer, ihn abzulenken.

„Du wirst sicher Hunger haben, oder? Wir alle haben nach der langen Nacht Hunger. Ich schlage vor, Fernanda und ich machen erst einmal ein schönes Frühstück für uns alle – Nelson, leisten Sie uns dabei Gesellschaft? Mein Mann wird Sie später in die Stadt zurückbringen lassen. Christopher, möchtest du auch mit uns frühstücken oder lieber erst einmal schlafen? Und Dr. Wegener? Darf ich Sie hereinbitten? Sie sind doch auch die ganze Nacht wach gewesen und –“ sie ergreift die Hand ihres Mannes – „Und wenn wir uns dann alle gestärkt haben, werdet ihr uns von den Ereignissen der Nacht berichten – und es gibt noch mehrere ungeklärte Themen, denen wir uns endlich stellen müssen.“

Inzwischen haben sich trotz der morgendlichen Frühe außer den beiden Kindern auch einige Mitarbeiter der Farm um die Ankömmlinge geschart. Abwechselnd starren sie Alessandro und Christopher neugierig an, tuscheln miteinander. Der Ruf Gêmeos idênticos [eineiige Zwillinge] macht die Runde.

Alessandro reagiert lachend darauf, obwohl das Blut in seinen Schläfen hämmert. Er winkt den Leuten zu, hakt sich bei Christopher ein und zieht ihn zum Eingang des Hauses.

„Du, die halten uns tatsächlich für Zwillinge – wow! Man sollte deinen Maskenbildner für einen Oskar vorschlagen."

Während Katharina und Alfredo de Souza, gefolgt von Dr. Wegener, Felipe und Nelson die Eingangsstufen hinaufgehen, bleibt Christopher plötzlich auf der untersten Treppenstufe stehen.

„Und – wenn es so wäre? Wie würdest du es schlucken, wenn sich herausstellt, dass wir tatsächlich Zwillinge sind? Wenn unsere absolute Ähnlichkeit nicht der Arbeit eines geschickten Maskenbildners zu verdanken ist, sondern – andere Gründe hat?"

Auch Alessandro bleibt abrupt stehen. Er sieht seinen „Doppelgänger" misstrauisch an, wird plötzlich unduldsam und wütend.

„He, was sollen solch idiotische Gedankenspiele? Seid ihr alle verrückt geworden? Warum sollte ich auf einmal einen Zwillingsbruder haben? Meinen Bruder Felipe hast du doch schon kennengelernt – er ist vier Jahre jünger als ich, kommt also als Zwillingsbruder wohl kaum in Frage. Ich hatte nämlich gestern Geburtstag, bin zwanzig Jahre alt geworden, und ..."

Christopher unterbricht ihn, verlegen lächelnd. „Ich weiß, ich hatte gestern ebenfalls Geburtstag."

Alessandro lacht spöttisch. „Ja ja, und du bist auch zwanzig geworden? Sehr witzig. He, was wird hier gespielt? Hat dir einer was ins Gehirn getröpfelt?"

Er stößt ihm beide Fäuste kräftig vor die Brust, will sich gegen eine aufkeimende Ahnung wehren. Christopher stolpert, verschränkt sich schützend beide Arme vor dem Körper, duckt sich zur Seite, weitere Schläge erwartend. Tatsächlich holt Alessandro wieder aus, aber da wirft sich Felipe dazwischen.

„Sandro, hör auf ... er ist tatsächlich dein Bruder, deswegen die Ähnlichkeit. Mama und Papa haben es auch erst vor ein paar Tagen erfahren – sie wollten es dir gestern schonend beibringen, aber du warst ja nicht greifbar. Beruhige dich also – ohne Christopher hätten wir dich vielleicht gar nicht aus der Hand dieser Drogendealer befreien können. Nimm's locker und freu dich einfach – kriegst eben noch einen Bruder dazu. Fernanda wird nächstens immer zwei Geburtstagstorten backen ..."

Er ist rührend bemüht, der ungewöhnlichen Situation die Spannung zu nehmen.

„Und lass dir um Himmels willen die Haare nicht ebenso kurz schneiden – dann kann man euch ja überhaupt nicht mehr auseinanderhalten."

Alessandro ist kreidebleich geworden. Sein Blick ist plötzlich klar, der Schleier hat sich aufgelöst. Er sieht sein Gegenüber genauer an: Der junge Mann ist nicht geschminkt. Nein. Der sieht wirklich aus wie er selbst. Unfähig, eine Antwort zu formulieren, lässt er Christopher zunächst nicht aus den Augen, sieht dann aber ratlos zu seinen Eltern, die, auf der obersten Treppenstufe stehend, der unerwarteten Entwicklung der Dinge atemlos zusehen.

„Papa?" Es klingt wie ein Hilferuf.

Mit ein paar schnellen Schritten kommt Alfredo ihm entgegen, und zieht ihn an sich.

„Felipe hat recht – Christopher ist dein Zwillingsbruder. Und es ist leider nicht das Einzige, was wir dir mitzuteilen haben ... beruhige dich und kommt alle erst einmal ins Haus."

Aber Alessandro, sichtlich um Fassung ringend, sackt dennoch zusammen. Christopher, in einer heftigen Gefühlsaufwallung selber den Tränen nahe, fängt ihn auf, stützt ihn, denkt nur: „Das ist mein Bruder." Er schaut ihm direkt in die Augen. Alessandro erwidert seinen Blick, verliert für Sekunden das Bewusstsein, aber Christoper hält ihn fest und nimmt plötzlich wahr, dass seine Umarmung erwidert wird. Er hört Alessandro flüstern: „Mein Bruder?" Nun laufen Christopher endgültig die Tränen die Wangen hinunter.

„Ja, wir sind Brüder. Ist das nicht ein tolles Geburtstagsgeschenk?!" Er umfasst ihn noch enger, will ihn gar nicht wieder loslassen. Doch Felipe, der seinerseits gegen eine aufkommende Rührung ankämpft und sich hastig mit dem Ärmel über die Augen wischt, geht schließlich mit festem Schritt auf die beiden zu. Behutsam aber entschlossen versucht er, die sich noch immer umklammernden Arme zu lösen und sich zwischen sie zu drängen.

„Brüder, nehmt es einfach als exklusives, einmaliges Geschenk zum zwanzigsten Geburtstag. Und jetzt lasst Mama und Papa nicht länger warten."

Alessandro fährt Felipe mit beiden Händen ins dunkle Haar und zaust ihn spielerisch.

„Danke, aber das war heute etwas reichlich – wieso habe ich von einem Tag auf den anderen zwei Brüder? Hoffentlich habt ihr als zusätzliche Überraschung nicht auch noch ein Paar neue Eltern für mich?" Er sieht seine Eltern fragend an.

Alfredo sucht den Blickkontakt zu seiner Frau, die mit hängenden Armen mit den Schultern zuckt und wortlos den Kopf schüttelt.

„Nein, wir sind und bleiben deine Eltern – und du und Felipe, ihr seid unsere Söhne, daran wird sich nichts ändern."

25

„Harald, wir sind so grenzenlos erleichtert – wie ist er? Ich meine nicht nur sein Äußeres – ist er so liebenswürdig und gut erzogen wie Christopher?“

Henriette von Wallburg stellt Fragen über Fragen, Agnes Dahlmann sitzt Kopf an Kopf neben ihr, dem Telefongespräch aufgeregt lauschend.

„Nun, seine Haare sind ein wenig länger, aber ansonsten – es ist unglaublich, aber sie gleichen sich wie ein Ei dem anderen, und auch ihre Körpersprache ist identisch. Sie haben beispielsweise denselben Gang, machen gleich große Schritte – es ist wie ein Wunder.“

Er vernimmt einen Seufzer der Erleichterung.

„Diese unglaubliche Ähnlichkeit hat zu dem Erfolg geführt. Dadurch ist es gelungen, die Ganoven zu täuschen. Die konnten gefasst werden und sind in Haft.“

„Und wie ist er im Wesen, dieser Alessandro?“

„Fürstin, da muss ich passen – dazu kann ich noch nichts sagen – ich konnte ja noch kein Wort mit ihm wechseln, er hat mich vielleicht gesehen, und wenn, dann kann er nicht wissen, welche Rolle ich hier spiele. Sie sind gerade alle ins Haus gegangen. Seine Eltern werden ihm vermutlich gerade gestehen, was sie sich bis jetzt nicht getraut haben, nämlich dass er von ihnen adoptiert worden ist. Was das betrifft, so ist Christopher seinem Bruder gegenüber deutlich im Vorteil, denn *er* weiß von *seiner* Adoption ja schon lange, und an die Tatsache, dass er einen Bruder hat, konnte er sich inzwischen ebenfalls gewöhnen. Das alles zu verkraften steht Alessandro in den nächsten Stunden noch bevor – und was die vergangene Nacht ihm abverlangt hat, muss er ja auch zunächst noch verarbeiten. Nein, ich beneide ihn nicht. Hoffentlich können seine Eltern ihm diese Fülle von Neuigkeiten schonend beibringen – vorläufig sind alle nur todmüde, denn wir haben nur stundenweise ein wenig geschlafen. Bei Ihnen ist es doch sicher auch bald Schlafenszeit, nicht wahr? Fürstin, gehen Sie jetzt beruhigt ins Bett, grüßen Sie Dahlmann und morgen früh auch meinen Vater herzlich – dem können wir ja nun bald Neuigkeiten berichten. Gute Nacht ... bitte?"

„Harald, eine Frage noch: Gleichen meine Enkel in irgendeiner Weise ihrem ... ihrem vermutlichen Vater?"

Harald überlegt sich seine Antwort gründlich. Er wägt seine Antwort behutsam ab.

„Fürstin, ich kenne Baron von Gliesen zu wenig, um das beurteilen zu können – das werden Sie und Dahlmann herausfinden müssen, wenn wir wieder zu Hause sind."

„Noch etwas: Wird Alessandro mit nach Deutschland kommen?"

„Ich fürchte, Sie müssen sich noch eine Weile in Geduld üben – noch weiß er ja nichts von möglichen Veränderungen, die ihm bevorstehen ... gehen Sie erst einmal schlafen, Fürstin, es kann nur noch ein paar Stunden dauern, dann wissen wir alle mehr."

Er legt auf. Viele der Fragen, die die Fürstin beschäftigen, kann er selber tatsächlich auch noch nicht beantworten. Während er die Treppen zu dem ihm zugewiesenen Gästezimmer hinaufsteigt, hört er aus einem der tiefer gelegenen Räume zum Teil heftige Wortgefechte, nachdem zunächst über einen längeren Zeitraum kein Ton nach außen gedrungen war. Ob

Alessandro währenddessen wohl Claudias Brief gelesen hat?

Zu erschöpft, sich ganz auszuziehen, lässt er sich auf das vorbereitete Bett fallen, und augenblicklich übermannt ihn der Schlaf.

Nach einer langen, sehr emotional geführten Aussprache mit den de Souzas ziehen sich die beiden Brüder gemeinsam in Alessandros Zimmer zurück.

„Dann wollen wir uns erst einmal gegenseitig etwas beschnuppern."

Sie lassen Felipe und ein ziemlich sprachloses, vor allem aber todmüdes Elternpaar zurück. Katharina kann ihre Augen kaum noch offenhalten.

„Armer Alessandro! Ich hatte solche Angst vor dem Gespräch, aber es scheint, dass er durchaus Verständnis dafür aufbringen kann, dass wir ihn nie über seine Adoption aufgeklärt haben. – Und dass er plötzlich einen zweiten Bruder hat, scheint ihn fast zu freuen. Ich fürchte nur, dass er uns bald verlassen wird. Ob er Christopher nach Deutschland folgen wird?"

„Liebste, darüber haben wir doch bereits gesprochen: wir werden lernen müssen, loszulassen. Alle Kinder gehen eines Tages eigene Wege, sie verlassen irgendwann ihr Elternhaus – uns wird es nicht anders ergehen, und wir werden Alessandro nicht daran hindern. Zwanzig Jahre hat er nur uns gehört und es waren schöne, glückliche Jahre."

Alfredo versucht seine Frau zu trösten, dabei beschert auch ihm der Gedanke, ‚loslassen' zu müssen, einen Kloß im Hals.

Felipe beobachtet seine Eltern aus den Augenwinkeln und sieht, dass sie leiden.

„He, ihr beiden, *ich* bin doch erst sechzehn, *mich* braucht ihr noch lange nicht loszulassen. Und vorläufig ist Alessandro ja auch noch da. Geht erst einmal schlafen, ehe ihr schon ans Abschiednehmen denkt. Übrigens, guckt mal in den Garten."

Er deutet auf die beiden jungen Männer, die nebeneinander auf einem niedrigen Mäuerchen sitzen und sich Sportschuhe anziehen. „Seht ihr die zwei da draußen? Alessandro und Christopher machen sich zum gemeinsamen Frühsport fertig – Alessandros Klamotten passen natürlich auch Christopher, die haben bestimmt sogar dieselbe Schuhgröße – welcher ist jetzt welcher? Wie gut, dass Alessandros Haare länger sind – ihr weint euch hier die Augen aus und die haben sich schon so gut angefreundet, dass sie zusammen joggen gehen."

Er hebt seine Mutter mit starken Armen hoch, dreht sich zwei-, dreimal mit ihr durchs Zimmer und wischt ihr mit seinen Hemdärmel die Tränen aus dem Gesicht.

„Papa, bring sie ins Bett, in ein paar Stunden sieht die Welt schon fast wieder aus wie immer. Übrigens: Sind die Werthsteins schon informiert worden? Hoffentlich hat Christopher daran gedacht, seine Eltern anzurufen – die haben doch jetzt vermutlich dieselben Sorgen wir ihr und fragen sich, ob und wann sie Christopher womöglich ‚loslassen' müssen. Ob wir die einmal kennenlernen werden? Also ich finde das alles richtig spannend, aber – boah, bin ich müde – und die zwei da draußen machen Frühsport, als wenn sie acht Stunden geschlafen hätten und gerade erst aufgestanden sind ... das versteh einer! Tschüss, ihr beiden – see you later."

Einige Stunden später sieht die Welt in der Tat wieder anders, besser aus – – nicht nur für Familie de Souza, sondern auch für Henriette von Wallburg. Mehrere Telefongespräche zwischen den Kontinenten haben zur Klärung einiger offener Fragen geführt. Auch die Werthsteins in Berlin sind inzwischen über den neuesten Stand der Dinge in Kenntnis gesetzt worden. Sie hatten den Anruf mit Spannung erwartet.

„Papa lässt fragen – er hört übrigens mit – ob du dich mit deinem Bruder wirst anfreunden können?“

Doris Werthsteins Stimme klingt besorgt.

Christopher, der neben Alessandro in dessen Zimmer auf dem Boden neben einem Berg von Büchern hockt und in einem in deutscher Sprache geschriebenen Journal über „Honigbienen und Wildbienen“ blättert, lacht unbekümmert.

„Ach, Mama, das wird sich zeigen. Es ist so ein tolles Gefühl, einen Bruder zu haben. In vielen Dingen waren wir uns auf Anhieb einig, es war fast gespenstisch, aber es wird noch viel zu klären sein. Bislang kratzen wir ja nur an der Oberfläche. Immerhin sind wir in zwei sehr unterschiedlichen Welten und Kulturkreisen aufgewachsen, aber sprechen dank Katharinas deutscher Abstammung immerhin dieselbe Sprache. Alessandro kennt sogar ein paar deutsche Volkslieder. Und er kann „Stille Nacht“ auf Deutsch und auf Portugiesisch. Er hat es mir eben vorgesungen, das war lustig, was man von der vergangenen Nacht nicht sagen kann.“

Dann wird er ernst, formuliert seine Sätze stockend.

„Zum Beispiel sind wir uns darin einig, dass wir unsere Adoptivmütter, also dich und Katharina de Souza, auch weiterhin ‚Mama‘ nennen werden – ihr beide seid unsere Mütter. Claudia ist der Name für unsere Nabelschnur – Mutter, die wir nie kennengelernt haben. Wir haben ihren Brief gelesen und besprochen und wir werden ihn noch öfter lesen, aber da werden viele Fragen für immer offenbleiben. Sandro und mir fällt es noch schwer, ihre Beweggründe, die zu unserer Adoption geführt haben, wirklich nachvollziehen zu können, aber dass sie noch in ihrer Todesstunde an uns, ‚ihre Söhne‘, gedacht und mit letzter Kraft auf uns hingewiesen hat, also das ... das ist so anrührend, dass wir ihr verzeihen müssen und werden."

„Und wie hat Alessandro es aufgenommen, dass er nicht das leibliche Kind der de Souzas ist?"

„Ach, er hat ein so tolles Verhältnis zu seinen Eltern – das mit der Adoption macht ihm glaube ich gar nicht so viel aus. Da wird es keine emotionalen Hindernisse geben. Hatte ich euch eigentlich schon erzählt, dass er – außer mir – noch einen Bruder hat? Katharina ist vier Jahre, nachdem sie Sandro adoptiert und zu sich geholt hatten, doch noch schwanger geworden. Ihr leiblicher Sohn heißt Felipe, ist ein sympathischer Typ, der geradezu glücklich ist, noch einen weiteren Bruder, also mich, dazuzubekommen. Der nimmt die Veränderungen innerhalb seiner Familie auch ziemlich locker. Weißt du, Mama, unsere Generation ist anders als eure, wir ... ach, wir sind einfach entspannter, wenn du mich verstehst. Wir sind irgendwie – unbekümmerter. Sandro und ich haben vorhin schon eine Stunde zusammen gejoggt und hatten überhaupt keine Schwierigkeiten miteinander, während seine Eltern noch jetzt mit rotgeweinten Augen herumsitzen. Und Felipe hat sich in einen der großen Ställe zu seinen Viechern verzogen. Er ist offensichtlich viel eher Farmer und Rinderzüchter als Alessandro, er wird vermutlich seinem Vater als Betreiber der Farm folgen. Du siehst, es scheint sich alles prima zu fügen."

Doris Werthstein lächelt erleichtert.

„So, wie es bis jetzt gelaufen ist, könnte man fast von einem Happy End sprechen, oder? Aber die Frage nach eurem leiblichen Vater wird ja auch irgendwann zu klären sein. Wurde darüber schon gesprochen?"

„Nein, dazu sind wir noch gar nicht gekommen, das hat auch keine Eile, wir haben ja beide einen Vater – wie geht es Papa übrigens? Sag ihm, er solle sich keine Sorgen machen – ich mache mir auch keine mehr, aber in der vergangenen Nacht, als Sandro entführt wurde und ich mit der Polizei auf Verbrecherjagd war – da hatte ich regelrecht Angst. Aber das erzähle ich euch alles haarklein, wenn wir wieder zu Hause sind."

„Wann wird das sein?", fragt Doris Werthstein, ihren Sohn vermissend.

„Ich hoffe bald, Dr. Wegener muss ja auch zurück in seine Kanzlei. Aber zuerst werde ich mir von meinem neuen Bruder noch ein bisschen *seine* Heimat zeigen lassen – trotz der ungewohnten Hitze, die hier herrscht. Vielleicht kommt Sandro ja bald auch mal nach Deutschland, unsere Großmutter möchte ihn lieber morgen als übermorgen kennenlernen. Und ihr vermutlich auch – ihr werdet ihn mögen. Er sitzt neben mir, deswegen möchte ich das Loblied auf ihn nicht allzu laut singen, sonst wird er noch rot. Er spricht übrigens tadellos Deutsch, darauf hat Katharina glücklicherweise offenbar Wert gelegt. Alles in allem: Claudia würde sich freuen, wenn sie uns sehen könnte. Aber jetzt mache ich Schluss – ich melde mich wieder – *boa noite,* wie man hier sagt: Gute Nacht."

Doris Werthstein, die während des ganzen Gespräches mit der freien Hand den Arm ihres Mannes umklammert hatte, legt den Hörer zur Seite und sieht ihn lächelnd an. Während sie ihm mit zärtlicher Geste den verrutschten Hemdkragen zurechtrückt und sich an ihn lehnt, murmelt sie: „Er hat zwar nicht unsere Gene und sieht uns nicht ähnlich, aber er ist und bleibt unser Sohn. Und er liebt uns ... ist das nicht wunderbar?" Friedrich Werthstein ist zu gerührt, um zu antworten.

Unterdessen ruft Harald Wegener im Haus Wallburg an.

„Fürstin, Sie fragten beim letzten Anruf unter anderem, wie die beiden Brüder miteinander umgehen. Also, ich kann erfreulicherweise nur Gutes berichten."

Und er berichtet ausführlich.

Die Fürstin antwortet nicht gleich. Ob sie wieder weint, diese Mal vor Glück? Schließlich äußert sie sich mit leiser, verhaltener Stimme.

„Ich kann es kaum erwarten, die beiden zusammen zu sehen. Welch ein Glück, dass sie sich so schnell mit der neuen Situation anfreunden. Vielleicht haben wir uns diesbezüglich zu viele Sorgen gemacht – ich bin so erleichtert. Wann werden Sie wieder hier sein? Und wird Alessandro überhaupt mitkommen?"

Harald zögert.

„Es bedarf noch einiges der Klärung, ich melde mich in Kürze wieder, sobald ich Ihnen Genaues mitteilen kann."

„Ja, grüßen Sie vorerst meine Enkel von ihrer Großmutter – und – unbekannterweise – auch Herrn und Frau de Souza. Sagen Sie ihnen, dass ich nicht beabsichtige, ihnen ihren Sohn wegzunehmen, aber natürlich bin ich begierig, ihn kennenzulernen. Und Ihnen – ach Harald, ich werde Ihnen bis ans Ende meiner Tage von Herzen für ihren Einsatz danken, ich ..."

Harald fällt ihr ins Wort.

„Nicht wieder weinen, Fürstin, auch keine Freudentränen. Und – wenn ich mir diesen Ratschlag erlauben darf: Sagen Sie vorläufig nichts zu Prinz Edwin. Zunächst werden wir uns auf die Suche nach dem Vater dieser jungen Männer machen. Und, wie ich Ihrer Stimme und ihrer Begeisterungsfähigkeit entnehme, geht es Ihnen gesundheitlich so gut, dass wir uns mit Gesprächen über Testament und Vererben vorläufig noch Zeit lassen können."

Die Fürstin räuspert sich verlegen.

„Ihr Ratschlag, was Edwin betrifft, kommt leider zu spät." Sie seufzt.

„Ich habe mich dummerweise kürzlich zu einer Andeutung

über eine Veränderung meiner familiären Situation hinreißen lassen, was sicher unvorsichtig war. Ich habe mögliche Erben erwähnt. Edwin hat getobt, wie Sie sich denken können, und mit juristischen Schritten gedroht, aber vor denen habe ich keine Angst. Ich bin seine einzige Schwester und im Grunde friedliebend und nicht rachsüchtig, deshalb sage ich das Folgende ungern – und ich sage es nur Ihnen: Edwin soll auch nach meinem Tode nie Wohnrecht in diesem Hause haben. Er soll nie als arroganter Snob auf Wallburg herumstolzieren und überhebliche und unsinnige Kommandos geben. Ich hoffe auf Ihren juristischen Beistand, das testamentarisch rechtzeitig festlegen zu können. Das wird für Edwin die verdiente Strafe für all den Ärger sein, den er meinem Mann und mir über Jahre immer wieder gemacht hat. Aber Sie und ich, lieber Harald, wir flechten jetzt weiter an unserer Glückssträhne – Sie dort und ich hier, meine treue Dahlmann wird mir helfen. Kommen Sie mit lauter guten Nachrichten zurück, Wallburg erwartet meine Enkel. Und auf Sie, lieber Harald, kommt eine Menge Schreibkram zu. Ihr Vater ist zu Recht stolz auf seinen tüchtigen Sohn. Ich werde ihn morgen in die veränderte Situation einweihen, nun, da endlich Licht am Horizont aufdämmert. Auf Wiedersehen – und gute Reise."

Das Gespräch ist beendet. Die Stimme der Fürstin hatte zum Schluss wieder nach unterdrücktem Weinen geklungen.

Nachdenklich legt auch Harald den Hörer auf. Einer der letzten Sätze klingt in ihm nach: *Auf Sie kommt eine Menge Schreibkram zu.* Ja, und nicht nur auf mich, denkt er. Wir werden auf den Einsatz und die Fachkenntnis mehrerer Spezialisten angewiesen sein, nicht nur, um Prinz Edwins Argumente zu entkräften. Und wie wird Peter von Gliesen reagieren? Wird er überhaupt reagieren? Sind wir, was seine mögliche

Vaterschaft betrifft, auf der richtigen Fährte? Die beiden Brüder sind blond wie er, aber was beweist das schon? Hoffentlich bekommen wir in den nächsten Tagen einen Flug, und hoffentlich gelingt es mir, Alessandro zu überreden, mit uns zu kommen. Vermutlich wird er sich wegen seiner Entführung und dem ganzen Drumherum irgendwann als Zeuge zur Verfügung stellen müssen, aber er selber möchte seine Großmutter so bald als möglich kennenlernen.

26

„Dahlmann, wie spät ist es eigentlich? Ich bin einerseits so müde, als sei es schon Mitternacht, andererseits so aufgekratzt, dass ich jetzt nie und nimmer Schlaf fände. So viel Aufregung wie in den letzten Tagen und Wochen habe ich in meinem ganzen bisherigen Leben noch nicht erlebt."

„Es ist fast sieben Uhr, Fürstin, Zeit, die Tränen endgültig zu trocknen und etwas zu essen. Ich werde Ihnen einen Imbiss zurechtmachen. Worauf hätten Sie Appetit? Die Hühner legen wieder fleißig – wie wär's mit einem Omelett mit frischem Schnittlauch auf Toast und Salat?"

„Eine fabelhafte Idee – und mach genug für uns beide, du wirst mir Gesellschaft leisten. Können wir vielleicht schon auf der Terrasse essen? Es ist so ein schöner Abend. Ich werde nachsehen, ob ich im Keller einen passenden Wein finde. Dieser besondere Tag verdient einen besonderen Abschluss."

Schon auf dem Weg zur Kellertreppe, bleibt sie plötzlich stehen und dreht sich um.

„Ach, da fällt mir ein: Haben wir genug Eier? Ja? Dann werde ich den alten Wegener bitten, mit uns zu feiern. Und ich werde ihm endlich alles erzählen. Er wird stolz auf seinen Sohn sein, dem wir so viel zu verdanken haben."

Dahlmann sieht ihrer Chefin lächelnd nach, lenkt dann den Blick auf das unterste Bild der Ahnengalerie. Ernst und unnahbar blickt Fürst Raimund aus seinem vergoldeten Rahmen wie immer die Betrachterin an.

„Wie sich die Zeiten ändern – die Fürstin als die Dame des Hauses lädt ihre Angestellten zum gemeinsamen Abendessen ein. Das wäre zu seinen Lebzeiten undenkbar gewesen. Dabei war er im Grunde durchaus freundlich, fair und gerecht, aber eben doch ein selbstbewusster Herr von altem Adel. Dass er von sich aus Weggi und mich, seinen Gärtner und die Haushälterin, einmal an den gemeinsamen Abendbrottisch gebeten hätte – unvorstellbar. Und wenn in der Speisekammer mehr als fünfzig Eier auf baldigen Verzehr gewartet hätten. Claudia hingegen ... Claudia hat oft mit mir draußen in der Küche am Tisch gehockt und Griesbrei mit Himbeersoße gelöffelt, wenn es ihr an der Tafel der Eltern im vornehmen Esszimmer zu langweilig war. ‚Darf ich bei Dahma in der Küche essen?'

Während Dahlmann sich an die Zubereitung der Mahlzeit begibt, die Teller, das Besteck für drei Personen und Wein- und Wassergläser bereitstellt, gehen ihre Gedanken in die Vergangenheit zurück, an einen Nachmittag, als Claudia, vielleicht sechs Jahre alt, mit zorngerötetem Gesichtchen zu ihr in die Küche geeilt war.

„Dahma, unser Hahn ist richtig frech zu den Hennen, er setzt sich manchmal einer auf den Rücken und hält sich mit seinem Schnabel an ihrem Kopf fest. Das tut der doch bestimmt weh – Onkel Weggi soll ihn schlachten, damit die Hühner Ruhe vor ihm haben."

Die helle Kinderstimme klingt ihr noch im Ohr.

Sie versucht sich zu erinnern. „Was habe ich ihr darauf geantwortet? Ich weiß es nicht mehr ... wahrscheinlich habe ich sie daran erinnert, dass der Hahn doch sehr schön sei mit seinem bunten Gefieder und dass er schließlich auf die Hennen aufpasse. Aber das Kind hatte gemeint, man könne ruhig auf ihn verzichten, denn sie habe ihn noch nie auf dem Nest sitzen sehen. Eier legen könne er wahrscheinlich sowieso nicht, Hähne wären nutzlose Angeber. Heutige Kinder würden solche Bemerkungen nicht mehr machen – die sind mit sechs Jahren aufgeklärter, als wir es in unserer Generation auch zehn Jahre später noch nicht waren."

Dahlmann lächelt, während sie dem Gärtner die Küchentür öffnet, der sich, einen Blumenstrauß in der rechten und einen Bund Schnittlauch in der linken Hand, umständlich die schweren Gartenschuhe abstreift.

„Die Fürstin hat mich zum Essen eingeladen, deshalb bringe ich ihr Blumen mit. Es gäbe etwas zu feiern, hat sie gesagt ..."

Der alte Mann, sichtlich verlegen, wischt sich die Hände an den Hosenbeinen ab.

„Ja, ja, komm rein, Weggi – es gibt tatsächlich etwas zu feiern, du wirst es gleich erfahren – her mit dem Strauß und dem Schnittlauch – dort am Waschbecken sind Seife und Handtuch. Ich besorge eine passende Vase. Die Fürstin wird sich über die Blumen freuen."

Dahlmann hat auf der Terrasse den runden Gartentisch gedeckt. Die letzten Sonnenstrahlen schimmern durch die alten Bäume, es ist noch angenehm warm, eine Amsel hat den First des ehemaligen Pferdestalles angeflogen und singt ihr wohltönendes Abendlied. Man widmet sich andächtig dem Essen – bis Dahlmann die Teller abräumt und die Fürstin zu sprechen beginnt.

Ungläubig, beunruhig, entsetzt hört der alte Mann zu. Er wagt kaum, seine Chefin zu unterbrechen und Fragen zu stellen. Dahlmann trägt dann und wann mit ein paar notwendigen Erläuterungen zum Verständnis des Geschehens bei.

Schließlich endet die Fürstin, erschöpft, aber sichtlich erleichtert.

Unsicher und mit zitternder Hand hebt sie ihr Glas, um mit ihren Tischgenossen anzustoßen.

„Ich bin froh und dankbar, euch beide um mich zu wissen. In ein paar Tagen werden meine Enkel zu Besuch kommen – sie sollen sich von Anfang an auf Wallburg zu Hause fühlen. Und Sie, Herr Wegener, werden endlich Ihren Harald wieder in die Arme nehmen können. Und dann begeben wir uns gemeinsam auf die Suche nach dem Vater von Claudias Söhnen. Dahlmann, erinnere mich daran, dass ich Baron von Gliesen benachrichtige, sobald wir wissen, wann genau Christopher und Alessandro ankommen. Trinken wir auf einen glücklichen Ausgang dieses Abenteuers."

Der alte Gärtner trinkt nur einen kleinen Schluck. Nachdenklich dreht er den Stiel des kostbaren alten Glases zwischen den Fingern. Die Fürstin sieht ihn fragend an.

„Ist der Wein nicht in Ordnung? Er liegt natürlich schon lange, aber ..."

Wegener schüttelt den Kopf.

„Ich könnte mir denken, dass Sie mit Ihrer Ahnung recht haben. Baron Gliesen und Claudia waren damals, an jenem Abend, als Avra ihr erstes Fohlen bekam – ach Gott, es ist eine Ewigkeit her – bei der Stute im Stall. Claudia hatte mich gerufen, um mir das Fohlen zu zeigen – sie war außer sich vor Freude. Sie und der Baron überlegten sich einen Namen für das Tier, es war ein Stutfohlen. ‚Onkel Weggi, hast du keinen Vorschlag?' Aber ich hatte abgewinkt, weil mir kein Name einfiel, und bin früher als sonst nach Hause gegangen. Am nächsten Morgen lag eine fast leere Rotweinflasche vor Avras Box ... Und ein paar Wochen später ist Claudia nach Amerika geflogen und Baron von Gliesen hat uns ebenfalls verlassen, obwohl Fürst Raimund ihn gerne behalten hätte, denn er war ein tüchtiger und zuverlässiger Veterinär. Er soll nach Australien ausgewandert sein. Aber ob er ...?“

Die Fürstin und auch Dahlmann antworten nicht. Der Gärtner hebt seufzend und ratlos seine Schultern und trinkt zwei weitere kleine Schlucke Wein.

Es bleibt lange still am Tisch. Die Sonne ist längst untergegangen, die Amsel hat sich auf den obersten Ast der Rotbuche gesetzt und singt unermüdlich weiter.

Nach einer Weile erhebt sich der alte Wegener, um sich zu verabschieden.

„Ich muss am Hühnerstall noch die Klappe schließen – zwei der Hennen haben übrigens angefangen zu glucken, sie sitzen schon seit zwei Tagen, aber die anderen Hennen legen fleißig. Danke, Fürstin, dass Sie mich ins Vertrauen gezogen haben. Und dass Sie mich noch nicht in Rente schicken. Ich kann mir ein Leben außerhalb von Wallburg gar nicht mehr vorstellen. Hoffentlich ...“

Ein wenig linkisch reicht er der Fürstin die Hand.

Henriette steht ebenfalls auf. Sie nimmt die ausgestreckte Hand, lässt sie aber plötzlich wieder los und umarmt ihren Gärtner mit einer spontanen Geste.

„Ich habe Ihnen zu danken, Onkel Weggi, und ich hoffe, dass Sie meinen Garten und die Tiere noch lange betreuen – und dass Sie meine beiden Enkel ebenso ins Herz schließen werden, wie damals meine Claudia.“

27

„Fürstin, das müssen sie sein – eine Taxe ist vorgefahren ..."

Henriette von Wallburg schlägt die Hände vors Gesicht. „Dahlmann, halt mich fest – und ruf den alten Wegener, sein Sohn und meine Enkel sind da. Ich glaube, ich träume ..."

Vor der breiten Eingangstreppe ist ein Wagen stehengeblieben. Der Fahrer steigt aus, öffnet den Kofferraum und hebt schwungvoll einige Gepäckstücke heraus. Der blonde junge Mann auf dem Beifahrersitz bleibt zunächst sitzen. Einer der hinteren Türen entsteigt Christopher, der Fürstin und Dahlmann fröhlich zuwinkend.

„Alessandro, komm, wir sind da. Du wolltest doch deine Großmutter kennenlernen – da oben steht sie – offensichtlich genauso erwartungsvoll wie du. Und knapp hinter ihr steht Agnes Dahlmann, ihre Haushälterin, von der habe ich dir schon erzählt. Den älteren Herrn dahinter kenne ich nicht."

„Das ist mein Vater ... hallo Papa." Harald Wegener, der auf der anderen Seite des Taxis ebenfalls ausgestiegen ist, klärt die jungen Männer auf. Er winkt dem alten Wegener zu; dieser winkt schüchtern, ja lächelnd zurück.

Sein Sohn kramt in der Jackentasche, um den Taxifahrer zu entlohnen.

Der Mann grinst.

„Sieht man selten, zwei Burschen im Einheitslook – sind die echt oder zurechtgemacht für einen Film? In diesen alten

Schlössern werden ja manchmal Filmaufnahmen gemacht." Ungläubig den Kopf schüttelnd stellt er das Gepäck auf der untersten Treppenstufe ab.

„Nein, das sind einfach zwei Brüder."

„Sowas von Ähnlichkeit hab ich noch nie gesehen, das glaubt mir kein Mensch. Oh, üppiges Trinkgeld – besten Dank!"

Christopher, der die Fürstin in der Praxis von Dr. Hirschberger und bei dem sich anschließenden Champagner-Umtrunk in einem Berliner Lokal ja schon kennengelernt hatte und deshalb keine Scheu mehr hat, zieht den zögernden Alessandro die Treppe hinauf.

„Großmutter, ich möchte dir meinen jüngeren Bruder vorstellen. Er heißt Alessandro. Ich finde übrigens nicht, dass man ihm ansieht, dass er jünger ist, oder? Es ist auch kein Problem für uns."

Er gibt sich locker, hat aber offensichtlich Mühe, einen Kloß im Hals zu unterdrücken.

Die Fürstin, dankbar, dass Christopher scherzhaft versucht, die Dramatik des Augenblicks zu überspielen, lächelt.

„Willkommen auf Wallburg. Hatten Sie eine gute Reise? Bitte kommen Sie herein."

Mehr bringt sie vorerst nicht heraus. Dahlmann schiebt ihrer Chefin gerade noch rechtzeitig ein Taschentuch in die zitternde Hand. Dann zieht sie sich in die Küche zurück.

Erst in der großen Eingangshalle findet die Hausherrin ihre Sprache wieder.

„Die Ähnlichkeit mit Ihrem Bruder und auch die mit meiner Tochter verschlägt mir die Sprache."

„Du darfst ihn ruhig duzen, Großmutter," ermuntert Christopher sie. „Dann fällt es ihm leichter, dich ebenfalls zu duzen – hab ich recht, Alessandro?"

Der Bruder nickt, verlegen lächelnd, aber zustimmend.

Auch seine Stimme klingt belegt, als er fragt: „Ist hier, in diesem Haus, Claudia aufgewachsen?“

Die Fürstin nickt bejahend. Nach einer Pause fügt sie hinzu:

„Sie hat Wallburg geliebt, nicht nur das Haus, den Park und die Stallungen, sondern auch Dahlmann – und uns, ihre Eltern. Und wir haben sie ebenfalls geliebt – ja, das haben wir wirklich – aber wir konnten es ihr vielleicht nicht genügend zeigen. Wir waren ein zu altmodisches Elternpaar, wir ...“ Sie bricht ab.

Christopher kann der Versuchung, sie zu trösten, nicht widerstehen. Zögernd legt er ihr eine Hand auf die Schulter. Alessandro geht fast zaghaft in der Halle hin und her. Auf die Ahnengalerie deutend, fragt er schließlich:

„Welcher ist unser – hm – Großvater?“

Die Fürstin weist auf das unterste Bild, tritt hinzu und streicht mit dem Handrücken zärtlich über den üppigen Goldrahmen.

„Eigentlich sollte neben ihm ein Porträt unserer Tochter hängen – durch ihren frühen Tod sind wir leider nicht mehr dazu gekommen, es in Auftrag zu geben.“

Sie dreht sich zu den Brüdern um.

„Ich habe die Hoffnung, dass die Ahnengalerie der Wallburger durch euch eine Fortsetzung findet.“

Nach und nach scheint das Eis aufzubrechen. Alessandro ist auf die Terrasse getreten und zeigt auf den weitausladenden Baum in der Mitte des Rasens.

„Ist das eine normale Buche? Sie ist riesig.“

„Nein, das ist eine Blutbuche, so genannt nach der Rotfärbung ihrer Blätter. Der Vater meines Mannes hat sie vor vielen Jahren gepflanzt, ebenso das ganze Arboretum. Es sind sehr seltene Bäume darunter. Sie spenden herrlichen Schatten im Sommer, obwohl es bei uns vermutlich nie so heiß ist wie bei euch in Sao Paulo.“

Froh, einen unverfänglichen Gesprächsstoff gefunden zu haben, erklärt die Fürstin ihnen die verschiedenen Bäume und Sträucher. „Mein Gärtner, Herr Wegener, kümmert sich um alles. Sein Sohn ist der Anwalt, den Sie ... den ihr schon kennengelernt habt."

„Sie meinen – du meinst Harald? Wo ist er übrigens? Wir haben uns in all dem Trubel noch gar nicht richtig bei ihm bedanken können?", fällt Christopher gerade ein.

Die Fürstin sieht sich suchend nach den beiden Männern um.

„Sie haben sich offenbar dezent zurückgezogen – so sind sie, Vater und Sohn: immer unaufdringlich und bescheiden, aber zur Stelle, wenn sie gebraucht werden. Wir werden sie später noch sehen. Kommt, ich zeige euch Wallburg, jedenfalls einen Teil davon. Die meisten Ländereien und ein Großteil des Waldes sind verpachtet. Mein Mann hat dafür gesorgt, dass alles von guten Leuten bewirtschaftet wird."

„Alessandro möchte Biologie studieren – da kann er ja gleich morgen hier im Gelände anfangen. Aber dürfen wir uns heute zuerst das Schloss anschauen? Ich habe nur als Schüler auf Klassenfahrten einige Male ein Schloss von innen gesehen. Einen Thronsaal gibt es hier wohl nicht?"

Lächelnd verneint die Fürstin.

„Schade, denn auf einen Thronsaal waren wir als Kinder immer besonders neugierig. Und wenn die Besitzer des Schlosses uns selber geführt haben, dann waren besonders die Mädchen in der Klasse immer enttäuscht, dass sie nicht mit einer Krone auf dem Kopf herumliefen oder wenigstens einen langen Hermelinmantel hinter sich herschleppten. Alessandro, habt ihr in Sao Paulo eigentlich auch Schlösser oder Burgen?"

„Natürlich nicht, deshalb möchte auch ich wirklich gern sehen, wie man in deutschen Schlössern wohnt. Schon um nachvollziehen zu können, wie Claudia als Kind gelebt hat."

Und, an die Fürstin gewendet, fährt er fort: „Wir haben uns übrigens darauf geeinigt, dass wir unsere Mütter in Sao Paulo und Berlin nach wie vor ‚Mama' nennen. Claudia ist unsere Nabelschnurmutter und Sie sind ... du bist unsere Großmutter. Und wie wir unseren leiblichen Vater nennen werden, wenn wir ihn denn überhaupt finden, das wird sich zeigen. Aber auch da gilt: Der Titel ‚Papa' bleibt für unsere bisherigen Väter reserviert. Wir sollten sie übrigens noch rasch anrufen und ihnen mitteilen, dass wir gut gelandet sind und herzlich empfangen wurden. Ach, es ist so schön hier – auch wenn es klein und überschaubar ist – ich meine, im Vergleich zu der Weite um unser Haus in Sao Paulo herum. Mein Bruder – ich meine meinen anderen Bruder, Felipe – der wird staunen, wenn er es sieht – er darf doch einmal kommen, nicht wahr, hm – Großmutter?"

Die Fürstin lacht. Sie breitet die Arme aus: „Was für eine Frage – Wallburg und das ganze Drumherum wird eines Tages doch euch gehören – deshalb dürft ihr schon jetzt darüber bestimmen, wen ihr einladen möchtet."

Beschwingt geht sie zurück ins Haus, die Brüder folgen ihr.

„Ich zeige euch eure Zimmer, nehmt eure Taschen mit – richtet euch ein, seht euch an, was ihr sehen möchtet, aber eine gründliche Besichtigung machen wir morgen. Und dann kommt zum Essen. Dahlmann ist eine gute Köchin, sie hat für euren ersten Abend eines von Claudias westfälischen Lieblingsgerichten vorbereitet: Pfeffer-Potthast. Harald Wegener und sein Vater werden mit uns essen. Und wenn ihr anruft – grüßt eure Eltern von eurer überglücklichen Großmutter."

Es wird, nach anfänglicher Zurückhaltung, ein sehr angeregter, informativer, aber auch nachdenklich machender Abend. Man lernt sich kennen. Die jungen Männer berichten von ihren Eltern, von ihren sehr unterschiedlichen Lebensweisen – Christopher von einer fröhlichen Kindheit zunächst in Washington, dann vom Umzug nach Deutschland und von schweren Jahren in Berlin, die von den Sorgen um die Krankheit des Vaters und der damit einhergehenden Geldknappheit geprägt waren.

Alessandro versucht, seine Zuhörer mit dem Leben auf einer brasilianischen Hazienda vertraut zu machen. Natürlich kommt er dabei immer wieder auf das jüngste, dramatische Ereignis, die Entführung zu sprechen, die noch immer wie ein Albtraum auf ihm lastet. Nachdenklich bekennt er, wie unvorsichtig er gewesen sei, was den Umgang mit Raoul betrifft. Und er kann seine Arglosigkeit, ja Naivität noch immer nicht begreifen.

In erster Linie jedoch wollen die Brüder möglichst viel über Claudia erfahren. Sie bitten die Fürstin nachdrücklich um Auskünfte über ihre Ansichten, über ihr Temperament, ihre Wertmaßstäbe und bestürmen auch Dahlmann, den alten Wegener und seinen Sohn Harald. Und fragen schließlich auch nach Graf Michael.

„Was für ein Mensch war Claudias Mann, dieser Michael zu Lauenstein? Und diese Esther, seine und Claudias gemeinsame Tochter? War sie nicht im Grunde unsere Halbschwester?“

Obwohl auch nach Stunden eine Vielzahl von Fragen noch offenbleibt, löst sich die Runde gegen elf Uhr auf. Die Fürstin, von Müdigkeit übermannt, erhebt sich als Erste.

„Wir können fast zwanzig Jahre unseres Lebens, die wir nichts voneinander wussten, nicht an einem Abend nachholen. Morgen sehen wir weiter. Und dann werden wir überlegen, wie wir die Tage eures Aufenthaltes am besten nutzen – nachdem ihr hoffentlich gut geschlafen habt. Frühstück nicht vor neun Uhr! Boys, ihr dürft eurer Großmutter einen Gutenachtkuss geben.“ Die Brüder kommen dem Wunsch noch etwas verhalten nach.

Dahlmann begleitet ihre Chefin ins Haus und erinnert sie diskret an die abendliche Medikamenteneinnahme, aber die Fürstin wehrt ab.

„Schluss mit Pillen! Ich habe beschlossen, noch einmal gesund und jung zu sein. Gleich morgen werde ich Dr. Mittmann um weitere Reduzierung der Medikamente bitten. Und ich werde Charlotte zu Lauenstein benachrichtigen – sie muss meine Enkelsöhne kennenlernen. Und dann nehme ich Kontakt zu Baron von Gliesen auf – hoffentlich hält er sich noch in Deutschland auf, sonst muss er noch einmal kommen. Aber auch darüber sprechen wir morgen."

Sie wendet sich an den jungen Wegener.

„Harald, wie gut, dass Sie sich seinerzeit entschlossen haben, Jura zu studieren. Ich wüsste nicht, wo sonst ich einen Spezialisten für Erbrecht hernehmen sollte. Vermutlich wird mein Bruder uns noch Schwierigkeiten machen, geldgierig wie er ist. Aber weil ich nicht mit meinem baldigen Ableben rechne und ein gütiges Schicksal mir zwei blutsverwandte, erbberechtigte Enkel beschert hat, bin ich zuversichtlich. Im Übrigen habe ich Edwin bei seinem letzten Besuch verboten, Wallburg noch einmal zu betreten – aber ob er sich daran hält? Er kann sehr hartnäckig sein ..."

28

Der nächste Morgen beginnt mit einem gemütlichen Frühstück auf der sonnigen Terrasse. Henriette von Wallburg war schon zeitig ins nahe Dorf gefahren, um frische Brötchen einzukaufen. Ihr Erscheinen hatte Verwunderung ausgelöst, sowohl bei den Bäckersleuten als auch bei einigen morgendlichen Kunden.

„War das nicht die Fürstin? Seit Jahren war die nicht mehr hier – es hieß immer, sie sei schwer depressiv, und seit dem schrecklichen Drama mit dem Flugzeugabsturz soll sie erst recht apathisch sein und noch einsamer und zurückgezogener leben als früher. Aber eben machte sie doch einen ganz normalen Eindruck."

Die Frau des Bäckers musste es den ganzen Vormittag lang immer und immer wieder erzählen: „Sie hat nach unseren Hefeschnecken mit Rosinen und Zuckerguss gefragt, die ihre Tochter Claudia früher so gerne gegessen hätte – ja, von denen hätte sie gerne vier Stück – und acht normale Brötchen. Übrigens fährt sie wieder selber Auto, zwar nicht mehr diesen Riesenschlitten, mit dem der Fürst sich in den letzten Jahren manchmal von seinem Chauffeur hatte herumkutschieren lassen, sondern irgendetwas Kleineres ..."

Wie ein Lauffeuer gehen die Neuigkeiten durch die kleine Gemeinde.

„Die Ärmste hat in den vergangenen Jahren zu viel Schreckliches durchgemacht. Es wäre ihr zu gönnen, wenn sie besonders diesen letzten Schicksalsschlag, den Verlust von Tochter, Schwiegersohn und Enkelin, irgendwann verwinden und noch einmal zurückfinden könnte in ein normales Leben."

Das war die einhellige Meinung der Leute.

Jemand wusste zu berichten, vor einigen Tagen sei die Fürstin schon einmal zusammen mit Frau zu Lauenstein gesehen worden, die ja praktisch auch ihre ganze Familie durch den Unfall verloren habe.

„Die arme Frauen – nun haben sie beide diese schönen Schlösser und leben ganz alleine darin. Frau zu Lauenstein lässt ihres angeblich schon mehr und mehr verkommen. Beim letzten Sturm sind an dem kleinen Erker im Obergeschoss ein paar Dachziegel herausgebrochen, aber sie denkt offensichtlich nicht daran, neue einsetzen zu lassen. ‚Für wen soll ich das Anwesen instand halten? Soll sich eines Tages das Amt für Denkmalschutz darum kümmern', soll sie gesagt haben."

Eine weitere Kundin im Bäckerladen hatte gesehen, dass am gestrigen Nachmittag eine Taxe, offenbar vom nahen Flughafen kommend, am Schloss vorgefahren war. Außer dem Sohn des alten Wegener seien auch zwei unbekannte junge Männer ausgestiegen."

„Überhaupt – ist Harald Wegener nicht Rechtsanwalt geworden? Da ist irgendetwas Juristisches im Gange, wofür sie ihn braucht, sonst käme der doch nicht alle naselang nach Wallburg?"

„Und diese jungen Männer? Verwandte können das nicht sein, denn die Fürstin soll außer ihrem Bruder keine Verwandten mehr haben. Und Prinz Edwin? Nein, der ist nicht verheiratet, aber ob er erwachsene Söhne hat? Das hätte sich längst herumgesprochen. Und er und die Fürstin sind sowieso nicht gerade ein Herz und eine Seele. Möglicherweise denkt die Fürstin daran, das Schloss zu verkaufen – vielleicht waren die gestrigen Besucher mögliche Käufer, die schon mal probeweise im Schloss übernachten wollten? Vielleicht Makler? Aber für Fremde würde die Fürstin vielleicht Frühstücksbrötchen kaufen, aber doch keine Hefeschnecken mit Rosinen und Zuckerguss, weil Prinzessin Claudia sie so gerne gemocht hat?"

Von solchen Gesprächen ahnt man am morgendlichen Frühstückstisch auf der Schlossterrasse natürlich nichts. Christopher und Alessandro langen herzhaft zu, wobei die Fragestunde des gestrigen Abends eine Fortsetzung findet.

„Wie verkraftet eigentlich die Mutter von Claudias Mann, diese Gräfin zu Lauenstein, den Verlust des einzigen Sohnes? Hat sie noch irgendwelche Verwandten, eine Familie?"

„Nein, mit dem Tod von Michael und Esther sind die Lauensteins ausgestorben. Charlotte ist schon lange Witwe und ..."

Das Telefon läutet. Dahlmann kommt herein und reicht der Fürstin den Hörer.

„Ja bitte?"

„Spreche ich mit der Fürstin von Wallburg? Mein Name ist von Gliesen, ich ..."

Die Fürstin springt auf.

„Baron von Gliesen, welch ein glücklicher Zufall! Wir haben gestern Abend von Ihnen gesprochen und uns gefragt, ob Sie wohl noch in Deutschland sind. In der Zwischenzeit sind die Dinge soweit gediehen, dass meine beiden Enkel gerade gestern Nachmittag hier eingetroffen sind, – ja, es ist wie ein Wunder. Wir hätten Sie heute ebenfalls zu erreichen versucht. Sie sind noch im Lande? Können wir uns sehen?"

Sie deckt mit einer Hand die Hörmuschel ab und flüstert: „Baron von Gliesen."

Es zeigt sich, dass er und seine Familie noch heute und morgen bei seinen Eltern weilen, zumindest er selber müsse morgen Abend jedoch nach Australien zurückfliegen. Wenn also der Wunsch nach einer persönlichen Begegnung nach wie vor bestünde, dann ...

Die Fürstin sieht auf die Uhr. „Baron, machen wir Nägel mit Köpfen – dürfen wir Sie zum Mittagessen einladen – dreizehn Uhr? Sie kommen allein? Ja, ja, das ist nachvollziehbar – ja – natürlich – selbstverständlich – ja. Baron, ich kann Ihre Bedenken verstehen, es ist auch für mich und besonders für Claudias Söhne eine außergewöhnliche Situation, aber wir können sie wohl nicht umgehen, – ja, wir erwarten Sie. Werden Sie Zeit mitbringen können? Das wäre gut – ja, seien Sie uns willkommen. Auf Wiedersehen."

„Er wird mit uns zu mittagessen."

Dahlmann nimmt ihrer Chefin den Hörer ab und trägt ihn wieder ins Haus.

Die Fürstin schließt die Augen. Nach einer Pause berichtet sie:

„Es fällt ihm nicht leicht, euch zu begegnen, aber er steht dazu. Wenn sich unser Verdacht bewahrheitet, wird sich sein ganzes Leben umkrempeln. Seine Frau weiß erst seit einigen Wochen, dass ihr Mann eventuell zwei erwachsene Söhne hat. Sie soll bewundernswert reagiert haben – macht ihm keinerlei Vorhaltungen, aber nun wird er es auch seinen Töchtern beichten müssen. Frau von Gliesen ist nämlich kurz nach der – hm – nach der Begegnung ihres Mannes mit Claudia ebenfalls schwanger geworden und hat zunächst Julia, zwei Jahre später Jenny geboren. Die Mädchen sind also nur wenig jünger als ihr beiden, aber über eine sich möglicherweise verändernde familiäre Situation wissen sie bislang nichts. Wie werden sie damit umgehen? Und ihr? Fühlt ihr euch stark genug, möglicherweise eurem leiblichen Vater zu begegnen?"

Die Jungen sind fast gleichzeitig aufgestanden. Sie sehen sich an.

„Wie gehst du damit um?“, fragt Alessandro seinen Bruder.

Christopher geht, zunächst ohne Antwort, mit großen Schritten auf der Terrasse hin und her. Dahlmann, die gerade den Frühstückstisch abräumt, beobachtet ihn aus den Augenwinkeln.

„An wen nur erinnert mich diese Art zu gehen?“, sinniert sie. „Ach, Claudia, warum machst du es uns allen so schwer?“

„Wir müssen diesem Baron von Gliesen eine Chance geben“, antwortet Christopher schließlich. „Vielleicht geht es uns mit ihm ja wie mit Großmutter – bei ihr hat es mit der Chemie sofort gestimmt. Ich möchte jetzt nicht gar zu sentimental klingen, aber bei der ersten Begegnung mit ihr muss so etwas wie die Stimme des Blutes gesprochen haben – ich kann es nicht anders ausdrücken. Es war nicht einfach nur Sympathie, die ich von Anfang an empfunden habe, sondern da war eine Art Gleichklang, Zuneigung. – Wenn es mir bei Baron von Gliesen ebenso ergeht, dann – dann werde ich es irgendwie spüren, darauf verlasse ich mich jetzt einfach mal.“

„Und wenn nicht? Sprich weiter.“

„Wenn nicht? Ja, darauf kann ich jetzt nicht antworten. Ich muss ihm erst einmal gegenüberstehen. Und du?“

Alessandro, offenbar ebenso ratlos, zuckt zunächst mit den Schultern, nickt dann aber zustimmend.

„Ich hätte es nicht anders, bestimmt nicht besser sagen können als du. Mir ist es ja mit dir auch so ähnlich ergangen – irgendetwas an dir kam mir so vertraut vor – obwohl ich dich zuerst verprügeln wollte, weißt du noch? Mit beiden Fäusten bin ich auf dich losgegangen, Felipe hatte sich zwischen uns geworfen. Aber das, was du die Stimme des Blutes nennst – ich vermute, die gibt es in Wirklichkeit nicht. Das wäre ein mir unbekanntes Phänomen – aber wenn es so etwas doch gibt, dann – boah, ist das alles kompliziert. Ist noch eine von diesen Rosinenschnecken übrig, die unsere Claudia angeblich so gerne mochte? Her damit – Claudia, hilf mir denken!"

Heißhungrig beißt er in das süße Gebäck.

„Normalerweise brauche ich andere Denkhilfen, zum Beispiel die Natur. Ich gehe jetzt mit der Rosinenschnecke auf der Faust in diesen wundervollen Park, in das Arboretum, das unser Urgroßvater seinerzeit in weiser Voraussicht hat anlegen lassen. Mir helfen Bäume denken – und Büsche und Pflanzen und Blumen. Auch Käfer und natürlich Kakerlaken, aber die gibt es hier wohl nicht, oder?"

Er wendet sich an die Fürstin.

„Und du, Großmutter? Wie siehst du diesem Besuch entgegen? Oh, du weinst?" Er beugt sich besorgt zu ihr.

Henriette von Wallburg laufen in der Tat die hellen Tränen übers Gesicht; sie versucht nicht einmal, sie zu verbergen.

„Ich sitze einfach nur hier und vergieße Freudentränen, weil *ich* nämlich die von euch angezweifelte Stimme des Blutes nicht nur flüstern, sondern laut rufen höre. Sie ruft mich ins Leben zurück. Und sie rät mir außerdem, zu Dahlmann in die Küche zu gehen und ihr beim Kochen behilflich zu sein, damit ich vor lauter Rührung nicht zerfließe. Und ich brauche etwas Ablenkung, denn das Treffen mit Baron von Gliesen beunruhigt mich doch einigermaßen. Hallo, Herr Wegener, Sie kommen gerade recht."

Sie winkt dem Gärtner zu, der eben hinter den Rhododendren auftaucht.

„Hätten Sie Zeit, Alessandro ein wenig durch unser Arboretum zu führen? Und nehmen Sie Christopher mit, die beiden sollen ihren künftigen Besitz ein wenig kennenlernen. Wir treffen uns wieder, wenn unser Gast zum Essen eintrifft."

29

Als zwei Stunden später Baron von Gliesen aus dem Taxi steigt und die Fürstin ihren Gast willkommen heißt, liegt knisternde Spannung in der Luft.

„Wo sind sie? Wie sehen sie aus?“, lautet seine erste Frage.

Die Fürstin antwortet zögerlich.

„Sie gleichen Claudia sehr stark, das ist unverkennbar. Wer Claudia gekannt hat, wird die Ähnlichkeit sofort entdecken, nicht nur, was die blonden Haare betrifft. Ich werde sie rufen lassen, dann können Sie sich selbst überzeugen. Sie haben sich übrigens, entgegen den Befürchtungen der beiden Elternpaare, recht schnell gegenseitig akzeptiert. Alessandro hat zudem erst an dem Tag, als er seinem Bruder begegnete, überhaupt erfahren, dass er ein Adoptivkind ist. Wir alle waren erstaunt, wie schnell und nahezu problemlos er diese beiden Neuigkeiten verkraftet hat. Baron, und seien Sie nicht enttäuscht, wenn man Ihnen nicht gleich mit Kindesliebe begegnet – beide hatten das Glück, von wunderbaren Eltern aufrichtig geliebt zu werden, und daher ist die Bindung an sie sehr stark. Ach, da kommen sie schon – der mit den kürzeren Haaren ist Christopher, der Ältere. Ich kann sie vorläufig nur durch die unterschiedlich langen Haaren auseinanderhalten – sie sind sich auch im Wesen ziemlich ähnlich. Alessandro, Christopher, ich möchte euch Baron von Gliesen vorstellen. Ihr wisst, warum er hier ist.“

Es wird eine korrekte, freundliche, etwas kühle Begrüßung.

„Ich freue mich, Ihre Bekanntschaft zu machen. Die Umstände sind mehr als ungewöhnlich – ich habe zwei Töchter in Ihrem Alter und hatte nicht erwartet, von heute auf morgen zwei erwachsene Söhne dazu zu bekommen. Ich gestehe, dass es mir nicht leichtfällt, Sie mit *Du* anzureden, biete ihnen aber gern an, mich zu duzen, was Ihnen in Anbetracht Ihrer Jugend sicher leichter über die Lippen geht."

Er wendet sich an die Fürstin, lässt die beiden jungen Männer dabei aber nicht aus dem Blick. „Sie haben recht, Fürstin, Ihre Enkel sehen in der Tat Ihrer Tochter Claudia sehr ähnlich."

Christopher und Alessandro bringen außer „Guten Tag" zunächst kein Wort heraus. Die Fürstin rettet die Situation, indem sie zu Tisch bittet.

Eine Unterhaltung kommt jedoch auch hier nur zähflüssig in Gang. Man tauscht Höflichkeiten aus, erwähnt das für die Jahreszeit ungewöhnlich warme Wetter, lobt das von Dahlmann servierte Essen. Alessandro berichtet auf Nachfrage der Fürstin von landestypischen Speisen seiner brasilianischen Heimat, und Peter von Gliesen seinerseits bemüht sich, die Tischrunde mit kulinarischen Besonderheiten aus Australien vom anstehenden Themenkomplex abzulenken.

Christopher, erstaunlich zurückhaltend, beobachtet ihn insgeheim, seine Körpersprache, seine Art Sätze zu formulieren, seine unzweifelhaft tadellosen Tischmanieren. Als Dahlmann nach dem Hauptgang einen Teil des Geschirrs abräumen will, steht er rasch auf, um ihr zu helfen.

„Denken Sie, dass er unser leiblicher Vater ist?"

Ohne tatsächlich eine wirkliche Antwort zu erwarten, sieht er die Haushälterin hilflos an, hebt ratlos die Schultern und schüttelt verneinend den Kopf. Dahlmann bedeutet ihm wortlos, aber mit entsprechender Kopfbewegung und aufmunterndem Lächeln, zurück ins Esszimmer zu gehen.

Doch auch sie ist zutiefst verunsichert. Irgendetwas läuft da anders als erwartet. Baron von Gliesen ist fraglos ein angenehmer, sympathischer, gutaussehender Mann – aber ob er derjenige ist, den sie im Verdacht hat? Der, von dem Claudia damals gesprochen hat?

Während sie das Dessert aus dem Kühlschrank nimmt, Gebäck in einer Silberschale bereitstellt, Wasser für den Espresso aufsetzt, nimmt schlagartig ein neuer Gedanke von ihr Besitz: Warum kommt während der lebhafter werdenden Tischgespräche keine Nähe auf, keine vertrauensvolle Stimmung? Christopher hat es auch gemerkt. Er und Alessandro benehmen sich tadellos, sind sichtlich bemüht und guten Willens, dem Gast Sympathie entgegenzubringen, das Rätsel ihrer Abstammung zu lösen. Auch von Gliesen hat sich dahin gehend geäußert. Er ist bereit, Verantwortung zu übernehmen, wenn sich einwandfrei herausstellen sollte, dass sein damaliger „Seitensprung" tatsächlich nicht ohne Folgen geblieben ist. Aber es liegt eine so spürbare Fremdheit zwischen den Anwesenden in der Luft, ein nur mühsam vorgetäuschtes Interesse, höfliche Anteilnahme sogar, aber es kommt keine Wärme auf. Jeder vorsichtig geäußerte Gedanke scheint mühsam kalkuliert.

Dahlmanns Gedanken jagen sich.

„Wir müssen heute einen Beweis erbringen. Morgen fliegt der Baron zurück nach Australien, die Prinzen werden auch nicht mehr lange hier sein – es kann Monate dauern, bis sich eine neue Gelegenheit ergibt, das Rätsel zu lösen. Gibt es nicht neuerdings eine Methode, mit der man über das Blut oder über etwas anderes nachweisen kann, ob eine Verwandtschaft vorliegt? Ich rufe Dr. Mittmann an. Ihm als Arzt wird vielleicht etwas einfallen."

In ungewohnter Eile serviert sie den Nachtisch, den Kaffee – und hat im Arbeitszimmer des Fürsten schon die Nummer des Arztes gewählt.

„Dr. Mittmann, hier spricht Agnes Dahlmann – ich weiß, dass heute Mittwoch ist und ich vermutlich Ihren freien Nachmittag störe, aber es ist dringend – nein, nein, der Fürstin geht es gut, es geht ihr sogar sehr gut – sie genießt die Anwesenheit ihrer beiden Enkel – ach ja, von denen wissen Sie ja noch nichts, also ..."

Und sie berichtet kurz und knapp von Claudias Brief, von zwei bislang unbekannten Söhnen, von dem vagen Verdacht, Peter von Gliesen sei vielleicht der Vater der Zwillinge „Gibt es nicht eine Möglichkeit, einwandfrei festzustellen, ob wir mit dem Verdacht richtig liegen?"

„Nun, das sind ja wirklich Neuigkeiten." Der Arzt signalisiert Erstaunen und Interesse.

„Gut, dass Sie mich anrufen, Frau Dahlmann, denn natürlich gibt es diese Möglichkeiten, der Wissenschaft sei Dank. Sie sagen, die Betreffenden sind momentan bei der Fürstin zu Besuch? Dann wäre eine DNA-Analyse eine einfache und sichere Möglichkeit, alle eventuellen Unklarheiten auszuräumen. Aber die Beteiligten müssen damit einverstanden sein, eine Speichelprobe für einen Test abzugeben. Denken Sie, es könnte Ihnen gelingen, den drei Männern die Möglichkeit einer DNA-Analyse zur Wahrheitsfindung schmackhaft zu machen?"

Eifrig bejaht Dahlmann die Frage.

„Dann bin ich in einer knappen Stunde bei Ihnen." „Bitte, Dr. Mittmann, kommen Sie, ich lasse mir in der Zwischenzeit etwas einfallen. Die Fürstin weiß nicht, dass ich Sie angerufen habe. Notfalls denken Sie sich eine Ausrede aus: Sie seien gerade in der Nähe und wollten der Fürstin als einer Ihrer langjährigsten Patientinnen nur einen Besuch abstatten, und dann kommen Sie irgendwie auf das Thema DNA. Ich habe einfach das Gefühl, man dürfte diese günstige Gelegenheit, die mögliche Vaterschaft ein für alle Male zu klären, nicht verstreichen lassen."

Die Stimme versagt ihr fast, aber sie fährt fort:

„Ich bin seit fast vierzig Jahren Haushälterin auf Wallburg – und es ist mir bewusst, dass ich mir jetzt möglicherweise etwas anmaße, was mir nicht zusteht, aber wissen Sie – die Wallburger sind meine Familie. Ich habe in den vielen Jahren all ihre Höhen und Tiefen miterlebt, und selbst wenn ich jetzt etwas tue, was mir meine Stellung im Grunde verbietet – bitte kommen Sie. Auch um Claudias Willen – ich habe sie geliebt wie mein eigenes Kind, ich ..."

Hier bricht Dahlmanns Stimme endgültig ab. Als sie den Hörer auflegt und zurück in die Küche gehen will, steht die Fürstin in der Türe.

„War das Dr. Mittmann, mit dem du gesprochen hast? Hat er angerufen oder hast du ihn kontaktiert? Aus welchem Grunde?"

Dahlmann wird flammend rot, fühlt sich ertappt, überlegt eine Notlüge – aber dann bricht es einfach aus ihr heraus.

„Fürstin, ich habe vielleicht, was Baron von Gliesen betrifft, einen vorschnellen Verdacht geäußert. Es tut mir unendlich leid, aber ich bezweifle, dass dieser Mann der Vater der Prinzen ist. Nicht nur, dass es, abgesehen von den blonden Haaren, nicht die mindeste äußere Ähnlichkeit gibt – es gibt auch gefühlsmäßig keinerlei verwandtschaftlichen Gleichklang, ich ..."

Sie ringt die Hände, sucht nach erklärenden Worten und sieht die Fürstin flehentlich an.

„Ich weiß nicht, wie ich es ausdrücken soll ... aber erinnern Sie sich, wie es war, als Sie und Christopher sich zum ersten Mal bei diesem Berliner Anwalt getroffen haben? Da war von

Anfang an eine Nähe spürbar und damit verbunden eine innere Bereitschaft, auf einander zuzugehen, sich zu öffnen. Das haben wir alle empfunden, die Werthsteins genauso wie ich. Und jetzt? Es geschieht nichts Derartiges ... Christopher war vorhin hier, ich glaube, er empfindet es ebenso."

Sie unterdrückt ein Schluchzen.

„Ja, verzeihen Sie mir, aber ich habe gerade Dr. Mittmann um Hilfe angefleht. Ich habe irgendwo von einer wissenschaftlichen Möglichkeit gehört, von einer modernen Methode, mit der man eine Vaterschaft einwandfrei und – wie es scheint – unkompliziert feststellen kann. Man muss dafür irgendetwas Persönliches von den entsprechenden Personen abnehmen. Aber wenn Baron von Gliesen morgen wieder nach Australien zurückfliegt und auch Ihre Enkel, speziell Alessandro, nicht mehr unmittelbar greifbar sein werden, dann ... Dr. Mittmann war sofort im Bilde, als ich ihn auf diese Methode ansprach, auch wenn ich mich nur amateurhaft ausdrücken konnte. Bitte entschuldigen Sie, dass ich mich da in etwas einmische, was mir nicht zusteht, aber ...

Ruckartig dreht sie den Kopf zum Fenster, um ihre immer wieder aufsteigenden Tränen vor der Fürstin zu verbergen, als sie sich plötzlich von deren Armen umfangen fühlt.

„Ach, Dahlmann, du gute treue Seele. Du hast recht, uns allen geht es genau so, wie du es schilderst – es machen sich Scheu und Befangenheit zwischen den Prinzen und Baron von Gliesen breit. Der Arme, er gibt sich solche Mühe, einem Gefühl für seine möglichen Söhne Raum zu geben – vergeblich! Quälen wir ihn und uns nicht länger. Eine DNA-Analyse. Natürlich, das ist die Lösung! Dr. Mittmann kommt also? Ich werde den Männern diesen Vorschlag unterbreiten, um Klarheit zu schaffen. Selbst auf die Gefahr hin, dass wir danach erneut auf die Suche nach einem Vater für die Zwillinge gehen müssen. Dahlmann, du bist Gold wert – ich bin dir so dankbar, ich werde dir das nie vergessen."

Mit beiden Händen und ausgestreckten Fingern wischt sie ihrer Haushälterin die Tränen aus dem Gesicht, drückt ihr überschwänglich einen Kuss auf die Stirn und wendet sich zur Tür.

„Dass die Männer nicht selber auf diese naheliegende Idee gekommen sind – vielleicht haben sie sich nur nicht getraut, auf diese Möglichkeit hinzuweisen. Ob alle drei auf die „Stimme des Blutes" gehofft haben? Aber sie hat sich nicht gemeldet? Geben wir den neuesten wissenschaftlichen Erkenntnissen eine Chance."

Als eine halbe Stunde später Dr. Mittmann eintrifft, sind alle Beteiligten offen für eine DNA-Probe. Die Fürstin hatte ihrem Hausarzt in groben Zügen den Hintergrund und die Notwendigkeit des beabsichtigten Vorgehens erläutert, worauf dieser sich, ohne weitere Fragen zu stellen, zu den Wartenden in das ehemalige Arbeitszimmer des Fürsten hatte führen lassen.

Die Begrüßung ist sachlich–freundlich. Während der Arzt seinem mitgebrachten Koffer ein paar der benötigten Utensilien entnimmt, klärt er die Männer vor allem über die juristischen Hintergründe eines Vaterschaftstests auf. Er erläutert, warum er sich deren Ausweispapiere genau ansehen und die Daten sorgsam in einem mitgebrachten Formular vermerken muss, und warum der Test nur mit dem Einverständnis aller gemacht werden kann.

„In Ihrem Fall ist die Situation einfach, da Sie sich dem Test alle freiwillig unterziehen, was ich in diesen Papieren festhalten muss und was Sie mit Ihren Unterschriften bestätigen werden. Es kommt allerdings vor – und das sogar recht häufig – dass den entsprechenden Laboreinrichtungen anonyme Tests eingereicht werden, aus welchen Gründen auch immer. Diese haben jedoch keine Relevanz und werden in aller Regel von den Gerichten als Beweismaterial nicht akzeptiert. Ich werde jetzt von jedem von Ihnen per Wattestäbchen eine Speichelprobe nehmen, sie in einem exakt beschrifteten Gläschen verschließen und an das rechtsmedizinische Institut der Universität schicken. Man kann auch jedes andere Labor wählen, aber an der Uni geht es meistens etwas schneller. Darf ich fragen, wer für die entstehenden Kosten aufkommen wird?"

Sofort meldet sich die Fürstin. Doch auch Baron von Gliesen hebt zustimmend die Hand.

„Fürstin, bitte lassen Sie mich ..." Henriette von Wallburg winkt ab.

„Nein, noch wissen wir nicht, ob Sie der Vater sind, aber dass ich die Großmutter dieser Knaben bin, das steht fest – sogar ohne DNA-Analyse. Und für dieses Glück bin ich gern bereit zu zahlen. Es wird wohl nicht mein ganzer Besitz dabei draufgehen, nicht wahr, Dr. Mittmann? Es wäre wünschenswert, wenn zumindest das Wasserschloss zum Vererben übrigbliebe."

Der Arzt lächelt.

„Ich kann Ihnen keinen konkreten Preis nennen, aber Ihre finanziellen Möglichkeiten werden nicht übermäßig strapaziert werden. Mit dem endgültigen Ergebnis wird man Ihnen die Rechnung für die Laborkosten in etwa vierzehn Tagen zukommen lassen. Und wie soll man Ihnen das Resultat mitteilen? Es wird vermutlich zunächst an mich geschickt, und ich kann es per Telefon oder per Fax an Sie weiterleiten. Einverstanden?"

Für alle spürbar, lässt die anfängliche Spannung allmählich nach. Und als Agnes Dahlmann kurz darauf in der Tür erscheint und nach kurzer Rücksprache mit der Fürstin zum

Tee an den gedeckten Tisch bittet, kommt endlich eine lockere, zwanglose Unterhaltung in Gang. Baron von Gliesen zeigt sich interessiert daran, ob es in den Ställen noch Pferde gibt, was besonders aus Avra bzw. ihrem Fohlen geworden sei und so weiter. Er richtet Fragen an die Prinzen, erkundigt sich nach ihren Neigungen, ihren Berufswünschen, lässt sie von ihren Eltern berichten und wie sie mit ihrer Adoption umgehen. Sowohl Christopher als auch Alessandro geben nach und nach freimütig Auskunft.

Dahlmann, die am Ende des Tisches sitzt und darauf achtet, dass alle mit Gebäck und Tee hinreichend versorgt werden, strahlt und nimmt das Lob, dass die Idee mit der DNA-Analyse schließlich von ihr stamme, errötend entgegen.

Als Dr. Mittmann sich kurze Zeit später verabschiedet, um die Testbefunde mit den entsprechenden Unterlagen persönlich und schnellstmöglich im rechtsmedizinischen Institut der nahen Uni abzuliefern, begleitet sie ihn zur Tür.

„Das war eine hervorragende Idee, Frau Dahlmann. Noch ahne ich die Notwendigkeit dieses Tests ja nur andeutungsweise, aber die Beteiligten werden ihre Gründe haben. Und die Fürstin wird mich gelegentlich über die mir dramatisch erscheinenden Ereignisse aufklären. Ich werde in ein paar Tagen wieder nach ihr sehen. Übrigens: Diese jungen Männer haben tatsächlich eine unglaubliche Ähnlichkeit mit Prinzessin Claudia, aber sie gleichen nicht im Mindesten Herrn von Gliesen. Nun, in spätestens zwei Wochen wissen wir mehr. Bis dahin – passen Sie weiterhin gut auf Frau von Wallburg auf."

Er reicht ihr die Hand, und schon am Fuße der breiten Treppe angekommen, dreht er sich noch einmal um.

„Nimmt sie ihre Medikamente eigentlich noch?"

Dahlmann nickt.

„Aber seit Sie ihr erlaubt haben, die Dosis zu reduzieren,

zeigt sie endlich wieder Interesse an sich selbst und an ihrer Umgebung. Sie hat sogar die Kraft aufgebracht, ihren Bruder in die Schranken zu weisen, was bitter nötig war. Und die Tatsache, dass sie nun wieder eine Familie hat ... ach, wenn Claudia es sehen könnte. So wach, gelöst und neugierig auf das Leben hat sie ihre Mutter nie erlebt. Die Fürstin möchte am liebsten auf einen Schlag das ganze Schloss Wallburg aus dem Dornröschenschlaf wach küssen und ihren Enkeln zu Füßen legen. Ich muss ihren Tatendrang schon fast bremsen."

„Lassen Sie sie ruhig machen. Ich kann diese Entwicklung nur freudig begrüßen."

Lächelnd winkt Dr. Mittmann ihr Abschied nehmend zu.

Kurz darauf verabschiedete sich auch Baron von Gliesen. Er habe seinen Eltern noch einen gemeinsamen letzten Abend vor seiner Rückreise nach Australien versprochen.

„Sie kennen den Grund meines Besuches bei Ihnen nicht, Fürstin, ebenso wenig wie Julia und Jenny. Ich wollte sie nicht beunruhigen, ehe es völlige Klarheit darüber gibt, ob ich ..."

Er sucht nach Worten, sieht Christopher und Alessandro nachdenklich an. Nach einer Pause fährt er fort: „Sie sind überaus sympathische junge Männer – Ihren Adoptiveltern gebührt großer Respekt und ebensolcher Dank. Wenn es sich erweisen sollte, dass Sie nicht nur Claudias, sondern auch meine Söhne sind, werde ich mich der Verantwortung stellen. Was hat Dr. Mittmann erwähnt, wie lange wird es dauern, bis wir die Ergebnisse der Analyse haben werden? Knapp zwei Wochen? Das werden die längsten zwei Wochen meines Lebens werden."

Er geht auf die beiden zu, um sich zu verabschieden. Eine große innere Anspannung und Unsicherheit ist allen Anwesenden anzumerken.

„Ich gestehe, dass ich im Moment nicht Herr meiner Emotionen bin. Sie sind mir beide durchaus sympathisch, schon weil Sie Claudia so sehr ähnlichsehen, aber es wäre unaufrichtig, wenn ich von väterlichen Gefühlen Ihnen gegenüber sprechen würde. Es fällt mir sogar schwer, Sie mit Ihren Namen und Titeln anzusprechen. Aber wenn die Tests entsprechend ausfallen, werden wir uns aneinander gewöhnen – ich habe den festen Willen dazu. Ein zweites Mal lasse ich Ihre Mutter nicht im Stich, das verspreche ich."

Auch den Zwillingen fällt es sichtlich schwer, die Situation zu meistern.

Glücklicherweise erspart die Ankunft des herbeigerufenen Taxis ihnen das lange Suchen nach angemessenen Worten.

„Wir bleiben in Kontakt."

Christopher winkt dem abfahrenden Wagen fast erleichtert hinterher.

„Ich rufe jetzt auf der Stelle Papa und Mama an und erzähle ihnen alles."

„Gute Idee", bemerkt Alessandro. „Wie spät ist es jetzt bei uns zu Hause? Egal, ich muss meinen Eltern endlich auch wieder mal was Nettes sagen."

30

„Die Besucher im Schloss scheinen länger zu bleiben – die Fürstin war heute schon wieder da und sie hat wieder Brötchen und dieses Mal sogar sechs Rosinenschnecken gekauft. Ihre beiden Enkel wären ganz verrückt danach, hat sie gesagt. Ja, sie hat von zwei Enkeln gesprochen – nein, ich habe mich nicht verhört."

Die Frau des Bäckers gibt die neuesten Nachrichten aus dem Schloss aufgeregt und bereitwillig an ihre Kunden weiter.

„Aber – wie kommt man denn so plötzlich an Enkel? Sind diese Besucher etwa die Enkel der Fürstin?"

„Ich weiß es nicht, denn natürlich konnte ich nicht direkt fragen, wo sie so mir nichts dir nichts Enkel gefunden hat, aber es lag mir auf der Zunge. Vielleicht hat sie einfach welche adoptiert, damit sie ihren Besitz nicht eines Tages ihrem Bruder vererben muss."

Kurz vor Mittag weiß ein neuer Kunde zu berichten, dass der alte Wegener schon in aller Herrgottsfrühe mit einem jungen Mann im Schlosspark und später im Arboretum gesehen worden sei. Der Gärtner habe nur geredet, auf besonders seltene Bäume hingewiesen und der Besucher habe sich unentwegt Notizen gemacht. Nein, etwas hören und gar verstehen hätte man nicht können, aber die beiden hätten ganz offensichtlich über die Höhe und den Umfang der Stämme diskutiert."

„Ob die gefällt werden sollen?"

„Unmöglich, die stehen doch unter Naturschutz, das sind

Exoten in dieser Gegend, also biologische Kostbarkeiten."

„Vielleicht interessieren sich irgendwelche Möbeldesigner dafür?"

„Und wenn schon – diese Bäume hat seinerzeit der Vater von Fürst Raimund aus aller Herren Länder zusammengetragen, aber sicher nicht mit der Absicht, sie eines Tages gewinnbringend für die Herstellung von Möbeln zu verhökern."

Kopfschüttelnd trennt man sich, um das Thema mit anderen Dorfbewohnern ausführlicher zu erörtern.

In der Tat hatten der alte Wegener und Alessandro sich noch vor dem Frühstück zu einem weiteren Gang durch den Park verabredet. Es gibt so vieles zu bestaunen, was Alessandro aus seiner Heimat nicht kennt: Gräser als Zierpflanzen, Gräser als Tierfutter, Vögel, fremde Insekten, Schädlinge, Nützlinge, Blumen, heimische und exotische.

Vor dem Rosenrondell bleiben sie eine Weile stehen.

„Diese hier war die Lieblingsrose Ihrer Mutter, eine englische Duftrose. Sie hat gerade in der letzten Woche angefangen zu blühen. Ich habe sie im Herbst reichlich mit abgelagertem Pferdemist versorgt, so wie Claudia es früher nach meinen Anweisungen getan hat. ‚Onkel Weggi, welches ist der abgelagerte Mist? Kann ich den für die Rosen nehmen, damit sie nächstens wieder viele Knospen ansetzen?' Sie hat sich genau wie Sie für alles Grünzeug interessiert und mir oft geholfen. Werden Sie Claudia einmal besuchen, während Sie hier sind? Dann könnten Sie ihr einen Strauss ihrer Lieblingsrosen mitnehmen?"

„Ja, Christopher und ich möchten Claudias Grabstelle natürlich besuchen. Ist es weit von hier?"

„Nein, alle drei liegen in der Gruft der Lauensteins auf dem Friedhof des Dorfes. Die Fürstin und Gräfin zu Lauenstein gehen von Zeit zu Zeit dorthin und besuchen ihre Liebsten. Wissen Sie, Graf Michaels Mutter leidet besonders, denn sie lebt nun ganz allein und ohne jede Nachkommen in ihrem großen Haus. Man sagt, sie ließe ihren Besitz verkommen, weil sie nicht wisse, für wen sie die Anlage schützen und pflegen lassen soll. Eine gewisse Sorte von Maklern rennt ihr bereits die Türen ein, aber vorläufig denkt sie wohl noch nicht an einen Verkauf. Sie soll schwermütig geworden sein und hat alle Lebensfreude eingebüßt, genau wie bis vor Kurzem Ihre Großmutter. Die aber lebt wieder auf, seit sie von Ihrer Existenz und der Ihres Bruders erfahren hat. Dahlmann und ich können sehen, wie es ihr von Tag zu Tag besser geht. Aber Charlotte zu Lauenstein hat leider keine Nachkommen mehr."

„Vielleicht können wir uns mit ihr treffen, ich möchte sie gerne kennenlernen. Aber ob sie auch an uns interessiert ist? Man könnte es ihr nicht verdenken, wenn es nicht so wäre. Ich werde es mit unserer Großmutter besprechen. Danke, Herr Wegener, dass Sie sich die Zeit genommen haben, mir so vieles über die hiesige Vegetation zu erklären."

Er schüttelt dem Gärtner die Hand.

„Claudia hat mich übrigens immer Onkel Weggi genannt, auch für Esther war ich Onkel Weggi. Es würde mich freuen, den Namen dann und wann wieder zu hören. Wenn Sie mögen, dürfen Sie mich ebenfalls so nennen."

Der alte Gärtner lächelt ein wenig schüchtern.

Alessandro ist gerührt.

„Nur, wenn Sie mich Alessandro nennen. Christopher hat übrigens angedeutet, dass wir beiden wahrscheinlich den Titel ‚Prinz' vererbt bekommen werden. Wir sträuben uns zwar dagegen, aber das wird vermutlich nicht viel nützen. Wir waren mit den bürgerlichen Namen unserer Eltern bislang durchaus zufrieden. Christopher heißt Werthstein und ich heiße de Souza und für Sie ab jetzt Alessandro. Ist das okay, Onkel Weggi?"

Lachend schütteln sie sich noch einmal die Hände.

„Einverstanden, Alessandro – offiziell werden Sie den Titel ‚Prinz von Wallburg' aber wohl akzeptieren müssen, so ist das nun mal in deutschen Adelskreisen. Bei besonderen Gelegenheiten wird man Sie und Christopher sogar mit ‚Durchlaucht' ansprechen. Aber Sie werden sich daran gewöhnen."

„Ach, Onkel Weggi, ich werde mich noch an Vieles gewöhnen müssen. Zwischen Sao Paulo und dem Münsterland liegen Welten."

Christopher hatte sich in der Zwischenzeit auf Drängen der Fürstin mit den unterschiedlichsten Aspekten von Schloss Wallburg befasst, etwa mit historischen und baulichen Eigenheiten. Besonders von der Gräfte, dem breiten Wassergraben, der das Wohnhaus und einen Teil der Wirtschaftsgebäude umgibt, ist er fasziniert. Er hatte auf Reisen und Ausflügen mit seinen Eltern, nachdem sie aus den Staaten nach Deutschland zurückgekehrt waren, schon einige deutsche Schlösser und Burgen besucht: Die bayrischen Märchenschlösser Ludwigs des II. ebenso wie die vielen stolzen Burgen am Rhein gehörten auch zu ihrem touristischen Pflichtprogramm. Aber ein münsterländisches Wasserschloss mit einer Gräfte, vor Jahrhunderten mit dicken Steinen erbaut, versteckt hinter Hecken und Holunderbüschen, umstanden von alten Eichen und Buchen, mit Äckern, Wiesen und Wäldern als Kulisse – das hatte er noch nicht gesehen.

„Und ein solches Kleinod soll irgendwann vielleicht meinem Bruder und mir gehören?"

Die Fürstin hatte dicke Folianten hervorgekramt, Karten und Flurpläne ausgebreitet, ihrem Enkel von Denkmalschutz- und Pflege berichtet und großes Interesse ihn ihm geweckt. Beim Mittagessen spricht man ausführlich darüber, doch bald schneidet Alessandro ein neues Thema an.

„Großmutter, wir würden gern sehen, wo Claudia, ihr Mann Michael und Esther begraben liegen. Wir könnten ihnen einen Strauß Rosen mitbringen, denn Claudias Lieblingsrosen haben eben zu blühen begonnen, hat der Gärtner gesagt. Ich darf ihn übrigens Onkel Weggi nennen, wie er früher von Claudia und Esther genannt wurde. Und er sprach von Claudias Schwiegermutter, der Gräfin zu Lauenstein. Sie soll sehr einsam sein – wir würden sie gern kennenlernen."

Die Fürstin, überrascht von dem geäußerten Wunsch, sieht ihn gerührt an.

„Ja, sie ist seit dem Unglück tatsächlich völlig vereinsamt, zumal ihr Mann, Graf Bernward, schon vor vielen Jahren gestorben ist. Michael war ihr einziger Sohn. Und sie hat nicht so viel Glück wie ich, plötzlich aus heiterem Himmel zwei Enkel geschenkt zu bekommen. Ich werde sie anrufen und erkunden, ob sie euch kennenlernen möchte. Und wenn ja, dann holen wir sie ab und fahren gemeinsam zum Friedhof."

Zwei Stunden später erwartet eine kleine, graue Gestalt die Besucher an der steinernen Brücke der Gräfte und bittet sie sehr förmlich in die Eingangshalle von Burg Lauenstein. Die Begrüßung fällt, zumindest von Seiten der Hausherrin, kühl aber korrekt aus. Charlotte zu Lauenstein erlaubt sich zwar prüfende Blicke auf die beiden jungen Männer, lässt sich ihre Verblüffung über deren Ähnlichkeit mit ihrer verstorbenen Schwiegertochter jedoch nicht anmerken.

Auch die Brüder reagieren beklommen; sie beantworten die höflichen Fragen nach ihrem Befinden artig, aber zögerlich. Henriette versucht vergeblich, die allgemeine Befangenheit mit gespielter Nonchalance zu überbrücken.

Nach wenigen Minuten Small Talk nimmt Gräfin Charlotte

wahr, dass die Gäste einen Strauß Rosen mitgebracht haben.

„Oh, Claudias Lieblingsrosen, wie aufmerksam. Fahren wir also los und bringen sie hin, ehe sie zu welken beginnen. Dahlmann, gut, dass Sie mitgekommen sind. Darf ich mich bei Ihnen einhaken? Mir wird in letzter Zeit manchmal etwas schwindelig und dann bin ich froh, wenn ich mich auf jemand stützen kann."

Ehe Dahlmann reagieren kann, bietet Alessandro der alten Dame seinen angewinkelten Arm.

„Darf ich Ihnen behilflich sein und Sie zum Auto begleiten? Meine Mutter leidet ebenfalls von Zeit zu Zeit an einem leichten Schwindel und bittet mich um Begleitung. Ich habe also Übung, und Sie können sich auf mich verlassen."

Mit gewinnendem Lächeln zieht er Charlottes Hand durch seine Armbeuge und hält sie mit der Linken fest. Wortlos lässt die Gräfin es zunächst geschehen, doch dann bleibt sie abrupt stehen.

„Sie sprechen von Ihrer Mutter? Claudia ist Ihre Mutter, auch wenn Sie sie nie kennengelernt haben."

Alessandro zögert mit einer Antwort.

„Nein, meine Mutter heißt Katharina de Souza. Seit ich denken kann, nenne ich sie Mama und werde es weiterhin tun. Claudia ist für meinen Bruder und mich Claudia – wir nennen sie untereinander unsere Nabelschnurmutter. Es fiel uns zunächst schwer, überhaupt ein Gefühl für sie aufzubringen, aber je mehr wir versuchen, uns in ihre Situation hineinzudenken, desto mehr wachsen unsere Zuneigung und unser ehrliches Mitgefühl. Sie muss über weite Strecken tief unglücklich gewesen sein, das geht aus ihrem Brief an unsere Großmutter hervor. Wir sind inzwischen sicher, dass sie sich trotz aller Bedenken für uns entschieden hätte, wenn sie uns nur einmal hätte sehen können, bevor man uns unseren Adoptiveltern in die Arme legte. Für Christophers und meine Mutter soll dieser Augenblick hingegen der glücklichste ihres Lebens gewesen sein. Mein Bruder und ich wurden von Anfang an von unseren Adoptiveltern innig geliebt."

Seine Stimme ist mehr und mehr tonlos geworden und bricht schließlich ab, worauf Gräfin Charlotte ebenfalls verstummt.

Auch während der kurzen Autofahrt zum Friedhof wird kaum gesprochen. Dort angekommen, bietet Alessandro der Gräfin wieder seinen Arm an, den diese dankbar lächelnd annimmt. Langsam und schweigend gehen sie über die mit knirschendem Kies bestreuten Wege auf die Lauensteinsche Gruft zu, die etwas abgelegen im hinteren Teil des kleinen Friedhofs liegt. Alessandro hält auch jetzt die schmale Hand der alten Dame auf seinem Unterarm fest.

Erst nach einiger Zeit nimmt Charlotte die Wärme seines Zugriffs bewusst wahr. Seine Hand genauer betrachtend, durchzuckt sie plötzlich ein jäher Gedanke. Ihr Herz beginnt zu rasen.

„O Gott – ich kenne diese Hand. Diesen Handrücken, auf dem sich schon in früher Jugend auffällig hervortretende Adern zeigten. Ich kenne diesen Daumen mit dem kurzen, schmalen Nagel und dem stark gewölbten Mond. Ich kenne auch diesen seitwärts etwas abstehenden Zeigefinger."

Sie schwankt plötzlich.

Alessandro drückt ihren Arm enger an sich.

„Gehen wir zu schnell? Möchten Sie sich einen Moment setzen? Da drüben steht gerade eine Bank. Wir haben Zeit ..."

Charlotte winkt ab, starrt jedoch weiterhin wie gebannt auf Alessandros Hand, ehe ihr Blick auf den vor ihnen gehenden Christopher fällt, der, offenbar lebhaft erzählend und gestikulierend, sich abwechselnd der Fürstin und Dahlmann zuwendet.

Charlottes Atem stockt erneut. Christophers Gang, diese langen Schritte? Erinnerungen steigen in ihr auf.

Sie schwankt stärker, aber begegnet Alessandros besorgt fragendem Blick mit einem tapferen Lächeln.

„Es ist alles in Ordnung, wir sind gleich da."

Ihr Herzschlag aber will sich nicht beruhigen.

Als sie am Ende einer langen Reihe von Gräbern schließlich bei der unter hohen Bäumen und Buschwerk halb verborgen und ein wenig tiefer liegenden Gruft ankommen, reicht sie ihrem Begleiter mit zitternden Händen den etwas unförmigen Schlüssel für die schmiedeeiserne Tür und bittet ihn, diese aufzuschließen. Langsam steigen sie die wenigen Stufen hinab und betreten das halbdunkle, modrig riechende Gewölbe. Vor der ersten Reihe mit den drei erkennbar neuen Särgen bleiben sie beklommen stehen.

Charlotte löst sich mit einem scheuen Dankeslächeln aus Alessandros Arm und holt aus einer Ecke der kleinen Grabkammer eine Vase.

„Dahlmann, seien Sie so nett und füllen Sie sie draußen am Friedhofsbrunnen mit Wasser."

Wortlos auf Dahlmanns Rückkehr wartend, versucht sie ihre Gedanken zu ordnen und den immer noch fliegenden Atem zu steuern. Ein erneuter Schwindel überfällt sie. An die rückwärtige Innenwand der Gruft gelehnt, beobachtet sie die jungen Männer. Die beiden Brüder stehen ein wenig verlegen neben der Fürstin, beugen sich vor, um auf den kleinen ovalen Emailschildern zu Füßen der Särge die Namen der Verstorbenen zu lesen und schweigen, sichtlich ergriffen und ehrfürchtig. Widersprechen auch nicht, als Charlotte schließlich die Vase mit den Rosen nicht vor Claudias Sarg, sondern vor den des Sohnes stellt, der mit „Michael, Graf zu Lauenstein" und seinen Geburts- und Sterbedaten gekennzeichnet ist.

Als Christopher nach einigen Minuten des Schweigens plötzlich zärtlich-scheu Claudias Sarg berührt, als wolle er seine ‚Nabelschnurmutter' tröstend streicheln, beginnt Charlottes Herz erneut wie wild zu klopfen: Auch auf Christophers Handrücken treten die Adern deutlich hervor und zumindest an der linken Hand weist der Zeigefinger ein wenig nach außen.

Hastig und überstürzt wendet sie sich ab und stolpert die steinernen Stufen aus der dämmrigen Gruft nach oben in die Helligkeit des Tages.

Dahlmann, die sie beobachtet hat, folgt ihr besorgt und fühlt sich draußen von zwei hastigen Händen rasch in ein nahestehendes Gebüsch gezogen.

Eine heisere, gedämpfte Stimme spricht auf sie ein.

„Frau Dahlmann! Ich muss etwas mit Ihnen besprechen. Ich habe plötzlich einen Verdacht."

Die Gräfin vergewissert sich, dass niemand in der Nähe ist, und schlägt sich bei geschlossenen Augen mit beiden Händen mehrfach an die Stirn, als wolle sie ihre Gedanken wachhämmern.

„Agnes, ich vertraue auf Ihre Diskretion. Ich habe einen Verdacht. Sagen Sie mir: Wie wird das mit einer DNA-Analyse gehandhabt? Sie müssen mir genauestens erläutern, wie das abläuft. Ich werde noch heute Dr. Mittmann anrufen, Ich brauche seine Hilfe ... ich habe einen Verdacht."

Ihre Stimme hat einen verschwörerischen Unterton angenommen.

Dahlmann nickt, antwortet ebenfalls nur flüsternd und deutet mit einer entsprechenden Kopfbewegung in Richtung der Grabkammer.

„Gräfin, ich teile Ihren Verdacht, schon seit vorgestern. Ich nehme an, auch Ihnen ist diese Art zu gehen aufgefallen? Ich kenne diese langen Schritte ebenfalls – und ich erinnere mich auch an diese Hände. Aber ich habe bis jetzt nichts gesagt und werde weiterhin schweigen. Ja, Gräfin, lassen Sie ebenfalls eine Analyse machen. Finden Sie etwas, was man dafür verwenden kann. Wenn sich dann Ihrer und mein Verdacht bewahrheiten sollten – o Gott, ich wage es nicht auszudenken."

Nahende Schritte sind zu hören. Die Fürstin und ihre Enkel kommen nachdenklich schweigend aus der Gruft, wobei Alessandro als Letzter die Eisentür wieder abschließt. Er sieht sich suchend nach der Gräfin um und gibt ihr den großen Schlüssel zurück. Während sie ihn etwas umständlich in ihrer Handtasche unterbringt, steht die kleine Gruppe noch ein wenig unentschlossen auf den Stufen, das eben Erlebte in Gedanken nachempfindend.

Außer ihnen sind keine weiteren Friedhofsbesucher zu sehen. Schließlich unterbricht Alessandro die Stille.

„Bei uns gibt es keine Gruften auf den Friedhöfen. Es ist etwas unheimlich dort unten, aber ich bin froh, dass wir hier sein und Claudias Sarg besuchen durften. Sich bewusst zu machen, wie jung sie sterben musste, und ihr Mann und besonders ihre Tochter Esther ebenfalls – das berührt einen."

Er wendet sich an Charlotte. „Gräfin, was für ein Mensch war ihr Sohn? Ist es schmerzlich für Sie, darüber zu sprechen? Aber ich möchte gerne wissen, ob er und Claudia während ihres allzu kurzen gemeinsamen Lebens wenigstens glücklich miteinander waren? Ich würde es so gerne glauben."

Christopher legt seinem Bruder einen Arm um die Schultern.

„Ja, es wäre schön, wenn Sie uns ein wenig von ihm erzählen könnten", verleiht er Alessandros Wunsch Nachdruck.

Die Gräfin sieht die beiden dankbar lächelnd an, fasst ihre Hände. Nach kurzem Zögern dreht sie sich plötzlich zur Fürstin um.

„Henriette, wie ist euer Zeitplan? Ich würde deinen Enkeln gerne von meinem Sohn erzählen, darf ich euch zu einem kleinen Imbiss nach Lauenstein einladen? Es ist zwar vermutlich nicht sonderlich aufgeräumt bei mir, aber ein paar saubere Gläser und Teller werden sich noch finden lassen. Ich bin allzu nachlässig geworden und kümmere mich kaum noch um meinen Kram, von Reparaturen und Instandhaltung ganz zu schweigen. Seit ich nicht mehr weiß, wem ich mein Wasserschloss vererben kann, ist mir alles gleichgültig und sogar lästig, aber es gibt durchaus noch ein paar bewohnbare und gemütliche Ecken im Haus. Hättet ihr Zeit und Lust?"

Allgemein verblüfft und mit überraschtem Lächeln wird die unerwartete Einladung dankend angenommen. Besonders Alessandro nimmt wahr, welche Veränderung in der kleinen alten Dame vorgegangen ist. Wirkte sie auf dem Hinweg zum Friedhof noch hinfällig und kraftlos, lehnt sie nun mit erhobenem Kopf seinen angebotenen Arm ab, steht fest auf den Beinen, geht zielstrebig auf die Fürstin und deren Auto zu und steigt ein.

„Wenn die jungen Herren gleich ein paar Stühle und den alten englischen Klapptisch aus der Küche nach draußen holen würden, könnten wir vielleicht sogar auf der Terrasse sitzen?"

Lebhaft und temperamentvoll bereitet sie ihre Gäste während der kurzen Fahrt auf möglicherweise bröckelndes Gestein in der Einfassung des Brückengeländers und auf das holperige Pflaster der Gehwege vor.

„Michael hatte schon am Ende des Winters einen Gartenbaubetrieb mit den dringend notwendigen Arbeiten beauftragt, aber nach dem ... nach dem Unfall habe ich die Leute wieder abbestellt. Für wen soll ich das alte Gemäuer vor dem Verfall retten? Vor ein paar Tagen hatte ich sogar die Idee, vor der Gräfte ein Schild mit der Aufschrift ‚Wasserschloss zu verkaufen‘ aufzustellen, aber davon bin ich vorläufig wieder abgekommen. Das würde nur noch zusätzlich einige dieser aufdringlichen Maklertypen anziehen, die mir ohnehin schon auf die Nerven gehen. Nein, nein, lieber nicht.“ Dabei lacht sie sogar.

Bei der Ankunft auf Lauenstein steigt sie ohne erkennbare Schwierigkeiten aus dem Wagen und eilt mit geradezu jugendlichem Schwung die breite Treppe empor.

„Wie schön, wieder einmal Besuch zu bekommen. Alessandro, darf ich Sie bitten – ach, wir sollten uns duzen, finde ich. Ich heiße Charlotte und freue mich, Claudias Söhne kennenzulernen. Und ein ganz klein bisschen verwandt sind wir auch, weil meine Enkelin Esther und ihr beiden eine gemeinsame Mutter hattet und sie somit eure Halbschwester war.“

Sie stockt kurz, ihre Stimme schwankt, doch dann spricht sie lebhaft weiter:

„Henriette, darf ich mir deine Dahlmann ausleihen, damit sie mir etwas in der Küche hilft? Hedwig habe ich Ausgang gegeben, ich bin immer häufiger lieber allein. Deshalb ist natürlich auch nichts vorbereitet. Nun ja, ein bisschen Knabberzeug stellt sie mir immer auf den Tisch, damit ich wenigstens ab und an etwas davon esse. Also: Christopher und Alessandro – herzlich willkommen auf Burg Lauenstein.“

Die Fürstin traut ihren Augen und Ohren nicht: Wer oder was hat diese plötzliche Veränderung im Verhalten der Gräfin ausgelöst? Was ist in der der vormals resigniert wirkenden, ja lebensmüden Charlotte vorgegangen? Henriette selber, voll neu erwachtem Tatendrang durch das Auftauchen ihrer Enkel – und im Gegensatz dazu Charlotte, Michaels Mutter: mutlos, ohne jegliches Interesse weder an sich selbst noch an ihrer Umwelt, verhärmt und verbittert – und jetzt?

Charlottes Gesicht strahlt, die Augen haben wieder Glanz bekommen, auch die Stimme schwingt plötzlich nahezu heiter. Resolut streicht sie sich eine Haarsträhne hinters Ohr, Arme und Hände hängen nicht mehr schlaff herunter, die ganze Körpersprache hat sich verändert. Sie streift die Ärmel ihrer grauen Wolljacke hoch, zieht sie dann – ritschratsch – ganz aus, holt aus dem Eichenschrank in der Diele ein elegantes Tuch in lebhaften Farben und hängt es sich schwungvoll über die Schultern. Die Brüder haben inzwischen den Klapptisch und fünf Stühle auf die Terrasse getragen, Dahlmann stellt Gläser und eine Schüssel mit Gebäck auf den Tisch, Charlotte schleppt einen Arm voller Kissen herbei.

„Setzt euch doch! Champagner kann ich euch leider nicht anbieten, aber ein nicht allzu alter Riesling tut es im Notfall auch – Alessandro, begleitest du mich in den Weinkeller?"

Wenige Minuten später haben alle ein gefülltes Glas in der Hand.

Charlotte hebt ihres fast bis in Kopfhöhe, blickt in den schon abendlichen Himmel und sagt feierlich: „Auf euch drei da oben!"

Dabei schießen ihr zwar Tränen in die Augen, aber sie lächelt tapfer.

Nachdem man den Wein verkostet und die Gläser wieder abgestellt hat, wagt Alessandro eine erste Frage:

„Haben die drei da oben" – er blickt ebenfalls in den Himmel – „haben sie hier gewohnt – bei dir?"

„Ja, hier haben sie gewohnt, aber nicht direkt bei mir in meinen Wohnräumen, sondern in einem Seitenflügel der Anlage. Aber sie waren natürlich nahezu täglich mindestens einmal bei mir, besonders Esther. Ich werde euch später oder in den nächsten Tagen ein wenig herumführen, wenn ihr mögt. Aber genießen wir doch noch eine Weile den späten Nachmittag.

Ich habe lange nicht mehr hier gesessen, schon gar nicht in so netter Gesellschaft. Erzählt mir von euch, ihr zwei Brüder. Ihr habt beide kürzlich das Abitur gemacht, wie man mir berichtete. Wie sind eure Interessen, was habt ihr für Berufsabsichten? Werdet ihr studieren wollen, und was?“

Christopher sieht seinen Bruder fragend an. „Soll ich anfangen? Alessandro nickt.

„Also gut, ich antworte zunächst für Alessandro, der braucht immer etwas länger zum Überlegen – also er interessiert sich für Biologie – hauptsächlich für Insekten, Käfer, Fliegen, Bienen und Ähnliches. Er hat bereits mit Bedauern festgestellt, dass es im Münsterland kaum noch Schmetterlinge gibt, auch Maikäfer sind selten geworden – ist es nicht so, kleiner Bruder?“

Der Hinweis auf den „kleinen Bruder“ löst allgemeine Heiterkeit aus – nun ist das Eis endgültig gebrochen. Es wird ein fröhliches Rundumgespräch. Christopher gesteht, dass er noch überlege, ob er Betriebswirtschaft studieren werde, er wolle es noch ausführlich mit seinem Vater besprechen. Erst als die Kühle des Frühsommerabends die kleine Gesellschaft ins Haus zurückkehren lässt und die Fürstin zum Aufbruch mahnt, fragt Alessandro nach einem Foto von Michael und Esther.

Charlotte, gerührt von der Frage, nestelt am Halsausschnitt ihrer schwarzen Bluse und zieht ein ovales Medaillon hervor, das fast unsichtbar an einer silbernen Kette hängt.

„Ich habe Michael und Esther seit ihrem Tod immer bei mir. Man kann das Medaillon aufklappen – in der linken Innenseite hebe ich eine Haarsträhne von Michael auf.“

Liebevoll betrachtet sie die blonde Locke.

„Als er mit drei Jahren das erste Mal beim Friseur war und ich seine Haare dort auf den Fliesen liegen sah, habe ich ein

Büschelchen heimlich aufgehoben und in dieses altmodische Medaillon gelegt. Mütter sind manchmal eben sentimental, besonders die Mütter meiner Generation."

Mit einem Lächeln bittet sie um Verständnis.

„Er hatte als Kind weizenblondes Haar, das später immer dunkler wurde. Und hier, auf der rechten Innenseite, ist ein Foto von ihm mit Esther auf dem Arm. Claudia habe ich auch geliebt, sehr sogar, sie war mir wie eine Tochter, aber in diesem Medaillon ist eben nur Platz für ein Foto und eine Locke. Erst seit dem Unglück trage ich es wieder, aber immer versteckt unter einer Bluse oder einem Kleid. Ich möchte nicht wieder und wieder auf das schreckliche Ereignis angesprochen werden. Aber ihr dürft es sehen, für euch mache ich eine Ausnahme."

Sie nimmt die Kette vom Hals und legt das Medaillon in Alessandros ausgestreckte Hand. Er öffnet und betrachtet es lange und aufmerksam, lässt auch seinen Bruder hineinsehen, ehe er es an die Fürstin weiterreicht, die es ihrerseits zusammen mit Dahlmann andächtig anschaut.

„Das ist also Michaels Haar?", fragt Dahlmann interessiert und weist auf die blonde kleine Haarsträhne auf der linken Innenseite des Anhängers.

Charlotte nickt, nimmt die Kette wieder an sich und legt sie sich um den Hals.

„Manchmal, wenn ich besonders traurig bin, nehme ich das kleine Oval in meine geschlossene Hand, und dann fühle ich mich mit Michael verbunden. Irgendwie tröstet es mich."

Ein wenig verlegen versteckt sie das Schmuckstück wieder in den Falten ihrer Bluse.

Alessandro beugt sich zu ihr, nimmt sie vorsichtig in den Arm und murmelt in ihre Halsbeuge: „Danke, dass wir es sehen durften."

Charlotte strahlt ihn glücklich an.

Dann mahnt die Fürstin zum Aufbruch. Während Dahlmann die leere Flasche und die Gläser zurück in die Küche bringt, verabredet man sich zu einem weiteren gegenseitigen Besuch, ehe die Brüder ihre jeweiligen Heimreisen antreten werden.

Charlotte winkt ihnen nach, bis der Wagen durch die steinerne Ausfahrt verschwunden ist.

Zurück im Haus und in der Küche, fällt ihr Blick auf die erste Seite des Notizblocks, auf dem Hedwig und sie selber die jeweils notwendigen Besorgungen notieren. Der Block liegt deutlich sichtbar mitten auf dem Küchentisch. Charlotte liest den großgeschriebenen Eintrag:

„Sagen Sie Dr. Mittmann, dass Sie eine Locke von Graf Michael besitzen. Dahlmann.“

Ein zittriger Schauer durchläuft Charlottes Körper. Sie umfängt mit beiden Armen ihren Oberkörper. Gänsehaut kriecht über ihre Arme und Beine, als fröre sie plötzlich. Dann gibt sie sich einen Ruck, geht zum Telefon und wählt die Nummer von Dr. Mittmann.

31

Am nächsten Morgen klingelt das Telefon auch auf Schloss Wallburg.

Die Haushälterin nimmt ab.

„Gräfin Lauenstein hier. Guten Morgen, Frau Dahlmann. Ist die Fürstin in der Nähe?"

„Nein, sie ist mit Christopher und Alessandro schon draußen und stellt sie unserem Verwalter vor – soll ich sie rufen?"

„Nein, nein, ich wollte sowieso mit Ihnen sprechen, aber die Fürstin soll von unserem Gespräch möglichst nichts mitbekommen. Frau Dahlmann, ich möchte mich bei Ihnen für den Zettel bedanken, den Sie mir gestern auf den Küchentisch gelegt haben. Das war ein überaus wichtiger Hinweis, den Sie mir gegeben haben. Ich habe sofort mit Dr. Mittmann telefoniert und stellen Sie sich vor: Er hat mein Medaillon mit Michaels Locke doch tatsächlich auf der Stelle abgeholt – es ist schon auf dem Weg ins Labor. Er sagte, ohne diese Locke wäre es sehr viel schwieriger gewesen, etwas Brauchbares für eine DNA-Analyse zu finden. Nun bin ich voller Hoffnung, dass ... ich wage es nicht auszusprechen. Es wird aber, wie Sie wissen, einige Tage dauern, ehe wir das Resultat bekommen. Natürlich bin hin und hergerissen, konnte kaum schlafen, die Gedanken in meinem Kopf jagen sich, aber ich verbiete mir weiteres Nachdenken, denn ... ach Dahlmann, ... Luftschlösser zu bauen ist einfach, aber sie wieder abzureißen ist unendlich schmerzhaft und langwierig. Ich würde es kaum ertragen.

Aber um mir die Wartezeit bis zum Ergebnis der Analyse erträglich zu machen, werde ich anfangen, Lauenstein vor dem weiteren Verfall zu bewahren. Meinen früheren Bedenken zum Trotz will und werde ich ins Leben zurückkehren. Ich habe schon Handwerker bestellt, die die lockeren Steine der Brücke und die auf der Terrasse prüfen und gegebenenfalls neu verfugen sollen. Überhaupt muss vor allem die Gräfte gewartet werden, sie ist teilweise voller Algen oder mit lauter Entengrütze bedeckt. Michael hatte das schon zu Beginn des Jahres in Angriff nehmen wollen, damit das Wasser nicht eines Tages ‚umkippt' und die letzten Karpfen ersticken. Nun werde ich das Projekt selber in die Hand nehmen."

Dahlmann traut sich nicht, den lebhaften Redefluss zu unterbrechen. Interessiert hört sie weiter zu.

„Alessandro war übrigens völlig verblüfft darüber, dass es hierzulande Häuser wie Lauenstein und Wallburg gibt, die von breiten Wassergräben umgeben sind. Wasserschlösser gibt es in Brasilien wohl nicht. Warum unsere Vorfahren überhaupt auf die Idee mit den Gräben gekommen seien und wie und warum sie mit Wasser gefüllt wurden und nicht austrocknen. Ich habe ihn mit entsprechender Lektüre versorgt. Er ist begierig darauf, den Zustand der Wasserqualität, den Fischbesatz und den ganzen modrigen Grund auf Kleinlebewesen zu untersuchen. Und um den Garten würde er sich gerne kümmern – er hat ganz vorsichtig angefragt, ob hier in der Nähe vielleicht eine Möglichkeit bestünde, Biologie zu studieren. Wäre das nicht phantastisch? Ach, er ist ein so sympathischer Bursche, aber, wie gesagt: Vorläufig keine Luftschlösser! Halt, noch etwas: Der Bruder der Fürstin, Prinz Edwin, war heute Morgen ziemlich früh bei uns im Park. Das muss ich nun doch Ihrer Chefin erzählen. Er schien etwas zu suchen. Hedwig hatte ihn beobachtet und so konnte ich ihn stellen. Es ergab sich ein mehr als eigenartiges Gespräch ..."

Hier unterbricht Dahlmann den temperamentvollen Redefluss der Gräfin.

„Die Fürstin kommt eben herein ... ich gebe den Hörer an sie weiter. Auf Wiederhören, Gräfin Lauenstein."

Henriette nimmt den Hörer entgegen.

„Guten Morgen, Charlotte. Was für ein herrlicher Morgen – ich zeige meinen Enkeln das Anwesen, sie interessieren sich für alles, Herr Bovermann kann gar nicht so schnell antworten. Und ich nehme mit den Augen der zukünftigen Prinzen mein Schlösschen ganz neu wahr. Aber: Was hast du auf dem Herzen?"

„Henriette, ich muss dich leider warnen. Weil ich von dem angespannten Verhältnis zwischen deinem Bruder und dir weiß, muss ich dich warnen. Edwin war heute früh bei mir. Hedwig hatte beobachtet, dass er draußen vor der Brücke parkte und anschließend den Zustand der Gräfte aufmerksam in Augenschein nahm. Er habe sich von Zeit zu Zeit lauernd umgeschaut und insgesamt den Eindruck gemacht, als lege er Wert darauf, unbeobachtet zu bleiben. Natürlich hat Hedwig mich gerufen, als er durchs Gelände streifte, und ich habe mich ihm in den Weg gestellt. Er war sichtlich nicht erfreut, dass er entdeckt worden war, aber er reagierte blitzschnell: Er sei gekommen, weil er dringend mit mir sprechen müsse. Er brauche dringend mich als Unterstützerin, denn er sei in tiefer Sorge um dich."

Die Fürstin unterbricht lachend. „Mein Bruder ist besorgt um mich? Das wäre ja etwas ganz Neues ..."

„Oh ja, er wähnt dich in Gefahr. Natürlich habe ich ihn daraufhin ins Haus gebeten. Henriette, jetzt halte dich fest: Er müsse dich dringend vor einem Betrügerduo beschützen! Du seiest offenbar einem Enkeltrick aufgesessen, vor dem momentan in den Medien nachdrücklich gewarnt werde. In deinem Falle seien die Dinge leider schon so weit gediehen, dass zwei junge Männer sich bereits mit dir in Verbindung gesetzt und dich sogar schon besucht hätten. Du hättest beim Bäcker im Dorf von ihnen als von deinen Enkeln gesprochen. Enkel? Also Söhne von Claudia? Durch solche Gerüchte werde das Andenken seiner Nichte Claudia in einer so üblen Weise beschmutzt, dass er sich, schon um deren Ehre zu retten, verpflichtet sähe, dich vor unüberlegten Entscheidungen zu bewahren. Er habe schon mit dir darüber zu sprechen versucht, aber du seiest sehr uneinsichtig gewesen. Deshalb habe er einen mit ihm eng befreundeten Rechtsanwalt kontaktiert, mit dessen Hilfe man diesen Trickbetrügern auf die Schliche kommen werde. Was sagst du dazu?“

Ein paar Sekunden lang ist Henriette sprachlos, doch dann bricht sie erneut in helles Gelächter aus, kann gar nicht aufhören zu lachen.

„Charlotte, hat er tatsächlich von einem ‚eng mit ihm befreundeten‘ Rechtsanwalt gesprochen? Ich fasse es nicht – Edwin hat einen Freund? Mein Bruder hat einen Freund? Und gar einen Rechtsanwalt? Ich weiß, dass er mehr als ein halbes Dutzend Rechtsanwälte mit allerlei dubiosen Prozessen beschäftigt hat – und er hat bislang jeden Prozess verloren. Er müsste mir fast leidtun, aber ich kenne ihn zu gut. Wenn es ihm jetzt gelingt, überhaupt noch einen neuen Rechtsbeistand aufzutreiben, dann kann das nur ein fragwürdiger Winkeladvokat sein, der jeden noch so aussichtslosen Fall annehmen muss, um nicht zu verhungern. Ach Charlotte, du sagst, Edwin sähe sich in die Pflicht genommen, um Claudias guten Ruf zu schützen? Natürlich wird es ein gewaltiges Gerede geben, wenn eines Tages alle Hintergründe über die Existenz von zwei unehelichen Söhnen der Prinzessin von Wallburg bekannt werden, aber das werden die Zwillinge und ich durchstehen. Glaub mir, es geht Edwin ausschließlich um ein Erbe. Ich bin überzeugt, dass er sich überall verschuldet hat und seine Gläubiger nur mit der Aussicht auf ein üppiges Erbe im Falle meines Todes zu beschwichtigen versucht. Aber er hat nicht die leiseste Chance! Er kennt den Inhalt des von Hand geschriebenen Briefes aus Claudias Nachlass nicht. Dieser Brief allein liefert genügend Beweise dafür, dass Christopher und Alessandro Claudias Söhne sind, was man ihnen im Übrigen auch deutlich ansieht. Und Claudias Söhne sind meine Enkel und damit meine Erben, Punktum! Wir haben so viele Beweise in der Hand ... Armer Edwin!“

Charlotte unterbricht. „Aber warum schleicht er auf meinem Besitz herum?“

Wieder lacht die Fürstin.

„Vielleicht will er mich abmurksen und schon mal prüfen, ob er mich in deiner Gräfte unter der dicken Schicht Entengrütze verschwinden lassen kann. Aber selbst das würde ihm nicht helfen. Um Wallburg zu erben, müsste er auch Christopher und Alessandro um die Ecke bringen und so viel kriminelle Energie hat er nun doch nicht. Nein, nein, Edwin ist offenbar tatsächlich strohdumm, aber auch das kann Grund genug sein, Vorsicht walten zu lassen. Ach, Charlotte, gut, dass du mich angerufen hast ... Angst habe ich zwar keine, doch ich werde auf der Hut sein.“

Wieder bricht sie in unbekümmertes Gelächter aus. Charlotte stimmt ihr lachend bei.

„Nein, nein, wie gesagt: Er hat nicht die leiseste Chance. Ob er sich doch noch einmal hierher traut? Ich hatte ihm nach seinem letzten Besuch verboten, Wallburgs Grund und Boden jemals wieder zu betreten. Aber er ist hartnäckig ... Momentan erkunden meine Enkel das Gelände, sie sind fasziniert davon. Und offensichtlich auch von der für sie noch immer neuen Tatsache, einen Bruder zu haben. Sie reden und reden miteinander, als müssten sie in wenigen Tagen die zwanzig Jahre aufholen, in denen sie voneinander nichts wussten. Aber sie mögen sich, das sieht man. Zudem haben sie in vielen Bereichen ähnliche Denkweisen und Empfindungen, wie sie mir ganz unbefangen berichten. Und wie gut, dass beide deutsche Adoptivmütter haben, somit ergeben sich auch keine Sprachschwierigkeiten. Dass Alessandro ab und an ein paar portugiesische Ausdrücke dazwischen rutschen, macht ihn noch charmanter. Ach, Charlotte, manchmal empfinde ich all diese Veränderungen in meinem Leben wie einen Traum und fürchte, daraus zu erwachen. Das Warten auf das Ergebnis des DNA-Tests ist kaum zu ertragen, aber sicher nicht nur für mich und die Prinzen, sondern auch für Baron von Gliesen. Er ist inzwischen wieder in Australien und auch die Zwillinge reisen in ein paar Tagen wieder zu ihren Eltern – ob sie sich dazu entschließen werden, sich eines Tages hier in der Heimat ihrer Mutter auf Dauer niederzulassen – wer weiß es? Für Christopher wird die Entscheidung einfacher sein, auch für seine Eltern. Ich könnte mir durchaus denken, dass für die Werthsteins ein Umzug nach hier oder in unsere Nähe durchaus infrage kommen kann, aber zwischen Sao Paulo und Wallburg liegt mehr als nur ein Ozean."

Schließlich beendet Henriette das lange Gespräch.

„Zwingen wir uns, geduldig zu sein. In wenigen Tagen wissen wir mehr."

„Ja, du hast recht, meine Liebe, in ein paar Tagen wissen wir mehr," bestätigt Charlotte und legt ebenfalls auf.

32

„Großmutter, können Alessandro und ich heute Morgen Brötchen fürs Frühstück holen? Und für jeden eine Rosinenschnecke? Nein, ohne Auto, wir joggen, es ist ja nicht weit."

„Wenn ihr unbedingt der Gerüchteküche des Dorfes neue Nahrung geben wollt – nur zu. Dahlmann und ich warten auf euch – also trödelt nicht so lange – wir haben Kaffeedurst."

Die Fürstin sieht den Davonlaufenden winkend nach.

Es ist ein herrlicher Frühsommermorgen. Dahlmann hat auf der Terrasse gedeckt, der zart duftende Rosenstrauß, den der alte Wegener in aller Frühe schon geschnitten hatte, steht auf dem Tisch, ebenso die uralte Meißner Porzellandose mit den von der Haushälterin fürsorglich abgezählten Medikamenten für die Fürstin.

„Ab morgen nehme ich keine Pillen mehr ein, ich habe beschlossen, endgültig gesund zu sein. Die Anwesenheit meiner beiden Enkel hat eine Spontanheilung bewirkt, Dr. Mittmann wird staunen. Er hat doch noch nicht angerufen?"

„Nein Fürstin, er kann noch kein Ergebnis erhalten und deshalb auch noch nicht angerufen haben, weil die Bearbeitung solch einer Analyse ihre Zeit braucht. Hoffentlich können wir das Ergebnis noch zusammen feiern, ehe die Prinzen abreisen müssen. Machen Sie doch einen Gang durch den Garten, ehe die beiden mit den Brötchen zurück sind. Fragen Sie den Gärtner, ob es schon reife Erdbeeren zu ernten gibt, dann mache ich heute einen Erdbeerkuchen zum Nachtisch."

Sie will sich in die Küche zurückziehen, als fröhliche Männerstimmen zu vernehmen sind. Christopher und Alessandro biegen im Laufschritt um die Ecke. Lachend und heftig atmend lassen sie sich auf zwei Gartenstühle fallen.

„Großmutter, Dahlmann, da hättet ihr dabei sein müssen. Im Bäckerladen waren zufällig vier alte Damen als Kundinnen, als wir beide reinkamen. Die hörten mitten im Satz zu reden auf und standen stocksteif da, als wir Guten Morgen sagten ..."

„... und haben uns unverhohlen angestarrt, als Alessandro sagte, er hätte gern acht Brötchen und ob es heute auch die Rosinenschnecken gäbe, die Prinzessin Claudia immer so gern gegessen hätte ..."

„... da wurde die Bäckersfrau ganz rot im Gesicht und meinte, ja, natürlich gäbe es Rosinenschnecken, sie holt gleich ganz frische aus der Backstube, woher wir denn von Prinzessin Claudias Vorliebe für Rosinenschnecken wüssten und da hat Christopher gesagt, dass wir mit ihr verwandt seien und dass wir auf Wallburg bei unserer Großmutter zu Besuch sind ..."

„... und dann war Totenstille, bis die Bäckersfrau sagte, wir sähen uns so ähnlich, hätten bloß unterschiedlich lange Haare, und Alessandro fiel gerade das deutsche Wort für Zwilling nicht ein und er sagte auf Portugiesisch, wir wären eineiige *Gêmeos* – und das hat ihnen unheimlich Eindruck gemacht ..."

„... aber die haben sich alle nur fragend angekuckt und wir haben bezahlt und ganz freundlich auf Wiedersehen gesagt und als wir gehen wollten, hat die Bäckersfrau uns noch ‚Schöne Grüße an Fürstin Henriette' nachgerufen ... also das hat richtig Spaß gemacht."

Die Fürstin greift nach einem Brötchen und schneidet es in der Mitte entzwei.

„Ich hab's euch ja gesagt: Heißa! Jetzt brodelts in der Gerüchteküche! Guten Appetit allerseits!"

Dahlmann staunt.

Es macht der Fürstin offenbar nichts aus, dass über sie und die gravierenden Veränderungen innerhalb der familiären Struktur der Wallburger im Dorf geredet wird? Dass nach und nach allerlei Vermutungen über ein Vorleben ihrer Tochter geäußert werden? Dass Claudias „Ehrbarkeit“ in Zweifel gezogen werden wird?

Die Haushälterin schüttelt den Kopf.

„Claudia, du hast Recht: Deine Mutter ist wirklich eine mutige Frau.“

Während des ausgiebigen Frühstücks berichten die Zwillinge nicht nur immer wieder lachend von dem heiteren Erlebnis in der Bäckerei, sondern ebenso von ihrem gestrigen Ausflug in die nahe Universitätsstadt. Harald Wegener, der den jungen Männern fast zum Freund geworden ist, hatte sie zu einer Stadtbesichtigung eingeladen. Christopher sprudelt vor Begeisterung.

„Das war ein toller Tag gestern. Wir haben uns die Uni angeschaut, wenigsten von außen, ein imposanter Bau. Und dann standen wir so vor dem riesigen ehemaligen Schloss, das wohl schon vor langer Zeit zur Uni umfunktioniert worden ist, als Alessandro plötzlich von jemand angerempelt wurde, und zwar von einem auffallend hübschen jungen Mädchen. Es entschuldigte sich natürlich sofort und wortreich, aber Alessandro, ganz Kavalier, nahm sofort die Schuld an dem Zusammenstoß auf sich: er hätte leider nicht aufgepasst und so weiter, es ging hin und her mit Entschuldigungen, jedenfalls kamen sie ins Gespräch und es stellte sich heraus, dass hinter der Uni ein großer biologischer Garten liegen soll und dass dieses Mädchen dort irgendetwas zu arbeiten und zu forschen hat, weil sie – Großmutter, halt dich fest! – in Münster Biologie studiert.“

Er streicht sich mit beiden Händen das Haar aus der Stirn.

„Wir erleben ja jede Menge Wunder in letzter Zeit, aber dass meinem Bruder, der sich noch nie besonders für Mädchen interessiert hat, in einer fremden Stadt ausgerechnet eine bildhübsche Biologiestudentin über den Weg läuft – das darf man wohl mit Fug und Recht als ein weiteres Wunder bezeichnen. Alessandro hat sie sofort mit Fragen geradezu gelöchert, Harald und ich standen sprachlos daneben. Ja klar, an dieser Uni könne man sehr gut Biologie studieren, sie würde ihm gern zeigen, wie und wo man sich einschreiben lassen kann und so weiter. Wo er denn herkäme? Oh, aus Sao Paulo ... so weit weg? Interessant! Sie heißt übrigens Juliane und zwei Stunden später hatten sie schon ein erstes Rendezvous. Großmutter, da bahnt sich eine Romanze an."

Alessandro versucht vergeblich, die Mitteilungsfreude des Bruders einzudämmen, aber Christopher spricht unbeirrt weiter.

„Jedenfalls siehst du, dass die Idee, hier ein paar Semester zu studieren, gar nicht mehr utopisch ist. Sandro hatte es auch seinen Eltern gegenüber schon angedeutet. Die sind natürlich nicht gerade begeistert, aber werden ihm wohl keine Steine in den Weg legen. Er hat tolle Eltern! Genau wie ich. Die haben übrigens den Wunsch geäußert, meinen vom Himmel gefallenen Bruder kennenlernen zu wollen. Papa geht es momentan ganz gut. Mama und er überlegen, ob sie nicht für ein, zwei Tage nach hier kommen, es gäbe günstige Züge von Berlin nach Münster. Das wäre doch toll, was sagst du dazu?"

Die Fürstin signalisiert begeisterte Zustimmung.

„Wir könnten schnell ein oder zwei der oberen Räume als Schlafgemächer herrichten, nicht wahr, Dahlmann? Lade sie ein, Christopher, ich würde mich unendlich freuen, deine Eltern wiederzusehen. Herrlich – endlich wieder einmal Gäste im Hause zu haben, sie bewirten zu dürfen, anregende Gespräche zu führen ... und ihnen schließlich dein bzw. euer Wasserschloss zu zeigen. Ja, lade sie in meinem Namen ein. Sie sind herzlich willkommen."

Mitten in die fröhlichen Gespräche hinein klingelt das Telefon. Die Fürstin springt wie elektrisiert auf, eilt ins Arbeitszimmer, nimmt hoffnungsvoll den Hörer ab.

„Henriette von Wallburg?"

„Guten Morgen, Schwesterherz, hier ist Edwin. Darf man dich so früh am Morgen schon besuchen? Ich bin gerade in der Nähe und könnte ..."

„Guten Morgen, Edwin. Normalerweise darf man mich auch so früh am Morgen schon besuchen, aber dir habe ich bei deinem letzten Besuch Hausverbot erteilt und das hat nach wie vor Gültigkeit. Halte dich daran, denn ich könnte sonst sehr ungemütlich ..."

Edwin unterbricht mit Besorgnis in der Stimme.

„Lass mich ausreden, Henriette. Ich muss dich warnen. Du bist kurz davor, einen unverzeihlichen Fehler zu machen. Ich habe mich erkundigt – du läufst Gefahr, dein Hab und Gut aufs Spiel zu setzen. Hast du den Begriff ‚Enkeltrick' schon einmal gehört? Du bist kurz davor, das Opfer besonders tolldreister Betrüger zu werden. Sie sollen sich schon bis in dein Haus eingeschlichen haben. Zwei junge Burschen geben sich unverfroren als Claudias Söhne aus, aber wir alle wissen, dass Claudia ..."

„Edwin, es reicht. Es sind Claudias Söhne, ich habe zwei wunderbare Enkel, die mein Wasserschloss mit all seinen Ländereien erben werden – mein Anwalt ist bereits eingeschaltet. Wenn du dich an mein Hausverbot hältst, werde ich testamentarisch dafür sorgen, dass du im Falle meines Todes so etwas wie einen Pflichtanteil bekommst. Solltest du es jedoch wagen,

Wallburg jemals wieder zu betreten, wirst du völlig leer ausgehen. Und nun verschone mich mit weiteren Belästigungen, ich erwarte einen wichtigen Anruf."

Als die Fürstin den Hörer resolut zurück in die Halterung legt, merkt sie, dass ihre Hand zittert. Ihr schwindelt, der Atem fliegt. Schließlich streckt sie sich, streicht sich mit einer raschen Bewegung eine Strähne aus dem Gesicht und geht zurück zu den anderen.

„Es war leider nicht Dr. Mittmann, sondern mein Bruder Edwin. Ich hatte Grund, das Gespräch rasch zu beenden, um diesen herrlichen Morgen weiterhin genießen zu können. Wo waren wir stehengeblieben? Richtig, wir sprachen über die hübsche Biologiestudentin, die Alessandro kennengelernt hat. Und du, Christopher, hast du ... ich möchte nicht indiskret sein, aber Großmütter interessieren sich manchmal für die Gefühlswelt ihrer Enkel: Hast du eine Freundin? Ich meine ... junge Leute in eurem Alter ..."

Christopher ist rot geworden, zögert mit einer Antwort. Alessandro lehnt sich grinsend in seinem Stuhl zurück.

„Soll ich dieses Mal für dich antworten, großer Bruder? Ja? Also gut. Ja, er hatte schon mehrere Freundinnen – kein Wunder, denn es gibt ja Leute, die ihn für gutaussehend und sehr charmant halten, aber momentan herrscht zwischen ihm und der jetzigen Sendepause. Ob es sich wieder einrenkt, wird man sehen, aber wenn er eines Tages Christopher Prinz von Wallburg oder so ähnlich heißen wird, dann ..."

Christopher schneidet ihm das Wort ab.

„Großmutter, ich werde dich einweihen, wenn es an der Zeit ist, aber jetzt bitte ich dringend um einen Themenwechsel. Komm, Sandro, beiß dir auf die Zunge und lass uns lieber noch eine Runde joggen, damit wir zum Mittagessen wieder richtig Hunger haben, los ..."

Er springt auf, drückt der Fürstin einen Kuss ins Haar, zieht seinen Bruder hoch und schon hört man ihre gleichmäßigen Laufschritte, die sich über den Kiesweg entfernen. Die Fürstin und Dahlmann bleiben lachend zurück.

„Endlich, endlich zieht wieder Leben in dieses alte Gemäuer ein. Komm, bleiben wir noch ein wenig sitzen und genießen den Morgen, Dahlmann!"

Die Sonne flimmert durch die Zweige der Rotbuche, in der alten Linde summen die Bienen. Im Hühnerstall jenseits der Gräfte verkündet eine der Hennen laut gackernd, dass sie die von ihr erwartete tägliche Legeleistung soeben erbracht hat, und der Pfau läuft erhobenen Hauptes mit zögerndem Trippelschritt rund um das Rosenrondell. Aus dem nahen Dorf hört man das auf- und abschwellende Motorengeräusch von Rasenmähern.

Die Fürstin rückt ihren Stuhl ein wenig seitwärts in den Schatten und wendet sich mit belegter Stimme an ihre Haushälterin.

„Dahlmann, ich bitte dich, mir einige Fragen zu beantworten, die mir schon lange auf der Seele brennen: Wie konnte es dazu kommen, dass Claudia zu dir als unserer Hauswirtschafterin, – entschuldige, Dahlmann, aber das bist du nun einmal und ich bin dankbar dafür – dass sie also zu dir ein engeres Vertrauensverhältnis hatte als zu mir, ihrer Mutter? Was hat Claudia manchmal erzählt, was sie mir nie erzählt hat? Ihr habt immer so gelacht und ausführlich geplaudert, wenn sie aus der Schule kam. Und später, als sie schon fast erwachsen war: Habt ihr manchmal über ihr Verhältnis zu Michael gesprochen, als die beiden noch nicht verheiratet waren? Sie haben doch sicher damals schon mit einander, also noch vor ihrer Ehe, also ... als sie erst verlobt waren – Agnes, bitte hilf mir."

Dahlmann sieht die Fürstin unsicher an. Ihre rechte Hand fährt glättend über eine nicht vorhandene Falte in der Gartentischdecke, dann legt sie sie zu der anderen Hand in den Schoß. Ihre Antwort lässt auf sich warten.

„Ja, es stimmt, dass Claudia und ich viel miteinander gesprochen haben. Das hat sich einfach so ergeben, weil ich immer greifbar war. Wenn sie nach Hause kam, war die Küche ihr erstes Anlaufziel; sie kam immer lieber durch den Hintereingang ins Haus als durch das Hauptportal, schon als sie noch klein war – die Küchentüre war auch leichter zu öffnen. Und dann half ich ihr beispielsweise beim Ausziehen der schmutzigen Stiefel, hängte ihren Mantel oder die Jacke auf und sie hat die ganze Zeit erzählt. Fürstin, ich hatte doch auch mehr Zeit zum Zuhören als Sie. Es fiel einfach in meinen Aufgabenbereich, mich um das Kind zu kümmern, so war ja auch die seinerzeitige Anzeige formuliert: dass auf Schloss Wallburg jemand für die Betreuung der neugeborenen Prinzessin gesucht würde. Also ich war einfach immer da und hatte Zeit zum Zuhören, das bedeutet aber nicht, dass Claudia Sie nicht mehr geliebt hat als mich. Sie waren ihre Mutter, aber allein durch die häufige Unpässlichkeit von Fürst Raimund, der Ihre ständige Anwesenheit einforderte, war Ihre Zeit eingeschränkt. Und natürlich lebten Sie seinetwegen auch in einer etwas anderen Welt. Ja, Claudia und ich waren uns sehr nahe, das hat sich einfach so ergeben – ich kann es nicht anders begründen."

Die Fürstin nickt schwach, verharrt lange in nachdenklichem Schweigen. Endlich beginnt sie erneut zu sprechen.

„Erinnerst du dich an jenen Morgen im Herbst, nach Claudias Wiedersehensfeier mit ihrer Abiturklasse, als wir im Frühstückszimmer eine deutliche Missstimmung hatten? Du musst in der Küche Zeugin dieses lautstarken Streits gewesen sein. Claudia hatte uns wieder einmal unseren ‚altmodischen

Standesdünkel' vorgeworfen und besonders meinen Mann beschuldigt, er verweigere sich mit seinem überholten Denken einer modernen Zeit. Daraufhin hatte Raimund sich in äußerster Erregung zurückgezogen, weil er Diskussionen dieser Art als unangemessen und sinnlos betrachtete und seiner angegriffenen Gesundheit wegen nicht mehr ertrug. Ich begleitete ihn nach oben und Claudia hat sich anschließend bei dir in der Küche ausgeweint. Ja, ich glaube, sie hat wirklich geweint. Erinnerst du dich?"

„Ja, ich erinnere mich sogar gut an jenen Morgen. Wie lange ist das jetzt her? Zwanzig Jahre? Ach, sogar länger. Wir hatten an jenem Morgen ein besonders persönliches Gespräch. Aus irgendeinem Grunde ergab es sich auch, dass sie über ihr Gefühl zu Graf Michael sprach, nachdem sie mich über meine Jugendliebe ausgefragt hatte. Aber ich habe damals Stillschweigen gelobt und fühle mich bis heute an dieses Versprechen gebunden."

„Auch wenn es vielleicht in irgendeiner Form dazu beitragen würde, die Existenz der Zwillinge aufzuklären? Wie es dazu kommen konnte, dass Claudia außerehelich zwei Kinder geboren hat und Michael nichts davon wissen durfte?"

Dahlmann ist rot geworden. Sie kämpft mit sich. Schließlich antwortet sie stockend.

„Fürstin, Sie haben recht. Claudia würde mich heute und in dieser Situation vermutlich von meinem Schweigeversprechen entbinden, wenn sie jetzt hier sein könnte. Also: Es kam zur Sprache, dass sie und Michael – Claudia, vergib mir! – dass die beiden schon vor der Hochzeit manchmal miteinander – intim geworden sind. Dass Michael sich aber immer ‚geschützt' habe – so drückte Claudia sich aus – weil er erst nach bestandenem zweiten Staatsexamen an Heirat und Kinder denken wollte. Fürstin, glauben Sie mir: Es war mir fast peinlich, dass sie sich mir gegenüber so freimütig äußerte. Ich war eine so offene Sprache nicht gewohnt. Als Sie und ich jung waren, sprach man nicht über solche Dinge, aber in Claudias Jugend und Umgebung waren solche Themen nicht mehr tabu. Sie und ihre Freundinnen gingen offenbar wie selbstverständlich und ohne Hemmungen damit um."

Es fällt Dahlmann offensichtlich schwer, weiterzusprechen. Doch dann fährt sie tapfer fort:

„Sie hat mir sogar gestanden, erst bei diesem einmaligen Seitensprung, den sie in dem Brief an Sie erwähnt, habe sie so etwas wie ‚Schmetterlinge im Bauch' empfunden, was wohl so viel wie ... wie Lust bedeutet. Ein ähnliches Gefühl habe sie beim Zusammensein mit Michael nie verspürt, vermutlich, weil er sich immer ‚geschützt' habe. Deswegen war sie wohl auch so felsenfest davon überzeugt, dass Michael als Urheber ihrer Schwangerschaft nicht in Betracht käme. Und das muss sie wohl zu der Annahme gebracht haben, dass es nur bei diesem ‚Seitensprung' passiert sein kann. Arme, arme Laudi. Sie muss ein schlechtes Gewissen gehabt und geschwiegen haben, deshalb sind wir bis auf den heutigen Tag auf der Suche nach dem Vater dieser Brüder. Aber ob wir mit dem armen Baron von Gliesen den Richtigen in Verdacht haben?"

Noch immer trippelt der Pfau um das Rosenrondell, beugt sich ab und an, um etwas vom Boden aufzupicken, beäugt mit schräg gelegtem Kopf die beiden Frauen auf der Terrasse und setzt bedächtig seinen Weg fort. Die Fürstin sieht ihm gedankenverloren zu. Schließlich äußert sie eine weitere Frage.

„Dahlmann, kannst du das begreifen: Warum hat man uns so prüde erzogen, dass es mir bis heute schwerfällt, Worte wie ‚Sexualität' und ‚Verhütung' auch nur auszusprechen? Ich war so verklemmt, dass ich weder mit Fürst Raimund noch mit meiner einzigen Tochter über solche Dinge sprechen konnte.

Heute weiß jedes Schulkind mehr über Sexualität als wir beiden alten Frauen. Wer und warum hat man uns Lust und Genuss missgönnt? Wem ist das anzulasten? Ach Dahlmann ... wir werden nie eine gültige Antwort darauf finden. Aber es bedrückt mich noch heute, sogar an solch herrlich sonnigen Tagen wie heute."

Dahlmann versucht sie zu trösten.

„Quälen Sie sich nicht länger mit trüben Gedanken. Ich erinnere mich an einen ebenso herrlichen Tag, als Claudia noch klein war. Sie kam besonders fröhlich nach Hause – überhaupt war sie ein glückliches, unbeschwertes Kind – und rief: ‚Dahma, unser Fräulein hat gesagt, wenn der Himmel blau ist und alle Menschen sich freuen, dann bedeutet das, dass der Himmel sich auch freut.' Das war über Jahre ihre Überzeugung: Bei gutem Wetter freut sich der Himmel. Ich denke, das trifft auch auf den heutigen Tag zu. Schieben Sie also Ihre wehmütigen Überlegungen zur Seite und freuen Sie sich mit dem Himmel der vielen glücklichen Ereignisse der letzten Wochen."

Die Fürstin nickt wehmütig, erhebt sich, wirft einer zutraulichen Amsel noch ein paar Brötchenkrümel hin und geht zurück ins Haus.

„Du hast Recht, Dahlmann, ich habe in der Tat genug Gründe, mich zu freuen. Ob morgen oder übermorgen die Nachricht vom Labor kommt? Ich kann die Spannung kaum noch aushalten. Hoffentlich ‚freut sich der Himmel' dann auch, wenn Dr. Mittmann uns das Ergebnis der Analyse mitteilt."

Aber zwei Tage später hat sich das Wetter verschlechtert. Dunkle Wolken sind aufgezogen und künden Regen an. Und als kurz nach dem Mittagessen das Telefon zu einer ungewohnten Zeit endlich läutet – die Fürstin hat sich eben zu einer kurzen Mittagsruhe hingelegt und Dahlmann bringt die Gartenmöbel ins Trockene, während die Zwillinge sich von Bovermann die Beschaffenheit der Gräfte erläutern lassen – eilen beide Frauen zwar erwartungsvoll zu dem Gerät, haben aber beide zunächst nicht den Mut, nach dem Hörer zu greifen. Schließlich ist es die Haushälterin, die dem andauernden Klingeln beherzt ein Ende setzt.

„Schloss Wallburg – Dahlmann am Apparat."

„Mittmann hier, hallo Frau Dahlmann, sind Sie und Fürstin Henriette zu Hause? Das Labor hat mir den Befund geschickt und ich würde Ihnen das Ergebnis gern sofort mitteilen. Ja? Gut, ich bin in zehn Minuten bei Ihnen."

„Das war Dr. Mittmann, er kommt hierher."

„Und? Hat er das Ergebnis? Er will es uns selber vorlesen? Was hat das zu bedeuten? Auf jeden Fall nichts Gutes. Oh Gott, Dahlmann, habe ich noch welche von den Beruhigungspillen? Diese Spannung halte ich nicht aus, bitte ..."

Dahlmann nimmt ihre Chefin einfach in den Arm und wiegt sie, wie sie einst Claudia gewiegt hat.

„Doch, doch, das halten Sie aus. Sie seien eine mutige Frau, hat Claudia geschrieben, und das sind Sie tatsächlich. Bis jetzt ist doch alles nur gut verlaufen, Ihre Pillen brauchen Sie gar nicht mehr. Sie werden die wenigen Minuten bis zu Dr. Mittmanns Ankunft schon durchstehen. Nehmen Sie jetzt einen Schirm und gehen Sie ihm bis zur Brücke entgegen und ich rufe Ihre Enkel."

Kurze Zeit später steht die Fürstin händeringend vor dem Arzt und sieht ihn nur fragend an, ehe sie ein knappes „Was hat sich ergeben?" herausbringt. Christopher und Alessandro sind auf Dahlmanns Ruf herbeigeeilt, halten sich jetzt aber unsicher im Hintergrund; auch ihnen ist eine nervöse Spannung anzumerken.

„Gehen wir ins Haus, ich werde Ihnen alles erläutern."

Dr. Mittmanns Stimme klingt beruhigend.

Dahlmann will sich respektvoll zurückziehen, aber die Fürstin bedeutet ihr mit einer entsprechenden Kopfbewegung, ihnen zu folgen.

Im ehemaligen Arbeitszimmer des Fürsten erstattet der Besucher endlich Bericht.

„Fürstin, die Suche nach einem leiblichen Vater Ihrer Enkel war nur insofern erfolgreich, als dass eindeutig feststeht, dass Baron von Gliesen nicht infrage kommt. Das haben die Untersuchungen einwandfrei ergeben. Man sollte es ihn schnellstmöglich wissen lassen, aber wie er es aufnehmen wird, können wir nur ahnen. Erleichtert? Enttäuscht?"

Er wendet sich an die Zwillinge, die schweigend zugehört haben.

„Und Sie? Sie werden sich erneut auf die Suche begeben müssen – wenn das Wissen um einen Erzeuger für Sie überhaupt unabdingbar ist. Frau Dahlmann, haben Sie einen Cognac im Hause? Die Fürstin könnte gerade einen gebrauchen und Sie vielleicht auch?"

Henriette ringt um Fassung.

„Von Gliesen ist es nicht? Aber wer sonst könnte es sein? Dahlmann, du kanntest meine Tochter besser als ich, versuche dich zu erinnern, ob ..."

Aber die Haushälterin winkt ab, wendet sich entschuldigend an den Arzt.

„Leider muss ich die Frage nach einem Cognac verneinen, ich werde uns stattdessen einen Kaffee kochen und im Frühstückszimmer servieren. Und ein anderer möglicher Vater? Nein, Claudia war ein eher zurückhaltendes junges Mädchen, mir fällt in der Tat niemand ein, mit dem sie sich eingelassen haben könnte. Von Gräfin zu Lauenstein weiß ich jedoch, dass sie einen Verdacht hat. Man könnte sie fragen."

Sichtlich irritiert wendet sich die Fürstin mit einem fragenden Blick an Dr. Mittmann.

„Charlotte hat einen Verdacht? Wissen Sie Näheres darüber?"

Der Arzt lässt die Frage zunächst unbeantwortet.

Die Fürstin sieht sich hilflos suchend um, als habe sie vergessen, wo sie ist. Alessandro schiebt seiner Großmutter einen Stuhl hin und umfasst ihre rechte Hand, während Christopher schützend einen Arm um ihre Schulter legt.

Auch Dr. Mittmann setzt sich endlich und entnimmt einer mitgebrachten Tasche einen großen Umschlag, den er der Fürstin überreicht.

„Sicher möchten Sie das Ergebnis der Analyse zunächst selber lesen."

Henriette zieht einige offenbar computergedruckte Blätter aus dem Kuvert, sieht die langen Buchstabenreihen ratlos an und gibt sie dem Arzt zurück.

„Bitte, das sind für mich unverständliche Hieroglyphen, erklären Sie mir, was sie bedeuten."

Dr. Mittmann bietet die Papiere den jungen Männern an.

„Möchten Sie vielleicht ...?" Die beiden lehnen kopfschüttelnd ab.

„Nun gut, dann werde ich es kurz machen, um Sie nicht länger auf die Folter zu spannen: Wie gesagt, Baron von Gliesen kommt als Vater nicht in Betracht. Es haben sich keinerlei Übereinstimmungen mit den Erbanlagen des Barons und denen der Brüder ergeben. Das ist hier alles aufgelistet, Sie oder Ihre Enkel werden sich damit befassen müssen, ich werde Ihnen helfen. Aber was einen Verdacht der Gräfin Lauenstein betrifft – dazu möchte ich mich nicht äußern. Nur so viel: Ich weiß, dass sie kurz nach Ihrem letzten gemeinsamen Besuch auf dem Friedhof tatsächlich ebenfalls eine DNA-Analyse in Auftrag gegeben hat, und die wird endgültig für Aufklärung sorgen. Aber natürlich soll die Gräfin das Resultat zuerst erfahren. Ich möchte es ihr überlassen, Ihnen das Ergebnis gegebenenfalls persönlich mitzuteilen. Man hat es mir vor einer halben Stunde per Fax übermittelt und ich werde es der Gräfin bringen."

Er wendet sich an die Haushälterin.

„Frau Dahlmann, könnten Sie Gräfin zu Lauenstein anrufen und meinen Besuch ankündigen? Dann trinken Sie jetzt Ihren Kaffee ohne mich und ich fahre zu ihr. Einverstanden?"

Henriette nickt zustimmend.

„Ja, aber bitten Sie sie, uns möglichst sofort zu benachrichtigen, wir warten auf ihren Anruf. Ich werde inzwischen versuchen, Baron von Gliesen zu informieren."

Dr. Mittmann winkt ab.

„Nein, ich schlage vor, damit zu warten, bis wir wissen, was die Gräfin Lauenstein uns mitteilen wird."

Ohne zu antworten geht die Fürstin zu einem der großen Fenster und sieht hinaus in den Park. Aus schweren dunklen Wolken fällt ein Regenschauer prasselnd nieder.

33

Gräfin Charlotte erwartet ihren Gast, von einem breiten Schirm gegen einen gewaltigen Regenschauer notdürftig geschützt, auf der obersten Stufe der Freitreppe von Burg Lauenstein.

„Kommen Sie herein, Doktor. Sie bringen mir gute Nachrichten, nicht wahr? Ich bin inzwischen ganz sicher, dass mein Verdacht sich nur bestätigt haben kann ... ich kann mich nicht getäuscht haben."

Sie bietet ihm Schutz unter ihrem Schirm an und drängt ihn in die Halle.

Wie vor einer halben Stunde auf Haus Wallburg öffnet Dr. Mittmann auch hier seine Tasche, entnimmt ihr einen Umschlag und überreicht ihn der Gräfin. Mit ungestümen Bewegungen zieht sie einige Blätter heraus, liest nur die ersten Zeilen, lächelt, strahlt, schließt die Augen, atmet tief durch – und fällt dem Arzt jubelnd um den Hals.

„Ich wusste es, ich wusste es. Ich habe es nicht nur geahnt – ich wusste es, nachdem ich die Hände der beiden gesehen hatte. Mein Sohn Michael ist der Vater von zwei Söhnen. Ich habe zwei Enkel. Ich bin eine Großmutter, ich habe wieder eine Familie, ich habe Erben, denen ich mein Schloss eines Tages übergeben kann, das Leben geht weiter."

Sie faltet ihre Hände wie zum Gebet, schließt für einen Moment die Augen und flüstert halblaut: „Danke, Schicksal, wer immer du bist." Dann wendet sie sich an den Arzt.

„Doktor, werden Sie mir all diese Zahlen und Buchstaben erklären? Gibt es noch Zweifel?“

„Nein, Gräfin, ein Irrtum ist endgültig ausgeschlossen. Ich beglückwünsche Sie aus vollem Herzen. Später werde ich Ihnen alles im Detail erläutern. Aber zunächst wartet man auf Wallburg auf einen Anruf von Ihnen.“

Charlotte drückt die Papiere an ihre Brust, schließt erneut die Augen und dreht sich jauchzend wie ein junges Mädchen im Kreise. Dr. Mittmann wendet sich ab, um seine rührende Anteilnahme nicht allzu offensichtlich zeigen zu müssen, dreht sich aber schnell wieder um, entwindet die Papiere den Armen der Gräfin und rettet sie so vor einem Strom von Freudentränen.

„Die Fürstin und die Zwillinge wissen es also noch nicht?“

„Nein, ich habe ihnen nur das Ergebnis der ersten Analyse mitgeteilt. Der Verdacht, Baron von Gliesen sei der Vater, wurde eindeutig widerlegt. Darum dachte ich mir, dass es Ihnen zusteht, ihnen das Ergebnis Ihrer Analyse mitzuteilen. Sie werden aus allen Wolken fallen, denn auch Frau Dahlmann hat bisher nichts über einen Verdacht verlauten lassen.“

„Und von Gliesen? Hat man ihn schon informiert? Er ist wieder abgereist, nicht wahr. Oh, Gott, wie wird er es aufnehmen?“

„Nein, auch er weiß es noch nicht, aber die Fürstin wird ihn anrufen, nachdem Sie mit ihr gesprochen haben. Armer Kerl – er steht seit dem Bekanntwerden von Claudias Brief sicher unter einem gewaltigen Druck. Er hat es verdient, dass man ihn sofort unterrichtet.“

Charlotte hat sich auf einen Stuhl vor dem Kamin fallenlassen.

„In Wallburg wartet man jetzt auf meinen Anruf? Doktor, ich bin zu aufgeregt. Würden Sie in meinem Namen die Fürstin und die Zwillinge hierher bitten? Und natürlich Frau Dahlmann? Nein, besser noch: Sie sollen alle zum Friedhof und in die Lauensteinsche Gruft kommen, ich möchte es den Zwillingen im Beisein ihrer leiblichen Eltern sagen. Jaja, ich weiß – Michael und Claudia sind tot, aber ich finde trotzdem, dass die Gruft ein passender, ein würdiger Ort ist. Benutzen Sie mein Telefon, ich werde mich in der Zwischenzeit umziehen. Schwarz gilt als die Farbe der Trauer – ich werde schauen, ob ich noch etwas in einer fröhlichen Farbe finde, vielleicht etwas Rotes? Rot ist die Farbe der Freude, der Liebe ... ich werde nur noch fröhliche Farben tragen, ich werde meine Enkel lieben. Doktor, mein Leben bekommt wieder einen Sinn. Und bitte sagen Sie Henriette, sie möge den größten Rosenstrauß aller Zeiten mitbringen."

Ehe sie die Treppe hinaufgeht, wendet sie sich noch einmal um.

„Werden Sie uns begleiten?"

Der Arzt schüttelt verneinend den Kopf.

„Nun, bei dem freudigen Anlass sollten Sie als Familie unter sich sein. Aber ich werde Sie gerne hinfahren, ehe ich meine heutigen Patientenbesuche mache."

34

Der Regen hatte nicht nachgelassen, als der Wagen der Fürstin am Friedhofseingang hält. Dahlmann hält ihrer Chefin den geöffneten Schirm über den Kopf.

„Der Himmel freut sich heute nicht – was haben diese dunklen Wolken zu bedeuten? Ich ahne Schlimmes – warum um alles in der Welt bittet Charlotte uns bei diesem Wetter in die Düsternis ihrer Gruft?"

Dahlmann zögert mit einer Antwort. Auch die Zwillinge schweigen. Mit großen Schritten und Sprüngen weichen sie den glänzenden Pfützen auf dem Kiesweg aus, in denen schwere Regentropfen kleine Fontänen aufspringen lassen. Der Friedhof ist menschenleer.

Von den steinernen Stufen jedoch, die zur Lauensteinschen Gruft hinabführen, winkt ihnen eine kleine Gestalt in einem roten Cape fröhlich entgegen, den unförmigen Eisenschlüssel hin und her schwenkend. Unmittelbar vor der Eingangstür hat sich eine riesige Lache gebildet. Charlotte beachtet sie nicht und stapft mit beiden Füssen hinein.

„Alessandro, übernimmst du es wieder, die Tür zu öffnen? Hallo, Henriette, herzlich willkommen. Oh, die schönen Rosen, wer bringt eine Kanne voll Wasser mit? Claudia und Michael werden sich freuen ..."

Die Fürstin ist sichtlich irritiert. „Was ist los mit Charlotte? Sie wirkt geradezu ... überdreht."

„Kommt schnell ins Trockene – Christopher, sei so nett und

hol einen der Stühle dort hinten aus der Ecke, damit Henriette sich setzen kann. Ich habe euch etwas zu berichten. Frau Dahlmann, bleiben Sie in der Nähe der Fürstin ... Christopher und Alessandro, bitte stellt die Vase mit den Rosen mittig vor die Särge Eurer Eltern."

„Unserer Eltern?"

Wie aus einem Munde kommt die Frage der Zwillinge.

„Ja, ich habe mit Michaels Locke aus meinem Medaillon und den von euch beiden abgegebenen Speichelproben ebenfalls eine DNA-Analyse machen lassen, aus der zweifelsfrei hervorgeht, dass mein Sohn Michael euer leiblicher Vater ist. Ich bin überglücklich darüber und heiße euch beide, Christopher Werthstein und Alessandro de Souza, als meine Enkelsöhne von ganzem Herzen willkommen. Ihr habt jetzt zwei Großmütter – und Henriette und ich haben zwei blutsverwandte Erben für unsere zwei Wasserschlösser!"

Aus der Nähe der Eingangstür ist ein eigenartiges, kaum hörbares Geräusch zu vernehmen, als würde ein schwerer Vorhang bewegt. Fürstin Henriette ist ohnmächtig in sich zusammengesunken, ihr blasses Gesicht liegt auf ihrer linken Schulter. Dahlmann springt sofort hinzu und tätschelt ihrer Chefin mit ein paar behutsamen Klapsen die Wangen. Nach nur wenigen Sekunden ist Henriette wieder wach und richtet sich auf. Ihr vorher blutloses Gesicht bekommt schnell wieder Farbe.

„Michael ist der Vater?"

Dahlmann tätschelt ihr beruhigend den Arm und streicht ihr zärtlich über die Stirn. Charlotte übernimmt es, zu antworten.

„Ja, und es gibt nach dem Resultat der Analyse keinen Zweifel daran. Christopher und Alessandro haben nicht nur je zwei Mütter, sie haben nun auch je zwei Väter."

„Gott, ich fasse es nicht. Michael ist der Vater? Wie konnte das passieren? Wie konnte es zu diesem schrecklichen Irrtum kommen, dem Claudia erlegen ist? Mein armes, armes Kind! Meine Claudia! Sie muss bis zu ihrem schrecklichen Tod diesem tragischen Irrtum erlegen sein und das damit verbundene Geheimnis mit sich herumgeschleppt haben. Um meine und die Gesundheit ihres Vaters nicht zu gefährden, um uns einen möglichen Skandal und ihrem Verlobten eine Enttäuschung zu ersparen, hat sie dieses Opfer auf sich genommen. Deshalb hat sie ihre Kinder zur Adoption freigegeben. Sie muss durch die Hölle gegangen sein. Meine arme, arme Claudia."

Auch Dahlmann kämpft mit aufsteigenden Tränen. Endlich beginnt sie zu antworten, unterbricht sich zunächst immer wieder, aber dann sprudelt es aus ihr heraus:

„Ich kann es mir nur so denken, dass Michael sich einmal wohl nicht ‚geschützt' hat oder dass der ‚Schutz' nicht funktioniert hat und dass Claudia es nicht gemerkt hat. Meine arme Laudi!"

Sie wendet sich um zu Claudias Sarg.

„Warum hast du dich Michael nicht anvertraut? Dein ganzes Leben wäre anders verlaufen."

Die Fürstin schlägt die Hände vors Gesicht.

„Und wir hatten den armen von Gliesen im Verdacht – oh Gott, er tut mir so leid. Ich mache mir unendliche Vorwürfe. Sie hat mit niemand reden können, auch nicht mit mir als ihrer Mutter. Mein armes, armes Kind, meine Claudia."

Sie flüchtet sich laut weinend ins Freie. Dahlmann, auch sie von einem Weinkrampf geschüttelt, folgt ihr. Von Mitleid und Trauer erfüllt umarmen sich die beiden Frauen schluchzend, einander Halt und Trost gebend.

Die Zwillinge und Gräfin Charlotte bleiben wortlos und betroffen in dem dämmrigen Halbdunkel der Gruft zurück, bis Alessandro langsam auf seine ‚neue' Großmutter zugeht und sie in den Arm nimmt.

„Ach, es ist furchtbar traurig und Claudia tut mir unendlich leid, aber wir müssen versuchen, Henriette zu trösten. Sie sollte Trauer und Wehmut überwinden lernen und ... ach, Charlotte, ich bin so erleichtert, zu wissen, dass dein Sohn Michael unser leiblicher Vater ist, denn damit bist auch du für uns Großmutter. Ich habe dich und dieses Land so lieben gelernt, und meinem Bruder ergeht es ebenso, nicht wahr, Christopher?"

Der so Angesprochene kann nur wortlos nicken. Dann geht er hinaus mit der Absicht, Henriette und Dahlmann wieder ins Innere der Gruft zu bitten. Die beiden stehen eng umschlungen unter den tropfenden Bäumen, der Regen hat jedoch aufgehört. Widerstrebend folgen sie Christophers ermutigenden Worten. Charlotte und Alessandro strecken ihnen wortlos die Hände entgegen. Schweigend stehen sie beieinander.

Als Henriette sich nach einigen Minuten bückt, um den Rosenstrauß ein wenig zurechtzuzupfen, dringt durch das einzige kleine Fenster am oberen Deckenrand der Gruft plötzlich ein Sonnenstrahl und wirft ein schmales Bündel Licht in den kleinen Raum.

Dahlmann sieht es als Erste. Sie macht die Fürstin lächelnd darauf aufmerksam.

„Fürstin, die Wolken haben sich verzogen, der Himmel wird wieder blau. Das bedeutet nach Claudias kindlicher Überzeugung: Er freut sich. Trauen Sie sich, sich ebenfalls zu freuen. Fahren wir nach Hause. Versuchen Sie, die traurige Vergangenheit ruhen zu lassen und sich einer glücklicheren Gegenwart und Zukunft zu öffnen. Wenn das mit Claudias Irrtum nicht passiert wäre, hätten Sie jetzt nicht zwei liebenswerte Enkel. Bedenken Sie, wie einsam Sie nach dem entsetzlichen Unglück waren und wie das Glück in Gestalt dieser beiden jungen Männer sich Ihnen wieder zugewandt hat. Beobachten Sie die Zwillinge – sie sind so froh, sich gefunden zu haben. Beobachten Sie die Gräfin – sie ist regelrecht aufgeblüht durch das Wunder, ebenfalls zwei Enkel zu haben. Wenn Sie und Charlotte sich einig werden – und warum sollten Sie sich nicht einigen? – haben Sie beide endlich Erben für die Schlösser Ihrer Vorfahren. Fürstin, Sie können Ihre Ahnengalerie mit gleich zwei Nachfolgern vervollständigen lassen, Fürst Raimund wird nicht der letzte Fürst auf Wallburg gewesen sein. Kommen Sie, fahren wir nach Hause."

Gerührt trocknet nun auch die Fürstin ihre letzten Tränen.

„Dahlmann, danke. Ich kann dir nicht genug danken für deine Treue, deine Fürsorge, mit der du mich seit so vielen Jahren begleitest, mich in schweren Stunden wie jetzt immer wieder aufrichtest. Ja, fahren wir nach Hause. Und was auch geschieht: Ich verspreche dir, dass Wallburg für immer auch dein Zuhause sein wird. Komm, die anderen warten schon."

Gemeinsam gehen sie Arm in Arm zum Ausgang des Friedhofes. Die Zwillinge, die mit der Gräfin vorausgegangen waren, nachdem Alessandro die Gruft wieder abgeschlossen hatte, empfangen die beiden Frauen am Eingangstor. Christopher kommt ihnen lebhaft entgegen.

„Charlotte lädt uns zum Tee nach Lauenstein ein, weil wir nun viel zu besprechen haben, aber sie hat nur Tee und keinerlei Gebäck im Hause. Können wir nicht alle zusammen ein paar von Claudias Rosinenschnecken besorgen? Damit die Bäckersfrau und damit das ganze Dorf endlich wieder etwas zu reden haben? Von Fürstenhäusern wird doch erwartet, dass sie mindestens von Zeit zu Zeit mit einem ‚Skandälchen' auf sich aufmerksam machen. Also los, entsprechen wir dem Wunsch der Leute, denn gilt nicht nach wie vor das Sprichwort: Adel verpflichtet?"

ENDE

Die Fortsetzung von »Das Rentier in der Küche«

Mit ihrem Erfolgsbuch *Das Rentier in der Küche. Eine deutsch-sibirische Liebe* (5. Auflagen) war sie zu Gast in 5 Talkshows – von »Mittagsmagazin« bis »Markus Lanz« – und berichtete dort über ihre berührende Geschichte mit Anatoli.

Britta Wulf:
Und der Schamane lacht ...
verliebt in Sibirien
Solibro Verlag 2018
[originär Bd. 5]
ISBN 978-3-96079-047-1
Broschur • 256 Seiten • mit 2 farb. Karten • 47 z. T. Farbfotos
als eBook:
eISBN 978-3-96079-048-8 (epub)

mehr **Infos** & **Leseproben**:
www.solibro.de

»Es erinnert ein wenig an Bridget Jones und ihre Turbulenzen, aber die Pointen sind noch viel schärfer.«

kues.de

»TV-Schauspielerin Yvonne de Bark hat mit „1001 Date" einen herrlich leichten Sommerroman geschrieben.«

rtv

»Früher war alles leichter – vor allem ich.«

Bea hat einen Plan: Die ganz knapp nicht mehr Enddreißigerin, setzt sich das Ziel, so viele Frösche zu küssen, bis endlich der richtige Mann dabei ist.

Yvonne de Bark:
1001 Date
Roman
Münster: Solibro Verlag 2017
[amora Bd. 2]
ISBN 978-3-96079-017-4
Broschur • 240 Seiten
als eBook:
eISBN 978-3-96079-018-1 (epub)
als Download-Hörbuch:
eISBN 978-3-96079-019-8
gelesen von der Autorin